她和他

ELLE & LUI

〔法〕马克·李维 著
Marc Levy

杨亦雨 译

人民文学出版社

著作权合同登记号　图字 01-2022-6476

ELLE & LUI by Marc Levy
Copyright © Marc Levy/Versilio, 2015
Published by arrangement with Susanna Lea Associates through Bardon-Chinese Media Agency
Simplified Chinese translation copyright © 2023 by People's Literature Publishing House
ALL RIGHTS RESERVED

图书在版编目（CIP）数据

她和他／（法）马克·李维著；杨亦雨译 .—— 北京：人民文学出版社，2023
ISBN 978-7-02-018259-6

Ⅰ.①她… Ⅱ.①马… ②杨… Ⅲ.①长篇小说－法国－现代 Ⅳ.① I565.45

中国国家版本馆 CIP 数据核字（2023）第 178169 号

责任编辑　马冬冬
装帧设计　陶　雷
责任印制　宋佳月

出版发行　人民文学出版社
社　　址　北京市朝内大街166号
邮政编码　100705

印　　刷　河北环京美印刷有限公司
经　　销　全国新华书店等

字　　数　231千字
开　　本　850毫米×1168毫米　1/32
印　　张　10.75　插页1
印　　数　1—10000
版　　次　2023年11月北京第1版
印　　次　2023年11月第1次印刷

书　　号　978-7-02-018259-6
定　　价　69.00元

如有印装质量问题，请与本社图书销售中心调换。电话：010-65233595

献给我的父亲、孩子和爱人

终有一天,
我将依靠理论而活,
因为在理论的世界中,
一切安好……

相遇的魔力

通常而言，爱情故事是在对的时间遇到对的人。然而，当两人相遇之时，如果双方均未准备好，又会发生什么呢？

米娅与保罗的相遇伴随着一系列误解。既然两人都未及开展一段恋情，那就做朋友吧。至少，他们是这么想的，可命运却另有安排……

我总是着迷于相遇的魔力，不仅是它们带来的快乐，还有让人动弹不得的未知恐惧。

我很喜欢米娅和保罗，喜欢看他们怀疑、欢笑、敢作敢为、冒险，两人的默契也给予我无穷的写作动力。故事带他们穿越不同的城市，然而，除去这些城市之外，故事不仅带领他们远离习惯和生活，更带领他们远离确定与孤独。

《她和他》不仅是一个爱情故事、一个喜剧,我也在其中记录一些作家的日常和出版界的隐情。

我在书中讲述了小说和作家的关系:从他写下第一页的那一天起,到把书交付给出版人的那一刻。另外,当小说有幸走出国门,被交到译者手上……

然而,如果译者不满足于只翻译作品?

如果米娅不是她所声称的那样籍籍无名……

马克·李维

2023年5月于纽约

1

自初春以来,伦敦就被阴雨连绵的天气所侵扰。雨水冲刷着屋顶、墙面、私家轿车、公共汽车、人行道和行色匆匆的路人。米娅刚结束一场会面,此时正向她的经纪人家中赶去。

克雷斯顿从小接受传统教育,作风老派。他总能一语道破天机,却能在每次点破时仍旧淡定自若,保持得体的风度。

克雷斯顿优雅的举止与睿智的言辞受到众人的推崇。人们总会在各式各样的饭局上引用他犀利却并不伤人的词句。同时,他还是米娅的守护神。在这个残酷、粗鄙的电影圈,一个貌美的女演员有时确实需要一些保护和特权。

那天,克雷斯顿前去参加米娅新片的私人放映活动。通常,在这样的场合,这位经纪人总是拒绝和米娅共同观影,于是后者只能在办公室里等待克雷斯顿的归来。

克雷斯顿回到办公室后,脱去雨衣,在扶手椅上坐下,随后很快直入正题,说道:"这部电影充满浪漫主义色彩,剧本巧妙地围绕一个特定的情节展开,虽然这个情节有些站不住脚,但现在,谁还关心这个问题？这部电影将引起轰动。"

米娅太了解克雷斯顿了，她很明白这些话的真实含义。

她在电影里美极了，只是有些太过频繁地裸露自己的身体，为了她的前程考虑，下次他一定盯紧她，不让她每隔三个镜头就露一下臀部，因为现在的观众总是很快就将演员分门别类。

"克雷斯顿，请坦诚地把你的真实想法告诉我。"

"你饰演的角色并不容易演绎，然而你的表现却堪称完美。尽管如此，我们不能总是拍一些主人公在两场背叛、三场婚外情、一杯热茶中就匆匆度过秋季的电影。另外，这部电影简直就是一部动作片，摄影机一直在移动，其实人物也是……你还需要补充些什么吗？"

"我要听实话，克雷斯顿！"

"亲爱的，这是一部十足的烂片，可它却是一部能让电影院座无虚席的'出色烂片'，因为你和你的丈夫共同出演了这部影片。就凭这一点，同时也是唯一的亮点，就能使这部电影的上映成为一件受人瞩目的事件。媒体将会争相报道你们在银幕上的默契。当然，由于你比你的丈夫更有名气，他们会抓住这一点，着重报道。我这么说不是在恭维你，而是在简单地阐述一个事实。"

"可是在日常生活中，他才是真正的明星。"米娅面色苍白，微笑了一下，回答道。

听到这里，克雷斯顿开始揉搓起自己的胡须，这对他来说是一个意味深长的动作。

"你们夫妻关系怎么样？"

"我们之间几乎已经没有关系了。"

"注意，米娅，别干傻事。"

"什么傻事？"

"你很清楚我的意思。你们之间的情况真的已经如此糟糕了吗？"

"电影的拍摄并没有拉近我们的距离。"

"这是我最不想听到的话，至少是我在电影上映之前最不愿意听到的话。美好的未来还等着你们去共同创造，不论是银幕上还是众人眼中的未来。"

"你们连剧本都为我写好了，是吗？"

"我这儿都有好几个了。"

"克雷斯顿，我其实特别想远离萧瑟的伦敦，前往国外，饰演一个聪明、细腻的角色，聆听一些让我感动、欢笑的话语，与大家分享柔情，哪怕是在一部毫不起眼的电影里。"

"而我，也希望我那辆老捷豹永远也不要再出故障，可负责维护这辆老爷车的修理工总不停地给我打电话，还没大没小地对我直呼其名。我说这些只是想告诉你，我为了替你铺平职业道路，付出了不少努力。你已经在英国拥有了一批数量可观的粉丝，就算你在背诵一本年鉴，他们也会付费前来观摩。全国观众都开始发自内心地欣赏你，你的片酬现在也被炒得很高。如果这部电影获得了我预期中的成功，你马上就会成为同辈演员中片酬最高的女星。所以，请别这么匆忙做决定，就算我求你了，好吗？几周内，美国的影片邀约就会像今天的雨点一样向你袭来。自此，你将真正步入大牌影星的行列。"

"就像那些明明心里很痛苦，却还要强颜欢笑的傻瓜吗？"

听到这话,克雷斯顿在扶手椅上挺了挺身体,轻咳了几声,回答道:"你说的那些女演员,她们都很幸福。米娅,我以后不想再看到你这副愁眉苦脸的样子。"克雷斯顿一边说着,一边提高嗓音,补充道:"那些即将到来的媒体采访一定会拉近你和你丈夫之间的距离。因为你们在宣传影片期间将不得不长时间地微笑,以至于最后你们会把这种状态当作一种生活的常态。"

米娅走向书橱,从书架上拿了一盒香烟,随后从烟盒里取出一支烟。

"你很清楚我讨厌别人在我的办公室里抽烟。"

"那你为什么还要保存这盒烟?"

"以防紧急情况的发生。"

米娅凝望着克雷斯顿,努力使自己平静下来。没过多久,香烟也渐渐在她的唇间熄灭。

"我想我的丈夫背叛了我。"

"在如今这个社会,谁不曾以这样或那样的方式被自己的另一半所背叛呢?"克雷斯顿一边回答,一边查看自己的邮件。

"这并不是一个令人愉悦的现象。"

听到这里,克雷斯顿停止阅读邮件。

"他是如何背叛你的?"他重新发话道,"我的意思是,他背叛你是一种习惯性行为,还是偶尔为之的小插曲?"

"请问这两者有什么区别吗?"

"至于你,你就从来没有背叛过他吗?"

"没有。好吧,其实也有过一次,不过那只是一个亲吻。那次拍戏,和我演对手戏的男主角吻技很棒,而那时的我又很需要一个来自他人的亲吻。事实上,当时我让他吻我是为了让那一幕场景看起来更加真实、可信,这根本就算不上背叛,不是吗?"

"动机比具体行动更为关键。这是在哪部电影里的场景?"克雷斯顿抬起一道眉毛,问道。

听到这个问题,米娅转头望向了窗外,她的经纪人只得叹了一口气。

"好吧,就算他真的背叛了你,既然你们已经不再相爱,他背叛与否对你来说又有什么关系呢?"

"是他不爱我了,而我,还一直深爱着他。"

克雷斯顿打开抽屉,拿出烟灰缸,划了一根火柴,重新为米娅点燃了香烟。米娅深吸了一口,克雷斯顿的眼睛随即感到一阵刺痛,他在想是不是飘散而出的烟让他的眼睛感到不适,不过最终他还是忍住没有向米娅发问。

"当时他是红极一时的明星,而你还只是一个初出茅庐的小演员。他运用皮格马利翁效应[①],结果学生超过了老师。在日常生活中,这种改变对他的自尊心来说可是个不小的考验。小心别把烟灰抖在地上,我非常珍爱这块地毯。"

"别这么说,事实根本就不是这样。"

"事实当然就是这样。我并未否认他是一个好演员,可是……"

[①] 译者注:皮格马利翁效应,又称罗森塔尔效应,指的是学生在老师的正向期待下,最后实现期望的现象,体现出暗示的力量。(若无特别说明,下文注释均为译者注。)

"可是什么?"

"现在并不是谈论这个话题的时候,我们以后有机会再讨论吧,今天我还有其他的人要见。"

克雷斯顿说罢便绕过自己的书桌,轻轻地用手拔出米娅口中的香烟,随即把烟捻碎在烟灰缸里。完成这一系列动作之后,克雷斯顿抓住米娅的肩膀,把她引向门边。

"你很快就可以随心所欲地在世界的任意角落拍摄影片,不论是在纽约、洛杉矶还是罗马。然而现在,请你千万别做傻事。我只需要你耐心地等待一个月的时间,事实上,你的整个未来都取决于你这一个月的表现,你可以答应我这个请求吗?"

在离开克雷斯顿的住所以后,米娅搭乘一辆出租车,来到牛津大街。每当她心情压抑时,都会选择到这条充满生气的商业街上走走。事实上,这种情绪低落的状态已经持续数周了。

米娅在一座大商场里来回穿行时,试图用手机联系大卫,却照例地直接进入了语音信箱。

这样一个午后,他究竟都在忙些什么?这两天,他又身处何方?两天两夜以来,除了在两人住所电话的语音信箱里留下几句话之外,他就再无其他任何消息。而且,大卫留下的也是一条极为简短的留言,他在留言中匆匆告诉米娅,自己将前往乡下恢复元气,让她不用担心。然而,这样的留言,又怎能让她保持镇定?

回到公寓后,米娅暗暗下定决心,希望挽回局面。等大卫回来后,她决定控制好自己的情绪,保持冷静的姿态,不露出一丝一毫的不安,也不向他提出任何问题。米娅想让大卫知道,自己在他离家的这段时间里,并非终日惶恐不安,苦苦等待。

此前,米娅的一个朋友央求她陪伴自己出席一个饭店的开业仪式。米娅答应了她的请求,并决定将自己打扮得明艳动人。她暗想:我也有让大卫吃醋的本事。再说,前往一场派对,被一群陌生的异性簇拥,总比独自一人在住所黯然神伤听上去更具吸引力。

饭店很大,音乐很吵,大厅里挤满了熙熙攘攘的人。在这样的环境下,想要和别人交谈或是在不碰撞他人的情况下向前挪动一步,几乎都成了遥不可及的奢望。"谁能够在类似的派对中获得乐趣?"米娅一边试图拨开黑压压的人群,一边暗自想着。

在饭店的入口处,闪光灯噼啪作响。其实,这才是米娅的朋友想让她陪伴自己出席活动的真实原因:希望自己的倩影出现在某人物杂志的书页里,获得转瞬即逝的成名感。**该死的大卫,你为什么留我一个人在这样的鬼地方? 我会把这份痛苦成倍地还给你,"需要恢复元气先生"**。

此时,米娅的手机响了。这个时间点匿名打来电话的人只有他。可现在她又如何在这片嘈杂中听清他的声音呢? "如果我是一名神枪手,此刻我的射杀目标一定就是DJ。"米娅暗自思忖。

她环顾一下四周,发现自己被夹在出口和厨房中间,并且人潮正把她推向厨房的方向。然而,米娅却决定逆流而上,随后朝着电话大声喊道:"别挂断!"刚才还发誓绝不显示出任何担忧的迹象,可一看到他的来电,却又如此失态,你这头开得不错呀,我的老伙计。

米娅努力在人群中开辟出一条道路:她推开那些穿着高跟鞋、装模作样的女人和向她大献殷勤的笨拙绅士,踩在那些瘦骨嶙峋,像一条条鳗鱼一样到处游窜的人脚上,绕开那群自我感觉良好,像狩猎者一般观察着她的美男子。我的朋友,你一定会玩得很开心,她是个看上去很善于交流的女人。终于还剩十步就可以到达出口了。

"大卫,别挂电话!"傻瓜,快闭嘴。

说完,她用眼神央求门口的保安帮助自己离开这里。

终于,米娅走出了这家饭店,随即感受到室外清新的空气和相对安静的氛围。她走了几步,总算远离了那些挤成一团,眼巴巴地盼望能够马上进入那座地狱的人。

"大卫?"

"你在哪儿?"

"我在参加一个派对……"他哪儿来的胆量向我提出这个问题?

"亲爱的,你玩得开心吗?"

这个虚伪的小人!"嗯,这个派对挺有意思的……"你怎么会说出这样的话!"你呢,你这个白痴,两天以来……你在哪里?"

"我正在回家的路上。你是否准备马上回家?"

"我已经坐在一辆出租车上了……"快,必须马上找到一辆出租车。

"你难道不是在参加一个派对吗?"

"你打电话的时候,我就出来了。"

"那你可能比我更早到家。如果你很累的话,就别等我了。即使是现在这个时间,也会发生堵车的情况。伦敦已经完全变得无可救药了!"

变得无可救药的是你自己。你怎么敢和我说不要等你这样的话?两天以来,我只在做一件事——等你。

"我会在房间里为你留一盏灯。"

"你太贴心了。一会儿见,亲爱的。"

微微湿润的人行道上,满是撑着同一把伞的情侣……

……而我,却像一个傻瓜一样孤单。明天,不管电影是否上映,我都要改变现状,重新生活。不,不是明天,是今晚!

2

两天后，巴黎。

"为什么我总要试到最后一把钥匙，才发现它能将门打开？"米娅抱怨道。

"因为生活本身就充满缺陷，要不然，楼梯也不会延伸至暗处。"黛西一边回答，一边努力用自己的手机照亮门锁。

"我再也不想听取任何人的想法，我只想拥有一个适合我的生存状态。换句话说，我希望拥抱当下，仅此而已。"

"而我，只想拥有一个更加确定的未来。"黛西叹了口气，继续说道，"现在让我们回到现实中，如果你无法打开这扇门，那就快把钥匙还给我，因为我的手机快没电了。"

正如米娅所预料的那样，她最后尝试的才是能将门打开的钥匙。在走进公寓时，米娅顺手按了一下门边的开关，却不见任何反应。

"今天整幢楼看上去都没有一丝光亮。"

"就像我的整个人生一样。"米娅顺势说道。

"你总爱夸大其词。"

"我无法在谎言中苟且度日。"米娅用一种试图唤起他人同情心的语调说道。然而,黛西太了解她了,不会轻易掉入她设下的圈套。

"别在这儿胡言乱语了,你是一个很有才华的演员,所以也是一个职业说谎者……我家还留有一些蜡烛,在我的手机关机以前,我应该可以找到它们……"

黛西的话音刚落,她的手机屏幕就自动熄灭了。

"我真想叫影视圈里所有的人都滚到一边去。"米娅轻声低语道。

"你难道就没有想到要过来帮我一把吗?"

"当然,可是现在我们真的什么也看不见。"

"我很欣慰你意识到了这一点!"

黛西在黑暗中摸索前行。她的手触碰到了饭桌,在试图绕开桌子时,不慎撞到了一把椅子,黛西咕哝了几声,随即继续前进,终于到达了饭桌后的工作台。她摸索着慢慢靠近煤气灶,抓起一盒放在柜子上的火柴,然后旋转了一下按钮,点燃了煤气。

一团微蓝的光晕照亮了黛西所处的位置。

米娅坐到了饭桌旁。

黛西则在一个又一个抽屉里翻找着蜡烛。事实上,她不允许任何带有香味的蜡烛存放在自己的家中。因为黛西对美食的热情有时让她变得很苛刻:她禁止任何外来气味搅乱一道菜品的本味。打一个形象的比喻:有些餐馆的门口会挂有"谢绝信用卡支付"的招牌,而黛西则一定会挂上"我的餐馆谢绝所有身上香味过于浓重的顾客进入"的牌子。

过了一会儿,她找到了蜡烛,并点亮了它们。火苗发出的光亮终于使房间不再深陷在黑暗之中。

不难看出,黛西公寓的精华全都浓缩在了她的厨房里。单单这间厨房的面积就大过旁边两间由卫生间隔开的屋子。毋庸置疑,厨房才是黛西真正生活的场地。在工作台上,摆放着紧紧挨在一起的土陶罐,装满了百里香、月桂、迷迭香、茴香、牛至叶、香蜂草以及埃斯珀莱特胡椒。这间厨房是黛西的实验室,更是她为之迷醉的圣地和释放压力的港湾。她在离家不远的蒙马特高地上开了一家小饭馆。每次黛西都是在自己的厨房里先开发新的菜谱,再为她的顾客奉上新的美味。

黛西从未在任何声名显赫的学校里专门学习过厨艺。她对这份职业的热爱完全来自家乡的根脉以及生养她的土地:普罗旺斯地区。在她童年的时候,当其他小伙伴都在松树或橄榄树下嬉戏玩耍之时,小黛西则在厨房里认真地观察着自己的母亲,并默默地模仿她的手势。

在屋外的花园里,黛西学会了挑拣各种草叶、食材;在厨房的炉灶旁,她又学会了将这些材料融合在一起,烹饪各式菜品。烹制美食就是她的生命。

"你饿吗?"黛西向米娅问道。

"也许吧。其实,我自己也不知道。"

黛西从冰箱里拿出一碟鸡油菌和一把香芹,又取下一串挂在她右边的大蒜,随后剥下几颗放在桌上。

"你这次做菜一定要用到大蒜吗?"米娅问道。

"今晚你打算要亲吻谁吗？"黛西一边回答，一边用刀切着香芹，接着继续说道，"在我做饭的时候，你和我说说，到底都发生了些什么，好吗？"

听到这话，米娅深深地叹了一口气。

"事实上，什么都没有发生。"

"你手提旅行袋，带着一种全世界已经崩塌的神色，突然在我饭店打烊的时候出现在了我的面前，从我们见面开始到现在，你就没有停止过抱怨。我猜想，你来找我，不会只是因为你想我了吧。"

"我的世界确实已经崩塌了。"

黛西停下手中的准备工作，正色道："米娅，我已经准备好聆听你所要讲述的一切。但请你在诉说的时候少些哀叹和哭诉，这里可没有什么摄像机。"

"你知道吗，如果你拍电影，一定是一个很棒的导演！"米娅由衷地说道。

"也许吧。好了，开始说吧。"

当黛西在厨房里忙碌的时候，米娅则坐到了饭桌旁。

当大楼里重新开始供电时，两个姑娘都不由得惊跳了一下。黛西按了一下调节器，试图让室内的灯光变得更加柔和。随后，她打开电动百叶窗，窗外，巴黎的景色尽收眼底。

米娅走向窗边。

"你有烟吗？"

"茶几上有一包香烟。我也不知道是谁落在那儿的。"

"你一定有很多情人，要不怎么会不知道谁把香烟落在你家？"

"如果你一定要抽烟，就到外面露台上去抽。"

"你也来吗？"

"如果我想知道事情的后续发展，难道我还有其他选择吗？"

"所以你在公寓里为他留了一盏灯？"黛西一边说，一边为两人重新斟上红酒。

"是的，可我并未在更衣室里为他留灯。相反，我还在那里摆放了一张矮凳，想让他在黑暗中狠狠撞上去，尝点苦头。"

"原来你们家还有一个更衣室？"黛西惊讶地说道，随即又继续问，"后来呢？"

"我假装已经入睡。他在卫生间里脱去衣服，随后淋浴了很长时间，最后关灯，躺下睡觉。我还等待着他在我耳边和我私语几句、亲我几下。可他倒头便睡，我想他的元气恢复得还不够彻底。"

"你想听听我的意见吗？好了，不管你愿不愿意听，我还是要把我的想法向你和盘托出。你嫁给了一个十足的混蛋。现在，问题的实质很简单，也很清晰：他的优点是否能让他的缺点也变得亲切可爱。不，不是。事实上，真正的问题在于为什么他让你如此痛苦，可你却依然深爱着他。除非你爱他的理由，恰巧是因为他让你变得不幸。"

"开始的时候，他让我很快乐。"

"我希望是这样的！如果故事的开头就很糟糕，那么白马王子将会永远从文学作品里消失，浪漫爱情电影也会和恐怖电影归为一类。别这么看着我，米娅。如果你想知道他是否背叛你，你应该向他发问，而不是向我。还有，放下这根烟，你烟抽得太凶了，这可是烟草，不是爱情。"

两行泪流淌在米娅的脸颊上。

黛西坐到她身边，将她紧紧抱在怀中。

"哭吧，尽情哭泣吧，如果这样能让你好受一些。失恋之苦确实让人痛不欲生，然而真正的不幸，其实是你像荒漠一般贫瘠的生活。"

米娅曾暗下决心，无论在什么样的情况下，都要保持应有的风度。可在黛西身边，她却很难做到这一点。两人的友谊由来已久，情谊深厚，形同姐妹。

"你为何会说起荒漠？"米娅一边擦拭着脸颊，一边问道。

"这是你询问我近来可好的方式吗？"

"你也感到很孤单吗？你认为我们有一天会变得幸福吗？"

"我感觉近年来你的生活已经很美满了。你是一个知名的、受人爱戴的女演员，你拍一部电影的收入，我可要花上一辈子的时间才能赚到，还有……你已经嫁为人妻。你读过今晚的报纸吗？我们其实根本就没有权利抱怨。"

"怎么了，发生了什么？"

"不清楚。如果真有什么好消息，人们一定会到街上去庆祝。我的鸡油菌怎么样？"

"你做的食物是世界上抗击抑郁最有效的药物。"

"现在你知道我为何想成为一名大厨了吧！好了，快去睡觉！

明天我会给你那个白痴丈夫打电话，告诉他，你已经知晓了一切，知道他背叛了全世界最棒的女人。另外，我还要通知他，你将彻底离开他，并不是因为你有了新的爱人，而是因为他无可救药的言行。我想，当我挂断电话时，该轮到他痛苦不堪了吧。"

"你不会真这么做吧？"

"不会，因为这一切将由你自己来完成。"

"可即使我真这么想，也无法这么做。"

"为什么？难道你想一辈子在一部低俗情节剧中自欺欺人吗？"

"因为我们两人合演了一部大制作电影，这部影片将在一个月后公开上映。在这样的情况下，我不得不被迫在公众面前继续演戏，饰演一个感到幸福满足的完美妻子。如果观众知道了大卫和我在生活中的真实状态，那还有谁会相信我们在银幕上演绎的夫妻？一旦发生上述情况，制片人和我的经纪人将永远不会原谅我。再说，虽然我的丈夫背叛了我，但我只想保持清醒，不想在公众面前蒙受耻辱。"

"要想很好地诠释这样一个角色，那你首先必须得是个十足的婊子。"

"你知道我为什么会突然出现在这里？因为我也无法永远生活在这层外衣下，我根本就坚持不了多久，所以我来是想让你把我藏在家中。"

"要藏多久？"

"直到你无法忍受我为止。"

3

到达拉夏贝尔门的时候，一辆萨博敞篷汽车斜线超车，超了三条车道，完全不顾其他司机用车灯向他发出无声的抗议，离开环城大道，驶向开往戴高乐机场的A1高速公路。

"为什么总是我去机场接他们？虽然我们已经认识三十年，但我发誓他们绝不会以同样的方式回报我。我太善良了，这是个很大的问题！如果没有我的话，他们甚至根本就不会在一起。可他们却从未向我道过一声谢，一句简单的谢谢又不会崩断他们的牙齿，可没有，我什么都没听到！"保罗一边看着后视镜，一边低声自语道，"好吧，我是乔的教父，但他们难道还有其他选择吗？皮勒格尔？绝无可能，再说，他的妻子已经是乔的教母了。我刚才说得很对，我总在帮助他人，我的一生几乎都是在帮助他人中度过的。我并不是想说，帮助别人让我感到不快，我只是希望别人也能稍稍关心一下我，这样我会很满足。比如，当我在旧金山生活的时候，劳伦就没有想到给我介绍一个住院的实习医生。在她工作的医院里可不缺少类似住院或不住院的见习女医生。然而，没有！她的脑海中从未闪过这个念头。当然,这些女医生的生活作息极不规律。如果我背后这家伙再用车灯烦我的话,我就来个急刹车,给他点颜色看看!我必须立刻停止自言自语,阿瑟说得没错,再这样下去,别人一定会把我当成一个疯子。可话说回来,我不和自己说话,又和谁说话呢?和我那些小说中的人物吗?好了,快住口,这个样子会显得年纪很大。因为只有老人才会自言自语。当然,也只有在他们独处一室时。通常情况下,他们会与自己的同辈或孩子说话。我是否有一天也会拥有自己的孩子?终有一天,我也会彻底老去。"

保罗说着,又朝后视镜里望了自己一眼。

萨博车在自动栏杆前停了下来,保罗取了一张停车卡,并在摇下车窗时说了声:"谢谢。"

宽大的电子屏幕上显示 AF83 航班将准点到达。保罗不耐烦地跺着脚。

第一批乘客已经陆续走了出来。然而,这批人的数量并不多,他们也许是头等舱的乘客。

在出版了自己的第一部小说以后,保罗决定将自己的建筑师事业暂时搁置一边。因为写作让他体会到一种无上的自由感。事实上,保罗从未想到自己会成为一名作家,当初之所以开始写作,只是因为他很享受将白纸渐渐填满,在三百页后轻轻在键盘上敲上"完"的过程。每当夜幕降临之时，总有一股神秘的力量将保罗带入他自己所创造的故事中去，并且一旦进入以后就很难脱身，所以他经常在电脑前匆匆解决晚饭。

每当夜深人静的时候，保罗又会进入一个臆想空间。此时，陪伴在他左右的是那些小说里的人物。经过一段时间的相处，保罗慢慢地与他们结为挚友。在他的笔下，一切皆有可能。

当保罗完成这部作品以后，便把打印好的文稿随意摆放在自己的书桌上。

在命运的安排下，他的生活在几周后发生了彻底的改变。那天，保罗邀请阿瑟和劳伦来自己家做客。其间，劳伦接到一个医院主管打来的电话，于是她便来到保罗的书房通话，留下另外两人在客厅里交谈。

和主管冗长的谈话让劳伦深感厌烦，百无聊赖中，她注意到书桌上的那本手稿，并随意翻阅了几页，谁料竟完全被保罗的故事所吸引，甚至忽略了正在进行中的通话。

当克劳斯教授挂断电话以后，劳伦继续完成她的阅读。就这样，不知不觉过了一小时，直到保罗把头探进自己的书房，询问她是否一切正常时，劳伦才缓过神来，嘴角挂着微笑。

"我没有打搅你吧？"保罗的这一问不由得让劳伦惊跳了一下。

"你知道吗，你写得太棒了！"

"你难道不认为在阅读之前应该先获得我的允许吗？"

"我能将这部书稿带回家看完吗？"

"正常人不会用另一个问题来回答别人提出的问题！"

"你可经常这么干。我可以带走吗？"

"你真的很喜欢吗？"保罗露出怀疑的神色，问道。

"是的，很喜欢。"劳伦一边回答，一边整理着散乱的书页。

随后，她拿起书稿，一言不发地从保罗跟前走过，然后回到了客厅里。

"你听到我说可以了吗？"保罗跟在劳伦身后，问道。

然后，保罗走近劳伦，在她耳边低语了几句，让她不要把这件事告诉阿瑟。

"可以什么？"阿瑟见两人回到客厅，起身担心地问道。

"我记不清了。"劳伦回答道，"我们走吗？"

还未等到保罗有任何反应，阿瑟和劳伦已经站在楼道里了，感谢保罗让他们度过了一个美好的夜晚。

此时，又有一批乘客陆续从里面走了出来，这次人数多了一些，有三十余人。可保罗仍旧不见他要接的那两人的身影。

"他们在搞什么鬼！他们难道在飞机上用吸尘器打扫卫生吗？自从我到巴黎生活以来，真正怀念的到底是什么？在卡梅尔的那所房子……那时，在他们的陪伴下，我经常在那里欢度周末，在海滩上欣赏落日。距离这段时光，马上就要过去七年了。这些年的时间到底都去了哪里？其实，我最想念的还是他们。虽然我们现在可以视频聊天，这当然比断了联系要好，可在自己的怀中拥抱我们所爱的人,感受他们的存在,却是完全不同的感受。好吧,我确实该和劳伦说说最近老犯的头痛病,这是她擅长的领域。不,还是算了。她一定会逼迫我去做这样那样的检查,这太荒唐了,我只不过是有些头痛,不是每个头痛的人脑子里都长了恶性肿瘤。唉,还是到时候再看吧。我的老天,他们到底还出不出来了?"

※

　　格林大街上空无一人。当阿瑟把福特牌轿车停稳在停车场后,便为劳伦打开车门。随后两人一起走进一座维多利亚式的小房子,爬上最后一层,两人居住的公寓就在这里。很少有夫妇在相遇以前就居住在同一所公寓里。关于这一点,当然又是另一个故事……

　　那天,阿瑟需要完成一个重要客户的图纸。他向劳伦解释自己今晚无法陪伴她,然后亲吻了她一下,便端坐在自己的书桌前开始工作。劳伦则迫不及待地钻到被窝里,重新开始阅读保罗的书稿。

　　整个晚上,阿瑟不止一次地听到从隔壁房间里传来的笑声。每一次,他都望一眼自己的手表,然后重新拿起铅笔。可在半夜时分,他却听到了抽泣声,这一次他终于起身,轻轻推开了隔壁的房门,发现自己的妻子正坐在两人的床上,忘我地读着什么。

　　"你怎么了?"他担忧地问道。

　　"没什么。"她一边说,一边合上了书稿。

　　说罢,她在床头柜上拿了一张纸巾,重新坐直了身体。

　　"我能知道是什么让你感到如此难过吗?"

"我并不难过。"

"你的某个病人情况不好吗？"

"不，他们的情况很好。"

"你难道不是因为这个而哭泣吗？"

"你不过来睡觉吗？"

"在你向我解释为何到现在还不入睡之前，我是不会过来睡觉的。"

"我想我有权利决定自己的睡眠时间吧。"

听到这话，阿瑟一下坐到劳伦面前，决心一定要让她说出实情。

"是保罗。"她终于"招供"道。

"他生病了吗？"

"不是，他写了……"

"他写了什么？"

"在我告诉你之前，我必须先征求他的同意……"

"保罗和我之间没有任何秘密。"

"还是有秘密的。好了，别固执了，快睡觉吧，时间已经不早了。"

第二天晚上，保罗在事务所接到了劳伦的紧急电话。

"我有事要和你说。半小时之后，我就可以下班了。你马上到医院对面的咖啡馆里来找我。"

放下电话后，保罗感到很茫然。可他还是穿上外套，离开了办公室。巧的是，他在电梯前碰到了阿瑟。

"你去哪儿？"

"去接我的妻子下班。"

"我可以陪你去吗?"

"你病了吗,保罗?"

"我一会儿到路上再向你解释,快点,你动作可真慢!"

当劳伦出现在医院的停车场时,保罗飞快地向她走去,并一把抓住了她。阿瑟在远处观察了他们一会儿,最后还是决定走上前去。

"我们回家见。"劳伦对他说道,"现在,我和保罗有些事要谈。"

两人撇下阿瑟,径直走进了那家咖啡馆。

"你读完了吗?"等服务生走远以后,保罗迫不及待地问道。

"是的,我昨天晚上就读完了。"

"你喜欢吗?"

"非常喜欢。我还发现书中有许多与我相关的内容。"

"我知道,我本来应该首先征得你的同意,再下笔。"

"是的,你确实应该这么做。"

"好在,除你之外,不会再有其他人读到这个故事。"

"这正是我找你来想要讨论的事情。你应该把这部书稿寄给出版社,他们肯定会出版你的作品,我敢肯定。"

保罗对这个想法很抵触。首先,他很难想象自己的作品会让任何一家出版社产生兴趣。其次,他也无法鼓起勇气,让一个陌生人阅读自己书写的故事。

劳伦费心规劝,用尽所有可能的说辞,但保罗仍旧不为所动,坚持己见。在与他道别之时,劳伦询问保罗自己是否可以和阿瑟分享这个秘密,可后者却装作没听到她的话,一言不发。

023

回到家后,劳伦马上就把书稿交到阿瑟的手中。

"给。"她一边伸手一边说道,"等你读完了,我们再一起讨论。"

这次轮到劳伦不时地听到阿瑟在阅读期间发出爽朗的笑声,他在读到某些章节时神情激动,心灵上像是受到了很大的震动。三小时以后,阿瑟走进客厅,坐到劳伦的身旁。

"怎么样?"

"这部小说的灵感很大程度上来自我们的故事,但我还是很喜欢。"

"我建议他将这部书稿寄给某家出版社,可他就是什么也听不进去。"

"我可以理解他。"

促成保罗的小说公开出版,几乎已经成为这位年轻医学博士脑海中一个挥之不去的念头。每当劳伦碰上他,或是在电话中与他通话,都会情不自禁地向他抛出同一个问题:是否寄出作品。然而每次保罗的回答都是否定的,并央求她别再坚持这一荒唐的想法。

一个周日的黄昏,保罗的手机响了。这次,打来电话的不是劳伦,而是一个来自西蒙与舒斯特出版公司的编辑。

"阿瑟,你的玩笑很好笑。"保罗说道,语气中略带恼火。

听到他的回答,对方颇感惊讶,回答说自己刚读完了他写的小说,非常喜欢他的作品,并很希望能够见一见作者本人。

然而,误会并未就此结束,保罗继续和电话那头的"阿瑟"开着玩笑。至于那位编辑,面对保罗的打趣,他先是觉得好笑,后又感觉有些不快，便干脆提议自己明天就去保罗的办公室拜访他，这样他就能知道这到底是不是一个玩笑了。

听到这番话，保罗终于开始相信对方的话，停止打趣，问道："您是如何获得我的书稿的？"

"您的一个朋友代替您，将手稿交到我手中。"

在和保罗确认完碰头地点后，对方挂断了电话。而保罗的内心却无法平静，他开始若有所思地在公寓里来回踱步，没过多久，他发现自己实在无法在原地思考，便跳进那辆萨博轿车，驾驶着汽车横穿城市，来到旧金山纪念医院门口。

保罗在急诊大厅里要求马上见到劳伦医生。护士瞥了他一眼，说他看上去并无病容。保罗狠狠地瞪了她一眼，心想所谓紧急情况，并不仅仅局限在医学的范畴。他威胁对方如果不马上呼叫劳伦，他就要大闹一场。护士随即向保卫处发出求救信号，眼看一场风波就要被挑起，好在这时劳伦看到了保罗，便径直向他走去。

"你在这里干什么？"

"你有一个做编辑的朋友？"

"没有。"劳伦一边回答，一边盯着自己的鞋尖。

"那就是阿瑟有一个做编辑的朋友？"

"他也没有。"劳伦轻声说道。

"这又是你们对我开的一个玩笑？"

"这次并不是一个玩笑。"

"你到底做了些什么？"

"我并未做任何伤天害理的事情。要知道，选择权仍然在你手中。"

"你可以向我解释一下吗?"

"我的一个同事有一个做编辑的朋友,于是我便把你的书稿交给他,好让那位编辑对此书做出客观、独立的判断。"

"你根本就没有权利这么做。"

"以前,你同样也未经我的准许,做了许多事情。然而今天,我却对你充满了感激。保罗,我只是借助命运之手,推了你一把。可是这又如何? 我再重复一遍:选择权在你自己的手中。"

"什么选择权?"

"你可以选择是否和其他人分享你所写的故事。虽然你不是海明威,可你的故事也许会给阅读它的人带来些许快乐。哪怕他们只是在阅读的过程中享有快乐,就已经不错了。好了,我先走了,我还有工作要做。"

说罢,劳伦转身离开,在推门而出之时,她又补充道:"对了,你可千万别感谢我。"

"感谢你什么?"

"保罗,准时去赴约吧,别固执了。还有,关于此事,我对阿瑟仍然只字未提。"

最终,保罗还是与那个欣赏他作品的编辑见了面,并同意他的提议。然而,每当他听到编辑把自己写的书称为"小说"的时候,总是很难将自己在艰难时期用来填充孤寂夜晚的故事与"真正的小说"建立起实际的联系。

保罗的小说于六个月后正式出版。在作品公开出售的第二天,保罗在公司的电梯里看见两个建筑师同事手里拿着自己写的书。两人真诚地向他表示祝贺，而保罗则面部僵硬，机械地回应着。等到他的同事一走出电梯，保罗便按下通往底楼的按钮。到达底楼后，他走进一家咖啡馆，每天早晨，他都在这里用餐。恰巧店内的服务生刚买了保罗的新书，于是便请求他为自己的书上签名留言。保罗双手颤抖着完成了她的请求，随即结账，回到家中，重新开始阅读自己创作的小说。每当他翻过一页，他的身体就会在扶手椅中陷得更深。此时此刻，他多么希望自己深陷在这把扶手椅中，再也不要起来。他在书中，赤裸裸地向读者袒露了一部分自我，毫无保留地述说着个人的童年、梦想、希望和失败。并且这一切是在他毫无意识、从未想到会有其他人阅读自己小说的状态下完成的。更可怕的是，在这一未知的读者群中，很多都是他每天都会见到的熟人，或是一起工作的同事。在日常生活中，保罗声音洪亮，为人亲切。而这一切都是表象，掩盖了他真正的性格。事实上，保罗生性羞涩，甚至已经到了一种病态的程度。此时，他在自己的公寓中睁大双眼，摇晃手臂，心中只有一个愿望：像他创造的小说人物一样，成为一个隐形人。

保罗的脑中突然闪过一个念头：他想把自己正在市面上销售的那本小说全部买下。想到这里，他抓起电话，拨通了编辑的号码。可还未等保罗将自己的想法告诉编辑，后者已率先发话，向他表示祝贺：在今天早晨的《旧金山纪事报》上，刊登了一篇评论他作品的文章。虽然，这位文学记者不留情面地指出小说诸多的不足之处，可总的来说，这篇文章仍然不失为一段绝佳的宣传文字。听到这番话，保罗当即挂断电话，冲向最近的一家报亭，买下编辑刚才提到的那份报纸。他翻到那篇文章，贪婪地读了起来。作为新手出版的第一部作品，记者指出许多硬伤。然而更让他羞愧难当的是，文章的作者赞扬保罗敢于袒露心声，表现出适当的柔情。撰写本文的记者在文章最后这样总结道：在如今这个厚颜无耻凌驾于智慧之上的时代，我们也许可以把该书作者的写作方式当成一种对抗粗鄙的勇敢行为。读完文章后，保罗感觉自己正在死去。不是那种一蹴而就的暴毙（如果真是这种死亡方式，他反而会感到如释重负），而是缓慢、令人窒息的垂危。

他的手机铃声开始无休无止地响起，屏幕上不断出现陌生的号码，保罗每次都拒绝接听来电。最后，他干脆拿掉电池板，关闭手机。他就这样窝在自己的家中，没去参加编辑为他筹备的庆祝酒会，也没去公司上班。一天晚上，一个送比萨的小伙子拿着一本书想让他签名，并兴冲冲地补充说自己昨天在晚间新闻里认出了他的照片。当同样的插曲又在附近杂货店里重新上演后，保罗决定彻底把自己关在家中，闭门不出。就这样过了几天，直到阿瑟敲响他的家门，强行将他带出"洞穴"。与保罗的态度恰恰相反，阿瑟对他的成功感到欢欣鼓舞，并又给他带了很多好消息。

保罗小说的独创性让他的作品一经出版就吸引了媒体的目光。建筑事务所助理莫琳充满感情地为保罗制作了一份媒体手册。事务所的大部分客户都已经读过他的作品，并纷纷来电向保罗表示祝贺。

一名电影制片人慕名来到建筑事务所，想要亲自拜访一下作者本人。事实上，阿瑟把最好的消息保留到了最后才向保罗透露：他从他经常光顾的巴诺书店得知,保罗小说的销售量大得惊人。在硅谷,小说也同样深受读者欢迎。巴诺书店的相关工作人员确信,如果按照这样的趋势继续发展下去,类似的成功例子将蔓延到整个美国……

随后,阿瑟将保罗强行带入一家餐馆,并在餐馆的露天座椅上规劝他,是时候该刮一刮胡子,注意一下自己的仪容,回复编辑在事务所留下的二十条留言了,更重要的是拥抱这份生活赐予他的幸福,而非哭丧着脸,整天无精打采。

保罗沉默良久,深吸了一口气。由于身处公共场合,他更加无所适从,不知应该如何作答。此时,一位女士认出了他,并走上前去,打断两人的午餐,询问保罗的作品是否带有自传的色彩。这一插曲,使原本沉默的气氛变得更加尴尬。

最终,保罗还是鼓起勇气,用一种严肃的口吻告诉阿瑟,经过一周的考虑,他决定将建筑事务所全盘交给阿瑟打理,自己则离开公司,休假一年。

"你休假的目的何在?"阿瑟问道,神情激动。

彻底消失。保罗暗想道。然而,为了避免亲朋好友对自己进行无休无止的"思想教育",保罗找到了一条无懈可击的理由:尝试创作第二部作品。阿瑟又怎能对这个想法提出异议呢?

"如果这确实是你所期待的生活,我当然支持你。我没有忘记,当我状态不佳,前往巴黎生活的时候,是你全权负责了公司所有的事务。你打算去哪里?"

关于这个问题,保罗脑中还没有任何想法。可他却脱口而出道:"去巴黎。你向我说了那么多关于这座光明之城的美好事物:它的小

029

酒馆、桥、充满生气的街区和那些迷人的巴黎女郎……谁知道呢？如果我运气够好，或许那个你经常和我说起的美丽的花店店主还在那里，不曾离开。"

"也许吧。"阿瑟简短地回答道，"然而事实上，一切并不像我所描绘的那样美好。"

"那是因为当时你状态不佳。而我这次去那里，只是想换一个环境……为的是激发我的灵感，你知道吗？"

"如果真能激发你的灵感，我当然鼓励你去！你打算何时出发？"

"今天晚上就在你们家组织一场饭局，邀请皮勒格尔和他的妻子，这样一来，我们这帮朋友也算聚齐了，大家也好借这个机会为我送行。然后明天一早我就出发前往法国，拥抱美好新生活！"

保罗的计划让阿瑟感到很悲伤。他本可以极力反对，抱怨这个决定太过匆忙，劝说保罗在事务所耐心工作几个月，再把自己的想法付诸行动。然而，最终还是两人的情谊占了上风。如果有一个相同的机会摆在他的面前，保罗一定会竭尽全力帮助他实现梦想，事实上，在过去的日子里，他已经用实际行动证实阿瑟的这一想法绝非空想。至于工作上的事，他一定也能和保罗一样，找到可行的解决办法。

在和阿瑟道别以后，保罗回到自己家中，感到惶恐不安。这个念头是从哪儿冒出来的？前往巴黎生活，而且还是孤身一人！

保罗在公寓里来回踱步，开始为这个疯狂、难以理解的想法寻找合理的说辞。既然阿瑟曾经将这个想法化为现实，自己为什么不可以？他的第二个理由是关于那些迷人的巴黎女郎，第三条理由是他可以在那里尝试创作另一部小说……当然，这部小说不会公开出版，或是仅在国外出版。这样一来，等现在第一本小说的风头过了以后，他就可以重新回到旧金山。保罗思考了半天，最后将所有的理由都汇聚成了一点：作家……美国……单身……巴黎！

如今，保罗在巴黎已经生活了五年，并又创作了五部新的作品。五年来，他逐渐厌倦了与巴黎女人之间转瞬即逝的爱情，她们反复无常的个性让他觉得不可理喻。于是他选择处于单身的状态，并暗自庆幸这是他的自主意愿而非被动的无奈之计。

他的五本新作既没有在美国也没有在欧洲取得他期待中的成功。然而，却在其他地区，尤其是在卡尔马尼[①]反响甚好，这一点至今仍令他百思不得其解。

几年来，保罗一直与他的卡尔马尼翻译保持着恋爱关系。每年，可咏都会来巴黎看他两次，每次都不超过一周。事实上，保罗对这个卡尔马尼女人用情不浅，可他却不想承认这一点。两人之间最大的问题在于：每当面对可咏时，他总是无法找到合适的词句。

可咏喜欢安静，但保罗却惧怕沉寂。他经常暗自思忖：如果他没能用笔来去除寂静，没能用墨水来填补空白，自己在面对沉寂时，又该如何应对。可咏和他每年在一起度过十四天半，这十四天半还包括了往返于机场的时间。当可咏在自己身旁的时候，保罗总会长时间地凝望着她，无法分辨她究竟是一个真正的美人，还是所谓的"情人眼里出西施"。她的面庞是如此特别，眼神是如此深邃，以至于当两人

[①] 卡尔马尼是作者虚构出来的国家，下文提到的瑞塔为卡尔马尼的首都。

做爱时，保罗总想着自己是否正和一个外星球的生物同床共枕。

两人很少见面，因而仍然都保有自己的习惯。每当可咏来到巴黎时，她都喜欢前往阿波利奈尔电影院去看一场电影，好像这座影院本身比里面播放的影片要重要很多；也喜欢徜徉在艺术桥上，或是来到贝蒂咏冰激凌店品尝一根雪糕，即使在严冬时节，也不例外。另外，这位卡尔马尼翻译还喜欢阅读法国报纸，流连于各家书店中，在马海区和列阿莱街区的步行街上散步，随后步行登上前往美丽城的斜坡（事实上，走下斜坡要比登上斜坡省力不少）。可咏还经常在阳光明媚的日子来到夏普戴尔街上的浪漫生活博物馆，然后坐在博物馆外的花园里慢慢品上一杯香茶。蒙梭大街上的卡蒙多博物馆也是可咏常常光顾的地方。除此之外，巴黎让她留恋的事情还有很多，比如她喜欢保罗送她鲜花，并在回去的路上将这些花捆扎成一束；喜欢在保罗家楼下的瓦诺店铺买奶酪，喜欢那位店铺老板凝望着自己，渴望着自己。其实，她喜欢保罗小说的程度远远低于上述事物，可正是这些作品使两人紧紧联结在了一起。

当可咏不在的时候，她的音容笑貌也时刻占据着保罗的思想，他对她的情感甚至变得更加强烈。为何在他眼中，可咏是如此风雅迷人，为何他对她的思念是如此强烈？

每当保罗完成一部作品时，可咏就会来到他的家中。通常来说，任何人经过十一小时的飞行都会感到劳累不堪，然而，可咏每次出现在保罗面前时，都依然显得光彩照人。在前往保罗住所之前，她都会先吃一顿便餐。几年来，这顿午餐的内容从未发生任何的改变：蛋黄酱白煮蛋、一片面包和一杯啤酒汽水（这三种食物的组合也许是一颗抵抗时差的神奇药丸，兴许有一天这一配方还能得到科学的认证）。事实上，不仅午餐的内容如出一辙，就连午餐的地点也一成不变：可咏总是选择在布列塔尼大街和夏尔勒大街拐角处的一家咖啡馆里用餐。也许，我们还应该询问一下市场咖啡馆的老板，他们做出蛋黄酱白煮蛋的母鸡到底产自何方，以防哪一天那家农场突然倒闭。来到保罗寓所后，可咏总是先洗个澡，然后坐到保罗写作的书桌旁，开始阅读他的新作。每当这个时候，保罗会坐到床沿一角，面朝可咏，凝望着她。时间悄然飞逝，可咏在阅读时总是面无表情。有时候保罗甚至觉得可咏对小说的评价，直接决定她下次是否再来巴黎与自己相会。在他看来，两人是否情投意合，完全取决于一句"我是否喜欢你写的那些章节"。事实上，每当可咏翻译完一部作品，她都会写一段意见鲜明的评论，这段评论直接影响保罗的收入。毋庸置疑，保罗当然十分看重自己在卡尔马尼的收益情况，可他却更在意可咏阅读自己小说的时光，因为只有在那时，他才能体会到两人之间的亲密关系。

他喜欢写作，喜欢在国外居住，喜欢可咏每年两次的探望。其余时光他总感到孤独寂寞（这也是他匆忙决定的代价），除此之外，保罗认为自己的新生活简直可以称得上完美。

❦

玻璃门终于打开，保罗如释重负，长舒了一口气。

阿瑟推着一辆行李车缓缓而出，劳伦则在一旁挥舞着手臂。

033

4

米娅睁开眼睛,伸了一个懒腰。她用了几秒钟才分辨出自己所在的位置,无论是地理上还是情感上的位置。随后,她起身,走出房间,试图寻找黛西,可公寓里空无一人。

在厨房的桌子上摆放着黛西给她准备的早餐。一旁的古旧陶质碟子下还压了一张字条,上面写道:"你需要睡眠,等你安排妥当后,就到餐馆来找我。"

米娅打开电水壶,烧了一点水,然后走到窗边。白天的时候,窗外的风景变得更加触动人心。她暗自思忖自己将如何度过这一天及以后的日子。接着,她瞥了一眼烤箱上的时间,想着大卫此时正在做些什么,是独自一人,还是趁着她不在的大好时光,享受生活。米娅自问,她这样留给大卫一片自由空间,期待他会想念自己的做法是否明智?她是否应该留守阵地,试着重新俘获他的心?唉,谁又真正知道这些问题的答案呢?

虽然米娅不知道自己想要什么,却清楚地明白自己不再想要的东西:怀疑、等待、沉默。她心中满是一些遥不可及的想法,可这些想法却可以帮助她在早晨起床时，重新找到生活的乐趣，而不是在醒来时，胃部感到一阵抽搐。

天空云雾缭绕，好在并没有下雨，这预示着一个好的开端。米娅今天不打算到餐馆与黛西会合，她更想在蒙马特高地附近到处走走，到精品店里挑选衣物，或是让高地的漫画家为自己画一幅肖像。这些想法虽然缺乏新意，却是她心中想要完成的事情。这里和英国的最大区别在于，当地的民众对米娅都不熟悉。她可以尽情享受这份自由，做自己想做的任何事情。

米娅在自己的旅行袋里翻找着，想找一件适合出行的衣服，却在好奇心的驱使下，开始探索她最好朋友的公寓。她看到被漆成白色的书橱上摆满了书，以至于书架都有些向下倾斜。米娅从茶几上那包被人遗忘的烟盒里抽出一根香烟，拿着烟盒，寻找着可能透露其拥有者信息的蛛丝马迹。他是一个什么样的人，是黛西的朋友、情人还是伴侣？黛西可能和一个男人共同生活的事实重新点燃了米娅致电大卫的想法。此刻，她多想让时间倒流，回到那一次拍摄之前的时光。就是在那次拍摄的时候，一位女配角向大卫暗送秋波。类似的事情也许不是第一次发生，可当时大卫的眼神却让米娅感受到了事实的残酷。想到这里，她走向露台，点燃手中的香烟，并看着它在指间燃尽。

随后，她走进阁楼，坐到了黛西的书桌前。桌上，黛西的电脑开着，屏幕却被主人用密码锁定了。

米娅拿起手机，和她的朋友开启了一段用短信完成的对话：

你电脑的密码是什么？我需要阅读一下我的邮件。

          你不能在你的手机上读吗？

当我在国外时，不能。

             小气鬼！

这是你的密码？

          你是故意的吗？

那你的密码是什么？

          我在工作。小葱。

？？？？

           这是我的密码。

我在工作小葱？

         只有"小葱"，傻瓜！

这个密码真是太愚蠢了。

        才不是呢，对了，别乱翻我的文件。

我不是这样的人。

           你就是这样的人。

  米娅放下手机，在电脑中输入密码，随后打开自己的邮箱。邮箱中只有一封来自克雷斯顿的留言。信中，米娅的经纪人询问她现在身处何方，为什么不给他回电。一家时尚杂志想在她的家中对她进行采访，他需要尽快获得她的准许。

  米娅回信道：

亲爱的克雷斯顿：

  我需要暂时离开英国一段时间，我信任您的人品，希望您不要把这个消息告诉任何人。当我说"任何人"，是真的希望您不要向"任何人"透露我的去向。为了学习饰演那个您逼迫我接下的角色，我需要一段独处的时间，远离导演、摄影师、您的助理或是您的命令。两年以来，我已经失去违抗他人意愿的能力。我不会为任何时尚杂志拍照，因为这违背了我个人的意愿。昨晚在欧洲之星上，我写了一份"决心书"。其中第一条就是不再唯命是从。我需要向自己证明我有这个能力完成这些计划，哪怕只有几天也好。今天巴黎的天气很不错，我准备出门散步了……不用担心，我很快就会向您汇报我的近况，我也会在任何场合都表现得很低调。

  祝好！

米娅

  米娅在通读一遍自己写的邮件之后，在"发送"的图标上点了一下。

  这时，屏幕上方的一个小窗口引起了米娅的兴趣，她点击进入，当她发现自己进入了一个男女婚恋交友网站时，不由得惊讶地睁大了眼睛。

  她答应过黛西，不会随便翻看她的电脑。可当米娅仔细回想两人对话时，又认为自己并未对黛西做过任何明晰的承诺，再说，她永远也不会知道自己做过些什么。

米娅翻看了一些好友选择的对象信息,在阅读个别留言时,不由得发出阵阵笑声,却也在众多男士材料中发现两个不错的人选。当一缕阳光照射进房间时,米娅突然意识到该离开这个虚拟的世界了,如果继续沉溺于此的话,一定会在她面对外部真实世界时造成困扰。于是,她关上电脑,穿上一件挂在公寓入口处的轻便外衣。

她走出楼房,走在通往小丘广场的小道上,在一家画廊前停下脚步,然后继续前行。这时,一对来巴黎旅游的夫妇看到了米娅,妻子用手指了指她,然后对一旁的丈夫说道:"我敢肯定,一定是她!不信你可以上前去问她!"

米娅加快步伐,走进路边第一家咖啡馆里。可那对夫妇仍旧不依不饶,站在店门口,隔着窗玻璃看着她。米娅紧贴着柜台,点了一小瓶维泰勒矿泉水,眼睛盯着吧台上的镜子,镜中折射出店外的街景。她一直等到那对行为莽撞的夫妇走开后,才结账离开。

到达小丘广场以后,米娅观察着那些专注于工作的漫画家。这时,一名年轻男子上前与她搭话。这位男子笑容友善,穿着外套和牛仔裤,显得颇为潇洒。

"您是梅利莎·巴洛小姐吗?您所有的电影我都看过。"年轻男子操着一口标准的英语说道。

梅利莎·巴洛是米娅·格林贝格在银幕上使用的名字。

"您到巴黎来是为了拍戏,还是度假?"男子继续说道。

米娅对他微笑了一下。

"事实上,我并不在巴黎,而是在伦敦。您以为见到了我,可事实上,这并不是我,只是一个和我长得很像的女人罢了。"

"抱歉,我没有听明白。"男子谨慎地回答道。

"是我该向您说抱歉才是。刚才我说的内容对您来说可能毫无意义,可对我而言却意义非凡。如果我让您失望了,您可别责怪我。"

"难道我会因为梅利莎·巴洛在英国而伤心失望吗?"

说到这里,年轻男子恭敬地向米娅行了一个礼,转身离开,可没走几步,却又转身说道:"世界这么小,如果有一天您有幸在伦敦的大街上碰到她,您可以替我告诉梅利莎·巴洛,她是一个无与伦比的演员吗?"

"我一定会向她传达您的赞扬,我相信,她听了之后一定会很开心。"

米娅看着年轻男子渐行渐远。

"再见。"米娅低声自语道。

她从包里找出太阳镜,戴上后又走了一会儿,突然看到一家理发店,暗想克雷斯顿一定会对她的举动大发雷霆,这反而更增添了她把想法化成行动的决心。想到这里,米娅推门而入,在一张扶手椅上坐下。一小时以后,她顶着一头棕色短发,推门而出。

米娅决心测试一下自己的新发型是否成功,于是便来到圣心大教堂前的石级上坐下,随后开始静静等待。当一群来自英国的游客停在圣心大教堂前的广场时,米娅赶紧和其他游客一起从石级上走下,当经过英国旅游团跟前时,她面朝游客,向导游打听时间。令人可喜的是六十名英国游客中竟然没有一个认出她来。米娅不由得暗自感谢为她理发的发型师赐予自己一张全新的面庞。她终于成为一个参观巴黎的普通英国女人,一个没有名字的路人。

❦

保罗开着车,在公寓四周转了两圈,最后还是把车停在了停车线的外围。完成这些以后,他转身朝着自己的两个乘客努力微笑了一下。

"怎么样?没有太想家吧?"

"你驾驶的方式,让我们感觉好多了。"阿瑟回答道。

"你有没有和他说过,就是因为他,那天晚上我不得不在手术台上躺了两小时?"保罗对劳伦问道。

"已经说过二十次了。"阿瑟回答,"怎么了,为什么问这个?"

"没什么,这是钥匙,公寓在最高那层,你们可以先把箱子搬上去,我去把车子停到停车场去。"

劳伦和阿瑟来到保罗为他们准备的房间,打开各自的行李。

"真可惜,你们没有把乔一起带来。"保罗走进房间时,叹了口气,说道。

"对于他这个年纪的孩子来说,这场旅途略显漫长。"劳伦解释道,"他现在正在他的教母家中,我想,他应该在那里过得很开心。"

"他在他教父家中一定比在教母家中要开心得多。"

"我们希望完成一次爱人之间的亲密之旅。"阿瑟插嘴道。

"也许吧,但你们已经相爱多时,而我却不能经常见到我的教子。"

"回到旧金山生活吧,这样你就能天天看到他了。"

"你们想吃些什么吗?对了,我把那块蛋糕放哪儿了?"保罗一边低声自语,一边翻看着橱柜,继续说道,"我确实买过一块蛋糕。"

劳伦和阿瑟交换了一个眼神。

保罗为两人倒了咖啡,随后便开始解释自己为他们制订的旅行计划。

近日巴黎阳光明媚。第一天,保罗打算带他们去参观一些巴黎的地标性建筑:埃菲尔铁塔、凯旋门、西岱岛、圣心大教堂。如果一天之内无法完成行程,劳伦和阿瑟可以在第二天继续他们的游览。

"爱人之间的游览……"阿瑟提醒道。

"当然。"保罗面露尴尬地回答道。

在完成这一场浩大的马拉松式的旅行计划前,劳伦需要养精蓄锐,好好休息一下。再说,两位多日不见的好友一定有很多话要和对方交流,于是她便提议阿瑟和保罗单独吃午餐。

保罗打算带阿瑟到一家距离自己住所不远的咖啡馆吃午餐,中午时分,阳光总是暖洋洋地洒在露天座椅上。

阿瑟换上一件干净的衬衫后,便跟着保罗离开了公寓。

坐定以后,两位好友相互打量着,一言不发,好像两人都在等对方先开口。

"你在这里过得开心吗?"阿瑟终于发话道。

"嗯,应该是吧。"

"应该是吧?"

"谁又能真正确定自己是否幸福呢？"

"你刚才说的也许是作家的精妙语句，我却是实实在在地在向你提问。"

"你希望我回答你什么？"

"事实。"

"我热爱我的工作。虽然我经常感觉自己是写作行业的一个篡夺者，要知道，我只写了六部小说。事实上，许多作家也都这么认为，至少一些同行向我透露过其他人对我的评价。"

"你平常与许多作家都有来往吗？"

"我加入了一个离这儿不远的写作俱乐部。每周，我都会用一个晚上的时间参加他们的活动。所谓活动，其实就是大家闲聊，互相倾诉自己在写作时遇到的困难。最后，我们通常会在一家餐馆结束当天的活动。有趣的是，当我谈论起这些的时候，我觉得这一切都显得很可悲。"

"这点我倒并不反对。"

"说说你吧，最近怎么样？事务所运行得还不错吧？"

"我们正在聊你的情况，别扯开话题。"

"我写书。事实上，这是我唯一的工作。每年，我会参加一些书展。有时，也去书店为读者签售。去年，我就前往德国和意大利参加相关活动，因为我的书在那里卖得还算不错。除此之外，我每周去健身房两次，虽然我很讨厌运动，可我每天吃得太多，所以不得不经常去健身。另外，我还写书，我已经说过这点了，是吧？"

"看来，你过得很开心。"阿瑟发出嘘声，带着讽刺的口吻说道。

"你不能光看事情的表面。每当夜深人静之时，我确实很幸福。因为在我写作时，我可以与书中的人物重新相会，生活也就变得令人愉悦。"

"你有女友吗？"

"有，又没有。她不经常在我身边。老实说，她几乎从未在身边陪伴我，但我却时刻想念着她。你应该认识她吧？"

"她是谁？"

"我小说的卡尔马尼翻译，你不觉得这令人难以置信吗？"保罗假装显得很兴奋，大声说道，"是的，我的作品确实在卡尔马尼大受欢迎。然而，我却从未踏上过卡尔马尼的土地。我有多害怕坐飞机你是知道的，我甚至感觉，自己还没有完全从旧金山到巴黎的那次飞行中恢复过来。"

"这已经是七年前的事情了！"

"对我来说，这就像是昨天发生的事情。十一小时的空中颠簸，简直就是一场浩劫。"

"也许，有一天你会重新出发。"

"那可不一定，我已经获得了这里的居住证。如果坐船出发，我倒是可以考虑。"

"和我说说这个翻译吧。"

"她是一个无与伦比的女人。虽然，我对她并不十分了解。然而，随着岁月的流逝，我却一天比一天更加依恋她。异地的恋情并不容易经营。"

"保罗，我感觉你很孤单。"

"那天,难道不是你和我说,孤独有时是另一种形式的陪伴?好了,聊我聊得够多的了!你们怎么样?快给我看乔的照片,他一定长大了不少。"

一位迷人的女士坐在两人的邻座。可保罗却完全没有注意到她,这让阿瑟感到有些担心。

"别这么看着我。"保罗说道,"我经历过的短暂艳遇要比你想象的多很多,再说,我还有可咏。和她在一起的时候,我感觉很不一样:我终于可以完全做自己,不再扮演任何角色,不用寻思如何发挥魅力。可咏已经学会从我的书中慢慢了解我,有意思的是,她其实并不喜欢那些小说。"

"没有人逼迫她翻译你的小说。"

"也许她有意夸大了对我小说厌恶的程度,惹我生气,催我奋进。"

"不管怎么说,现在你独自生活!"

"也许你会想,为什么我总喜欢引用你说过的话,但我还是要提一句,是谁和我说,我们可以在深爱某人的同时寂寞地生活着?"

"你不得不承认,我当时的情况有些特殊。"

"我的情况也很特殊。"

"你既然专职从事写作,为何不把可能让你幸福的事情都写下来,列成一张表。"

"我现在就过得很幸福,我的老天!"

"是的,你确实看上去无比幸福。"

"妈的,阿瑟,别试图分析我,我最讨厌这个了,再说,你对我的生活一无所知。"

"我们从小就认识，我根本不需要通过分析来判断你过得是否快乐。还记得我母亲以前说过的话吗？"

"她说过很多话。对了，我想把卡梅尔的房子作为我下一部小说的背景。我已很久没有重新走进这座房子了。"

"这是谁的错？"

"让我疯狂想念的是我们在吉拉德里广场漫步的时光，那时，我们经常从广场径直走到要塞附近。同时，我还想念那些我们一起度过的美好夜晚，我们在办公室里的争吵，我们在每次谈话时，随心所欲展望未来的方式……总的来说，我怀念与你一起共度的时光。"保罗说道。

"对了，那天我碰到奥内格了。"

"你们谈论起我的近况了吗？"

"嗯，我告诉她，你现在在巴黎生活。"

"她没有婚变吧？"

"她手上好像没有戴着对戒。"

"她当时就不应该离开我的。"保罗微笑了一下，补充道，"你知道吗，她总为我们之间的友谊吃醋。"

※※※

米娅观察着小丘广场上的漫画师，只见他穿着一条棉质宽松长裤、一件白色衬衫和一件粗呢外套。米娅觉得他的这身打扮看上去很舒适，甚至潇洒迷人。她坐到漫画师对面的折叠椅上，要求他尽可能还原她最真实的样貌。

"吉特里①说过：'世界上只存在一种忠诚的爱情，那就是自爱。'"漫画师用他沙哑的声音说道。

"他说得很对。"

"爱情受挫，对吗？"

"您为什么会问我这个问题？"

"因为您独自一人，并且刚刚从理发店里出来。人们常说'新发型，新开始'。"

米娅凝望着他，感到不知所措。

"您总是通过引用他人的话来表达自我吗？"

"我画肖像画已经画了二十五年，也渐渐学会在别人的眼神中读懂些什么。您的眼睛很漂亮，闪烁着灵动的光芒。如果眼神中再带一些欢乐的因子，那就再好不过了。好了，我说得太多了。如果您希望我的画笔忠实于我的模特，那就请您不要再乱动了。"

听到这话，米娅挺了挺身体。

"您是来巴黎度假的吗？"漫画师一边削着画笔，一边问道。

"是，又不是。我到一个朋友家住一段时间，她在这附近开了一家小餐馆。"

"那我一定认识她，要知道，蒙马特地区小得就像一个村庄。"

"餐馆名字叫：拉克拉玛德。"

"啊，您的朋友就是那位来自普罗旺斯的小个子女士！她是一个

---

① 萨沙·吉特里（Sacha Guitry）是法国著名剧作家、导演。代表作有《四对方舞》等。

很有勇气的姑娘。她做的菜品颇具创意，价格也很公道。这家餐馆和周边其他餐馆不同的是：它并未刻意吸引游客。我经常会去她的饭馆吃午餐，她是个有性格的女人。"

米娅瞥了一眼漫画师的手，看到了他手指上的对戒。

"您有没有对除了自己妻子以外的人产生过情愫？"

"也许吧。但那种感情通常只能持续一个眼神的时间，或是一段提醒我有多爱妻子的时间。"

"你们已经不在一起了吗？"

"仍旧在一起。"

"那您刚才为何使用了过去式？"

"嘘，别讲话。我正在画您的嘴唇。"

于是，米娅不再出声，让漫画师精心作画。完成肖像的时间比她想象得要久一些。当漫画师终于完成他的作品时，他邀请米娅走到画架旁欣赏成果。只见画作上有一张让人感到陌生的脸庞，米娅不由得莞尔一笑，说道："我看上去真是这样的吗？"

"至少今天是的。"漫画师回答道，"我希望不久以后，您可以像在画作上那样，绽放迷人的微笑。"

说着，他从口袋里拿出手机，为米娅拍了一张照片，随后拿着照片和自己的作品进行比较。

"您的画作很成功。"米娅由衷地感叹着，随即又问道，"您可以单凭一张照片就完成一幅画作吗？"

"我想可以，只要照片足够清晰。"

"改天我把黛西的照片给您。您的画技如此精湛，如果黛西能有一张您画的肖像，一定会很开心的。"

漫画师弯腰在靠着画架的工具箱里翻找了一会儿，随即取下架子上的康颂牌画纸，递给了米娅。

"您那位开餐馆的朋友十分动人。"漫画师说道，"她每天早晨都会从我面前走过。我已经默默为她画了一幅肖像，给，送给您。"

米娅凝望着黛西的脸庞，她手中的画作根本就不是一幅漫画，而是一幅逼真的肖像作品，细致灵活地刻画了黛西脸上的神情。

"我拿自己的肖像画交换黛西的画像。"米娅说着，与漫画师道别，随即离开。

保罗风风火火地执行着自己制订的旅行计划。他胆子很大，无人能比，竟然敢在埃菲尔铁塔下的队伍里插队，不过这样一来，三人倒是足足节约了一小时的时间。当到达铁塔顶部时，他感到头晕目眩，只得紧紧抓住扶手，与塔顶的护栏保持相当远的距离。保罗让劳伦和阿瑟自己欣赏风景，声称自己对巴黎的景色已经了然于心。随后，三人乘坐电梯回到地面，保罗全程都紧闭双眼，不敢往下看。直到电梯完全降落，保罗才重拾自信，带着自己的朋友走向杜伊勒里花园。

当劳伦看到骑着旋转木马转圈的孩子时，突然急切地想要打电话给娜塔莉亚，听一听自己儿子的声音。此时，她正坐在一张长椅上，便召唤阿瑟坐到自己身旁。保罗见状，趁机走到一旁的小店，买了些甜食。在阿瑟与乔通话时,劳伦就这么远远地望着保罗。

过了一会儿,劳伦接过电话,一边凝望着保罗,一边向儿子倾诉爱意,承诺会给他带回来自巴黎的礼物。当发现乔在教母家中玩得很开心,并没有她想象中那么思念自己时,劳伦不由得感到有些失望。

当劳伦拿着电话紧贴耳朵,继续在电话中亲吻自己儿子时,保罗艰难地拿着三支棉花糖,在远处等候。

"你觉得他过得好吗?"劳伦低声问道。

"你是在和我说话,还是在和乔说话?"

"乔已经挂断电话了。"

"那你为什么还假装在打电话?"

"为了让保罗与我们保持距离。"

"好吧,我想他是幸福的。"阿瑟回答道。

"你根本就不会撒谎。"

"我希望你不是在批评我。"

"这只是一句客观描述。你有没有发现他总在不停地低声自语?"

"他很孤独,却又不想承认。"

"他的生活里没有出现任何人吗?"

"要知道,当年我以单身的状态在巴黎生活了四年。"

"那是因为当时你深爱着我。对了,你难道没有和一个迷人的花店店主展开过一段短暂恋情吗?"劳伦问道。

"其实,保罗也深爱着一个人,只是她生活在卡尔马尼。保罗甚至想过搬去卡尔马尼与她共同生活。再说,他的小说在那里大受欢迎。"

"在卡尔马尼吗?"

"是的。虽然我认为这不太可信,而且觉得他的计划荒唐透顶。"

"如果他真心实意地爱着这个女人,这个计划难道不好吗?"

"我并不认为对方也如此深爱着保罗。而且,保罗是那么害怕坐飞机,如果他真的去了,那他很有可能就再也不会回来。你难道愿意看着他独自在卡尔马尼生活吗?巴黎距离旧金山已经够远的了。"

"如果他确实想要完成这个计划,你没有权利阻止他。"

"但我有权利说服他。"

"我们说的是同一个保罗吗?"

此时,在远处等候多时的保罗感到有些不耐烦,快步向两人走来。

"我可以和我的教子说话吗?"

"他刚刚挂断电话。"劳伦局促不安地回答道。

她说着,收起手机,朝着保罗微笑了一下。

"你们两人在密谋些什么?"

"完全没有的事。"阿瑟回答道。

"放心,我不会全程紧跟着你们不放。现在,我之所以跟着你们,是想好好享受与你们相处的时光,很快,我就会让你们单独行动。"

"我们也一样,也想好好与你共度一段美好时光。要不然的话,我们为何特意赶来巴黎?"

听到这话,保罗陷入沉思,总觉得劳伦话中有话。

"我感觉你们确实在秘密谋划些什么。你们刚才都在聊些什么?"

"我在想今天晚上带你们两人前往一家我当年经常光顾的餐馆。前提是你让我们先回家休息,充当一个纯粹的游客已经让我们筋疲力尽了。"阿瑟坦诚地说道。

保罗接受了他的提议。三位好友穿过卡斯蒂格利奥勒大道,走向里沃利街。

"离这不远处有一个呼叫出租车的站点。"保罗站在人行道上说道。

此时,绿灯亮起,阿瑟与劳伦没有及时跟上保罗的步伐。

一段密集的车流将三人隔开。这时,一辆公交车从两人眼前开过,劳伦注意到车身上的广告这样写道:*也许您能在这两辆公交车上遇到那个命中注定的女人,除非她今天坐的是地铁……*

这是一家婚恋交友网站打出的广告。

劳伦用肘关节碰了碰身旁的阿瑟,示意他看公交车上的广告。当汽车疾驰而过后,两人面面相觑。

"你认为这是一个很好的主意吗?"阿瑟低声问道。

"我担心他在大街另一头能听到我们的对话。"

"他一辈子都不可能在这一类型的网站上注册。"

"刚才谁还信誓旦旦地说一切都交给他来办?"劳伦带着嘲弄的口气说道,"当命运要推他一把时,友情要求我们必须伸出双手……这句话对你来说难道不耳熟吗?"

劳伦说着,独自穿过马路,并未等待身后的阿瑟。

❧

下午,米娅在一家古董商店购买了一副鳞片花纹眼镜,这副眼镜的镜片很厚,让她几乎看不清外面的世界。她戴着这副眼镜,推开了餐馆的门。

餐馆被前来用餐的顾客挤得满满的。饭店的墙面上有一扇硕大的窗户,顾客可以透过窗户看到黛西在厨房里忙碌的身影。她的副厨也忙得不可开交,都不知该把头伸向哪边。黛西一会儿端着盘子从厨房里走出来,一会儿又突然消失不见。当连接餐馆和厨房的门打开时,黛西已经重新拿着盘子,走向一张坐有四位顾客的桌子。她为他们服务完毕以后,又马上匆匆离开,在经过米娅跟前时,甚至都没有注意到她的存在。直到她快要走进厨房时,才回过神来,退了几步,说道:"对不起,我们已经没有座位了。"

由于戴着眼镜,米娅目光有些斜视,坚持要在这里用餐。

"连一个位子都没有吗?我可以等。"米娅将自己的声音"乔装打扮"了一番,说道。

黛西环顾一下四周,为难地撇了一下嘴。

"那桌人已经要求埋单,可看他们那滔滔不绝的架势……您是一个人吗?如果您愿意,您可以坐到吧台边的那个空位上。"黛西说着,指了指吧台一角。

米娅接受了她的提议,在那张矮凳上就座。

她等了一会儿,直到黛西回到吧台,为她摆放好餐具,并从放有杯子的支架上拿了一只高脚杯。随后,黛西将菜单递给米娅,告诉她由于本店只出售新鲜食材,所以今天不再供应贝壳类菜品。

"真是太可惜了。我可是特意从伦敦赶来品尝你们店的奶酪鲜贝的。"

听到这话，黛西仔细观察了一下眼前这位顾客，露出疑惑的神色。等她明白是怎么一回事以后，不由得惊跳了一下，叫喊道："天哪！还好我手上没拿东西，要不我一定把它们全都摔到地上。你疯了吗？！"

"你刚才真的没有认出我吗？"

"其实，我根本就没有仔细看你。你怎么了，发生了什么？"

"你不喜欢吗？"

"我的服务生抛下我，一走了之。所以今晚我可没有时间和你讨论这个。如果你很饿，我可以为你准备些吃的，不然的话……"

"你需要帮手吗？"

"梅利莎·巴洛来我的餐馆当服务生！还有什么比这更精彩的事吗？"

"在这里，我只是米娅。还有，说话的时候小声点！"

黛西从头到脚打量了她一番。

"你知道如何端一个盘子而不打翻它吗？"

"我曾经饰演过一个服务生的角色。你也知道，我一向追求完美，为了那个角色，我曾下过些功夫。"

黛西犹豫了一下。此时，她的副厨按响了厨房的铃声，示意顾客已经等得有些不耐烦了，他急需增援。

"取下你这副古怪的眼镜，然后跟我来。"

米娅一路跟随她来到厨房。黛西递给她一条围裙，指了指六碟正在加热的菜，说道："这是第八桌客人需要的菜。"

"第八桌在哪儿？"米娅询问道。

"入口右边第一桌。那桌有一个说话声音很响的人,对他客气一点,他是我们餐馆的常客。"

"常客。"米娅重复了一下,随即试图端起盘子。

"作为第一次尝试,你手中拿的盘子一次不要超过四个。"

"遵命。"米娅一边回答,一边拿起盘子。

米娅很快圆满完成任务,随后回到厨房,看看还有什么需要她帮忙的事务。

得以脱身的黛西,让厨房回归了应有的节奏:菜品准备就绪后,铃声响起,米娅匆忙赶来,端起盘子,离开厨房。当她无须送菜时,也会帮忙收拾桌子,整理账单,或是回到厨房听任发配。黛西则在一旁,饶有兴致地观察着这一切。

临近晚上十一点时,餐馆中的人群开始渐渐散去。

"一点五欧元,这就是你那位所谓的'常客'留给我的所有小费。"

"我又没说他出手大方!"

"他给我小费后,还一直看着我,等待我感谢他。"

"告诉我,你照办了。"

"当然!除此之外,我别无选择。"

"请问你脑海中何时闪过要改变发型的念头?"

"当我意识到你的餐馆需要帮手时。所以,你并不喜欢我的新发型?"

"你不再是我印象中的那个样子,我需要时间适应。"

"看来你很久没有看过我演的电影了,在一些电影中,我的发型比这个更糟糕。"

"我工作太忙了,根本没有时间看电影,你可别怪我。你能把这份甜点送出去吗?我准备关店了,然后回去睡觉。"

整个晚上,米娅都完美地履行着一个服务生应尽的义务。这让她获得了她最好的朋友的尊重,后者一开始并不相信她能干得如此出色。

午夜时分,最后一批客人终于离开了餐馆。黛西和她的副厨整理着厨房,米娅则在餐馆里摆放桌椅。

当餐馆的门帘徐徐降下,两位好友走在蒙马特高地的街道上,步行回家。

"你每天晚上都是这么度过的吗?"米娅问道。

"每周工作六天让我感到筋疲力尽。但我不会从事任何其他职业。我是幸运的,并未远离家乡,可月末的工作量还是令人不堪忍受。"

"今天晚上确实忙得够呛。"

"今晚还不是最忙的状态。"

"周日你一般都做些什么?"

"睡觉。"

"那你的情感生活呢?"

"你觉得,我该把情感生活安置在哪里呢?放在我冷飕飕的房间和厨房中间吗?"

"自从你开餐馆以来,就没有遇到让你心动的人吗?"

"我倒也接触过几个人,可没有一个人能够忍受我的生活作息。

你可能体会不到这一点,因为你和一个从事相同工作的人分享生活。试想,有几个男人可以忍受你在外拍戏,常年不回家的生活状态?"

"事实上,我们分享的东西已经所剩无几。"

两人的脚步声在空荡荡的街道上回响。

"也许我们俩都会孤老终身。"黛西说道。

"可能你会这样,但我不会。"

"坏娘们!"

"我还真希望成为这样的人。"

"谁又在阻止你达成目的呢?"

"那你呢,谁又在阻止你?对了,你都是在哪里遇到那些相处对象的?他们都是你的顾客吗?"

"我从不混淆爱情和工作。"黛西回答道,"除了有一次,他经常光顾我的餐馆,光顾的频率如此之高,最终让我明白他来我的店,并不单单为了品尝美食。"

"他是个什么样的人?"米娅好奇地问道。

"不错,甚至可以说是非常不错。"

谈话间,两人到达住所楼下。黛西按下密码,打开楼道里的灯,随后和米娅一同上楼。

"具体来说,你为何说他不错?"

"他浑身充满魅力。"

"还有呢?"

"你都想了解些什么?"

"所有细节!他是如何将你俘获,你们共同度过的第一个浪漫夜晚，你们的故事持续了多久，又是怎么样结束的。"

"等我们登上顶楼我再向你慢慢道来。"

黛西一走进公寓，便马上瘫软在沙发上。

"我已经累得没有任何力气。你可以泡一杯茶吗？在我看来，这是英国人在厨房里唯一会做的事情。"

米娅做了一个手势，表示自己很荣幸为黛西效劳。她走到厨房的工作台，在水壶里灌满了水，随后等待黛西履行自己的承诺。

"那是去年七月初的一个晚上。餐馆里几乎空无一人，我正要熄灭灶头的时候，他走了进来。我犹豫了一下，可我又能怎么做呢？职业道德逼迫我不得不履行自己的义务。我让副厨和服务生先下班，独自一人面对这位客人。当我把餐单递给他时，他抓住我的手，让我为他挑选食物。他很感激我能够留下来陪伴他。而我则像个白痴一样，认为他的做法颇具魅力。"

"为什么你说自己像个白痴一样？"

"当他进餐时，我就坐在他的对面，甚至还分享了一些他盘中的食物。他很幽默，充满朝气。饭后，他提议帮我清理桌子，我觉得这个想法很有趣，就让他这么做了。随后，当我关闭餐馆时，他提议和我一起去小酌一杯，我欣然同意。我们来到一家咖啡馆的露天座椅，畅所欲言。那场交谈改变了我们的世界，那是一个美丽的新世界。通过交谈，我了解到他对烹饪艺术充满热情，造诣颇深，却不夸夸其谈。他的出现几乎让我相信这个世界确实存在奇迹。聊天结束以后，他一直陪我走到寓所楼下，可并未提出要上楼，而只是给了我深情的一吻。那一刻，我确信自己遇见了一个完美的男人。

057

从那以后，我们再也无法彼此分离。每天深夜，他都会来到餐馆帮助我关闭店面，每个周日，我也会同他一起度过。直到夏末的一天，他突然对我说，这样的美妙时光无法再持续了。"

"为什么？"

"因为他的妻儿度假归来。我希望你听到以后不要发表任何评论，这样我会很感激你。好了，现在我要去洗个澡，然后美美地睡上一觉。"黛西说着，关上了米娅的房门。

❦

从"朋友路易"餐馆出来以后，劳伦停下脚步，欣赏绿木大街上那些古旧的建筑。

"你为巴黎的美丽而陶醉了吗？"保罗问道。

"可以确定的是，我更陶醉于刚刚下肚的那顿大餐。"她回答道。

一辆出租车载着三人一同回家。一回到住所，保罗就和两位好友道别，随后把自己关在房间中开始写作。

劳伦坐在床上，拿出苹果电脑，飞速地敲击着什么。十分钟后，阿瑟从浴室里走出来，钻进被窝。

"都这么晚了，你还在查收邮件？"他惊讶地问道。

劳伦把电脑放在自己的膝盖上，示意阿瑟来看屏幕上的内容。当看到阿瑟露出惊诧的表情时，劳伦不由得大声笑起来。

阿瑟迫不得已，不得不重新读了一遍劳伦写下的内容：

小说家，单身，享乐主义者，却经常在深夜工作，热爱幽默、单身与机缘……

"你今晚的葡萄酒一定喝多了。"

在合上电脑时,阿瑟勉强按下"注册"的图标。由此,保罗正式成为该男女交友网站的一名注册会员。

"如果保罗知道我们这样戏弄他,一定永远也不会原谅我们。"

"那你得尽快向他道歉,要知道我们刚刚听到的那一声意味着……"

听到这话,阿瑟飞速打开电脑,彻底被自己所犯下的"罪行"击垮。

"别这么沮丧,我们是唯一可以使用该账号进入网站的人。再说,把保罗的生活搅得一团糟,并不会让我感到快乐。"

"我不能和他一起承受这样的风险。"阿瑟回答道。

"你需要我提醒你,保罗曾经为我们承担了何等风险吗?"劳伦说着,关掉了台灯。

阿瑟在黑暗中睁大双眼,思索良久。此时,万千回忆萦绕在阿瑟心头,他回想起自己疯狂的出走和那些痛苦的经历,回想起保罗为了他,甚至差点承受牢狱之苦。毋庸置疑,今天阿瑟获得的所有幸福都归功于保罗当年所表现出的过人勇气。

巴黎让阿瑟回忆起那些悲伤的时光和寂寞难耐的日夜。现在,保罗正独自承受着这一切。阿瑟深知孤独之苦,但他认为,想让自己的好友走出孤单总有比在一个交友网站上注册更好的方式。

"睡吧。"劳伦低声对他说道,"让我们静观其变,看看会有什么有趣的事情发生。"

阿瑟紧紧靠在自己妻子的身上，慢慢进入梦乡。

· · ·

她在床上辗转反侧，就是难以成眠。回想起近几周发生的事情，她找不到一条快乐的理由。刚刚过去的这一天，是她很久以来度过的最美好的这一天。然而，她对那个人的思念却从来不曾停歇。

她重新穿好衣服，悄然无声地离开了公寓。

室外，蒙蒙细雨打湿了黑色的石板小路。她走向高地，一直来到小丘广场。只见漫画师正在收拾用具，准备离去。他抬起头，看见她正坐在路边的一张长椅上。

"怎么了，深夜时分，心里不好受吗？"他一边说，一边坐到了她的身旁。

"失眠之苦。"她回答道。

"我知道这个感受。我从未在午夜两点前酣然入睡过。"

"那您的妻子，每天晚上都会等您到这么晚吗？"

"我别无他求，倒很希望她能在家等我。"漫画师用沙哑的声音说道。

"我不明白您的意思。"

"您把那幅画像交给您的朋友了吗？"

"今天晚上没找到机会，我明天给她。"

"您能答应我一件事吗？别告诉她，这幅肖像出自我之手。不知何故，我就是很喜欢去她的餐馆用餐，如果被她知道这幅肖像是我创作的话，我会感到很不自在。"

"为什么？"

"未经他人同意就擅自为她作画，会让我感觉自己像个入侵者。"

"但您还是为她画了一幅肖像。"

"我喜欢看到她每天早晨从我的画架前一晃而过的样子。所以，我想把这张让我心情愉悦的面庞永远地捕捉下来。"

"我可以把头靠在您的肩头，而不引起任何误会吗？"

"来吧，我的肩膀很坚实。"

两人就这样，一起凝望着悬挂在巴黎天空中的那一轮皎洁明月。

到了午夜两点时，漫画师轻咳了几声。

"我并未入睡。"米娅说道。

"我也没有。"

米娅坐直身体，说道："也许，到了我们该说再见的时候了。"

"再见。"漫画师说着，站起身来。

两人在小丘广场相互道别。

5

黛西喜欢在阳光穿射地平线之时漫步在寂静的小道上。每当这时，石板路上都会透出一股早晨的清新气息。走到小丘广场时，她停下脚步，朝着一张空荡荡的长椅上望了一会儿，摇了摇头，随后继续前行。

一小时后，米娅醒来。她为自己泡了杯茶，然后坐到落地窗前。她把茶杯放到嘴边，却又突然被黛西的电脑吸引，于是便坐到她的书桌前。

第一口茶。米娅查看了一遍自己的邮件，无视那些提醒她要履行职业义务的留言。

第二口茶。当米娅没有看到自己所期待的内容时，她关掉了电脑。

第三口茶。她转身凝望楼下的街道，不由得想起昨晚的夜游。

第四口茶。她重新打开电脑，进入交友网站页面。

第五口茶。米娅认真读着如何建立个人档案的指示。

第六口茶。她放下杯子，开始投入工作。

创建个人档案

您是否已经准备好投身一段恋爱？这是我的愿望。不，还是把一切交给机缘吧。

是的，全都交给它吧。

您的婚姻情况：从未结过婚、分居、离婚、丧偶、已婚。

分居。

您是否有孩子？

没有。

您的个性：细致体贴、爱好冒险、冷静、通情达理、幽默、苛刻、骄傲、慷慨、保守、敏感、善于交际、率性、害羞、可靠、其他。

全选。

您只能选择一个。

通情达理。

您眼睛的颜色：

我们具备一切幸福的条件，可一旦看到您眼睛的颜色，一切都将化为乌有。我想也许"瞎"这个颜色最适合我。

您的体形：正常、运动型、苗条、微胖、圆润、矮胖。
这简直就像一张为家禽准备的表格。正常。

您的身高：
如果用厘米作为测量单位，我完全没有什么概念。就算一百七十五厘米吧，再高的话，就像长颈鹿了。

您的国籍：
英国，这不是个好主意，自从滑铁卢战役以来，英国人在法国就不受待见。美国人，法国人对美国人也充满偏见。马其顿人……这听上去像一盘沙拉。墨西哥人，可我却说不来西班牙语。密克罗尼西亚人，这个听上去不错，但我却对密克罗尼西亚岛屿所在位置一无所知。摩尔达维亚人，很性感，算了，这么说也太夸张了。莫桑比克人，充满异域风情，然而，就我现在的脸色来看，这个说法并不可信。爱尔兰人，如果我妈妈知道我这么形容自己的话，一定会杀了我的。再说，如果我说自己是爱尔兰人，他们一定会要求我整日哼唱比约克的歌曲。拉脱维亚人，这个不错，但我可能没有时间踏上拉脱维亚的国土，不过我可以趁机创造一种语调，说一种臆想出来的语言，可惜我在这个网站遇见一名拉脱维亚人的概率太小。泰国人，别白日做梦了。新西兰人，配上我平时说话的语调,这个说法倒是可以蒙混过关!

您的民族:

第二次世界大战难道对于他们来说还不够吗?

这都是些什么问题!

您的价值观以及对世界的看法:宗教

难道只有宗教才能定义价值观以及人们对世界的看法吗?我填不可知论,让他们增长些见识!

您对婚姻的看法:

模糊!

您想要孩子吗?

我希望遇上一个想要和我共同生养孩子的人,而不是随便要一个孩子了事的人。

您的文化程度:

真是个令人生厌的问题!既然这个问题这么虚假,那我也就乱填一气吧:硕士毕业……不行,这样一来,我一定会遇上那些太过博学的人,和他们相处起来势必无聊至极。我还是填本科毕业吧,这样看上去比较平常一些。

您的职业：

演员，不行，这会把他们吓跑的。保险代理人，不；旅行社办事员，也不好；接待员，更糟糕；军人，还是不行；身体理疗师，其他人会要求我为他们按摩的；音乐人，我五音不全；餐馆老板……就和黛西一样，这是个好主意。

请具体描述您的职业：

我总在烹饪美食……

对于一个连蛋饼都做不好的人来说，如此形容自己确实有些夸张，可这又有什么关系呢？在这个网站上注册本来就是为了寻找乐子。

您爱好的体育项目：游泳、徒步远足、慢跑、台球、投掷飞镖……

投掷飞镖难道也是一项运动？

瑜伽、格斗运动、高尔夫、帆船、保龄球、足球、拳击……

难道真的会有女人填写"拳击"这项运动吗？

您抽烟吗？

偶尔为之。

我还是诚实一些吧，省得碰上一杆"老烟枪"。

您有宠物吗？

我未来的前夫。

您的爱好：音乐、体育、烹饪、购物……

填写购物，会显露我的才智；如果我刚才填拳击，现在写手工倒显得前后呼应；舞蹈，他们一定以为我是一个成天穿着平底鞋的窈窕淑女，看到真人后定会大失所望；写作……这倒是个不错的主意；阅读，同样不错；电影，不，万万不行，我最怕碰上的就是一个电影爱好者；展览、博物馆，这要视情况而定；动物，我可不想整个周末都泡在动物园里；至于电子游戏、捕鱼狩猎、创意休闲，我都不了解这些活动的具体内容……

您喜欢的休闲活动：看电影……

是的，还是算了吧。

去餐馆享用美食。

是的。

与朋友举办派对。

还是不要这么早透露这点。

家庭聚餐。

还是少提为妙。

酒吧。

这个可以填。

舞厅。

这不行。

观看体育赛事。

这点尤其不能写。

您喜欢的电影音乐类型。

天哪,这简直就是一份审查报告!

您的择偶标准

他的身高和体形:正常、运动型、偏瘦、偏胖。

我对他的体形毫不在意!

他的婚姻情况:从未结过婚、丧偶、单身。

三种情况我都可以接受。

他是否有孩子？

这是他自己的事情。

他是否想要孩子？

我们有的是时间。

他的性格。

终于出现了这个问题！

细致体贴、爱好冒险、冷静、通情达理、幽默、慷慨、保守、敏感、善于交际、率性、可靠。

全部！

请对自己进行描述

米娅的手指停在键盘上，却无力在屏幕上敲打出一个字母。她回到网站主页，打上黛西的用户名，输入密码，看了看她对自己的描述。

一个热爱生活与欢笑的年轻女孩。平日作息不太规律，作为一名主厨，对自己的事业充满激情……

米娅复制粘贴了一下好友的描述，完成了网上的注册。

黛西打开公寓的房门。米娅立刻合上电脑，倏的一下站了起来。
"你在干什么？"
"没什么，我在查收邮件。你刚才在哪儿，现在时间还早吧？"
"现在是早上九点。我刚从市场上回来。快穿好衣服，今天餐馆需要帮手。"
黛西的语气显得很强硬，没有任何商量的余地。

在卸下篮筐里所有物品以后，黛西请求她的朋友帮助自己完成货物清点的工作。她在本子上仔细记录着自己所购买的商品，米娅则在一旁，根据她的指令整理食物。
"你没觉得你正在剥削我的劳动吗？"米娅一边捶腰，一边问道。
"我每天都是独自完成所有这些工作，难道你就不能帮我一把吗？对了，昨晚你出门了？"
"我怎么也无法入睡。"
"今晚再来餐馆帮我工作，相信我，回去以后你一定倒头就睡。"
当米娅推着一箱茄子走进冷藏室时，黛西叫住她，厉声说道："为了让蔬菜保持最本真的味道，通常我都把它们放置在常温下。"
"我真的受够了！"
"至于那些鱼，你应该把它们放到冰箱里去。"
"我在想凯特·布兰切特是否和我一样，也曾经把鱼放到某家餐馆的冰箱里。"
"等你哪天真获得了奥斯卡奖，我们再来讨论这个话题吧。"
米娅取了一块黄油，从面包袋里拿出一根长棍面包，坐到吧台旁。黛西顺手拿起剩余的货品，将它们摆放到适当的地方。

"刚才我在阅读邮件时，一不小心点入一个奇怪的网站。"米娅鼓着满是食物的嘴，说道。

"什么网站？"

"一个男女交友网站。"

"你确定是一不小心点进去的吗？"

"我发誓！"米娅信誓旦旦地举起右手，说道。

"我之前都和你说了，不要随便翻看我的东西。"

"你曾经通过这种方式，遇见过心仪的人吗？"

"你别一脸严肃，我还以为是我的母亲在与我说话呢！据我所知，这又不是一个色情网站。"

"虽然不是，但也……"

"但也什么？你应该也坐过公交和地铁，也在大街上走过吧？你难道没有发现人们现在更喜欢双眼紧盯着手机，而非放慢脚步，看一看身边的人和事？如今，唯一能够引起他人兴趣的方式就是在一台智能手机屏幕上露齿微笑。这不是我的错，事实的确如此。"

"你还没有回答我之前的问题呢。"米娅坚持道，"在这种网站上注册真的有用吗？"

"我不是演员。我没有经纪人，也没有粉丝，更没有机会在红毯上展现风情。那些时尚杂志封面上也不会刊登我的照片。作为一名常年在厨房里工作的职业女性，我的这种形象很难引起别人的兴趣。所以，是的，我确实在交友网站上注册过，是的，我确实通过这种方式遇到过一些异性。"

"都是些不错的异性吗？"

"这种情况比较少见，但这并不能怪罪于网络。"

"你一般是如何做的？"

"如何做什么？"

"比如，你们的第一场约会，通常是怎么进行的？"

"与他在咖啡馆里搭讪你并无太大区别，只是事先你会对他更了解一些。"

"也许他告诉你的，只是他想说的部分，并不是事实的全部。"

"如果你学会了解读异性填写的档案，你就很容易获取有效信息。"

"那到底如何解读异性填写的档案呢？"

"怎么了，你对这很感兴趣吗？"

米娅思考了一会儿这个问题。

"也许哪天在饰演某个角色时派得上用场。"她含糊其词地说道。

"当然，对你来说一定只有在饰演角色时才需要考虑这个问题。"黛西喃喃自语。

她叹了一口气，坐到了米娅的身旁。

"首先，从网名就能看出一些他的性格特征。'妈妈，我向你介绍，这位是嘟嘟21，他要比之前你很喜欢的那位聪明的嘀嘀友善很多。'大先生，难道不是一个很优雅的名字吗？阿尔贝罗，我们很快就能感受到这是一位谦逊的先生……你知道吗？一次一个名叫'西班牙冷汤2000'的人联系了我。你可以想象自己和一个叫'西班牙冷汤'的人拥吻在一起吗？"

听到这话，米娅不由得爆发出一阵响亮的笑声。

"另外，有些人只关注自己，夸夸其谈。另一些人在打字时，错误百出，可悲至极。"

"已经到这个程度了吗？"

"我的副厨一小时之后才来上班，我们先回家，我正好可以给你看看一些网友的留言。"

一回到公寓，黛西就登录交友网站，演示给米娅看。

"看看这人都写了些什么：你好，你美丽且幽默吗？如果是的话，我在这里等你。我也很幽默，并且迷人、充满激情……不，埃尔维51，对不起，我很丑，且整天郁郁寡欢……天哪，他们怎么能够说出那样的话？点击这里，你就可以看到访问过你页面的异性头像。"黛西一边说，一边点开一个图标。

此时，屏幕上出现一个新的页面，黛西将所有候选人资料任意排成一列。

"此人自称沉着、冷静，我也很愿意相信他。可他的这张照片像是吸了三卷大麻以后拍的，而且取景地在一个网吧，这所有的一切都让人不安。还有，他竟然这样写道：我想找一个让我获得存在感的人……简直让人无从评论，是吧？"

黛西说着，转到下一份资料。

"他看上去不错。"米娅说道，"从未结过婚，充满冒险精神，高层管理人员，爱好音乐，喜欢去餐馆享用美食……"

"你太心急了，应该等到看完所有内容以后再下结论。"黛西边说，边指了指资料中的一行字，"'如果你读完我写的所有文字，我就奖励你一块费列罗巧克力。'留着你那块巧克力吧，花花公子26。"

"这些是什么？"米娅问道。

"这是网站为你挑选的候选人。网站通过你对自我的描述，根据概率的算法为你推荐的人选。换句话说，这是数字化算法为你营造的机缘。"

"快给我看看！"

黛西点开页面，屏幕上出现的候选人资料让两人不时发出阵阵笑声。突然，米娅的目光停留在其中一个人身上。

"等一下，这人看上去不错，快看！"

米娅说着，身体朝着屏幕倾斜了一下。

"还行吧。"

"怎么了，你觉得他身上哪点不合你胃口了？"

"他是一名小说家……"

"那又如何，这又不是一个缺点。"

"在给他留言以前，还需要了解一下他出版过的书籍。有些人自称专职从事写作，却永远在创作他未来小说的第一页。他们终日流连于各大咖啡馆，消磨时光；有些人只上过十堂戏剧课，却以为自己已经成为一名专业演员；另一些人只不过触碰了几下吉他，就把自己当成列侬。所有这些人都事先铺设好了陷阱，想在这个网站上寻找猎物，供养自己所谓的艺术事业……要知道，在这个网站上，这样的人还不少。"

"你总是把所有的事情都想得很糟糕，我觉得你有时显得过于苛刻。不瞒你说，我就是你说的那种只上过几堂戏剧课的人。"

"也许吧。但我确实曾经碰上过这样的人。好吧,我承认,从这张照片上来看,你的那位作家确实看着挺亲切,尤其是他手里还拿着三个棉花糖……他一定是有三个孩子!"

"或者他很贪吃!"

"在我看来,所有这些其实是在为自己塑造一个特定的形象。好了,我该回餐馆了,我需要为中午的工作做些准备。"

"再等一下。那个小信封和照片下的对话框分别起到什么作用?"

"信封里都是别人写给你的留言。至于照片下的那个对话框,如果它呈绿色,说明有人正邀请你与他交谈。你可别把聊天视为儿戏,尤其别在我的电脑上胡闹。再说,在网站上聊天也有一些需要铭记在心的普遍规律。"

"哪些规律?"

"如果他约你晚上在咖啡馆碰面,那就意味他想和你先上床,再吃饭。如果他建议在餐馆见面,这是个不错的信号,不过你应该尽早打听他住所的地址,如果餐馆距离他的寓所不到五百米,那你就得好好考虑他的约会企图了。如果他没有点前菜,说明他很小气。如果他为你点餐,说明他是个彻头彻尾的吝啬鬼。如果他在约会的前十五分钟,只是滔滔不绝地谈论自己,那你应该拔腿就跑。如果他在前半小时都在谈论自己前任的话,那他一定还处于疗伤期,甚至是自我惩罚的阶段。如果他不断询问你的过往,意味着这是一个爱吃醋的男人。如果他只对你的短期计划有兴趣,说明他当晚就想同你睡觉。如果他总在不停地看手机,说明他正在同时应付很多女人。如果他向你诉说生活的苦难,意味着他想找一位母亲。如果他刻意显示自己点了一瓶名贵的葡萄酒，说明这是一个虚荣肤浅的人。如果他想与你分开付账，意味着你遇上了一位真正的绅士。如果他忘带信用卡，那么恭喜你，你碰上了一条寄生虫。"

"那我们，我们需要做些什么呢？是一语道破，还是缄默不语？"

"我们？"

"我的意思是你！"

"米娅，我还有工作要完成，我们以后再聊，可以吗？"

黛西说着，起身离开。

"别拿我的电脑胡闹，知道吗？这又不是儿戏。"

"我压根儿就没想到要这么做。"

"知道吗？你说谎的技术真的很糟糕。"

话音刚落，公寓的门已被再次合上。

6

在起床时，他的编辑突然来电，说要告诉他一个重要的消息，然而编辑却不愿透露更多内容，而是要求尽快与他见面。

加尔塔诺·克里斯图尔利从未提议和保罗共进早餐，两人在早上十点前见面的情况更是少之又少。

加尔塔诺是一位与众不同的编辑。他学识渊博，对自己的职业充满热情。虽然他是个意大利人，却将毕生心血都奉献给了法国文学。说起他与法国文学的渊源，就不得不谈到加尔塔诺少年时期在芒通的一次度假经历。那次度假期间，他无意间在母亲租住的房子里读到《童年的许诺》这本书，此书改变了他一生的轨迹。当时，加尔塔诺与母亲关系颇为紧张，这本小说甚至成为他的精神支柱与救命稻草。当他读完最后一页时，双眼含泪。他为加里[①]母亲充满爱意的谎言流泪，此后一切都变得无比明晰。加尔塔诺将一生都奉献给

[①] 罗曼·加里（Romain Gary，1914年5月21日—1980年12月2日），法国外交家、小说家、电影导演。他是龚古尔文学奖历史上唯一一位两次获奖的作家（一次以真名获得，一次以笔名获得）。

了文学，而且从不居住在法国以外的地方。几年后，在神秘命运的安排下，罗曼·加里的骨灰被撒在当年加尔塔诺迷恋上书籍的同一地方。加尔塔诺把这一安排视为自己选择正确的佐证。

后来，加尔塔诺作为实习生进入巴黎一家出版社工作。那段时间，他出手阔绰，生活得随心所欲。因为他当时生活在一位富有妇人的羽翼下，后者比他年长十岁，把他当作自己的情人。之后，加尔塔诺又陆陆续续俘获了很多女人的心，她们都很富有，可随着年岁的增长，加尔塔诺与她们之间的年龄差距也在慢慢缩短。毋庸置疑，加尔塔诺很讨女人的欢心。不能否认，他的博学多才确实很为他加分，可更重要的是，他与马斯楚安尼长得惊人相似。这一特点对于一位年轻男子来说，简直就是一张迷惑女性的王牌。当然，加尔塔诺的独特之处也体现在他的工作中，因为在法国出版一位美国作家的作品确实需要很多才华与勇气。

然而，虽然加尔塔诺能以与母语一般的敏锐度阅读法语，能在五百页的书稿中捕捉到最微小的排版错误，可在说话时，却极容易混淆词句，发明一些令人费解的词汇。根据他自己的分析，加尔塔诺认为这是他的语言跟不上思考速度的结果，他甚至坚信这是上帝赐予他的荣誉勋章。

九点半时，加尔塔诺·克里斯图尔利已经端坐在双偶咖啡馆的一盘羊角面包前，恭候保罗的到来。

"没发生什么可怕的事情吧？"保罗入座时，担忧地问道。

此时，服务生端来一杯编辑为他点的咖啡。

"亲爱的朋友，我这么早把你叫来，当然说明是有好消息要同你分享。"加尔塔诺说着，向保罗张开双臂，随后接着说道，"今晨黎明时分，我接到一通'无与伦比'的电话。"

加尔塔诺在说"无与伦比"这个词时，故意将音拖得很长。在他完全说完以后，保罗甚至都喝完了一杯浓缩咖啡。

"您还想再来一杯吗？"编辑惊讶地问道，"您知道吗，在我们那儿，我们一般需要两到三口才能喝完一杯咖啡，就算是在喝力士烈特①时也不例外。要知道，最精华的部分常常藏于杯底。好了，让我们回到刚才的话题，我亲爱的保尔罗。"

"保罗。"

"我刚才好像就是这么念的。言归正传，今天早晨，我们接到一通很……棒的电话。"

"我真为你们感到高兴。"

"我们已经卖掉，不对，是他们已经将一个美国人在巴黎的苦难经历卖掉了三十万册。这简直太……惊……人……了！"

"是在法国卖了这么多吗？"

"不是在这里，法国只卖出七百五十册，而这已经算是个奇迹了。"

"意大利呢？"

"他们看到我们的销售记录，暂时还不愿意出版您的作品。但您别担心，这群傻瓜最终一定会改变主意。"

---

① 一种双倍浓度的意大利咖啡。

"在德国情况如何？"

加尔塔诺没有回答。

"西班牙呢？"

"西班牙市场正遭受着金融危机之苦。"

"那到底是在哪里卖出那么多？"

"在瑞塔，我是说在卡尔马尼，您知道吗？您的小说在那里获得了空前成功，并且这种成功大有增长之势。三十万册，您有没有意识到，这是一个多么惊人的数字？我们决定马上加印新的腰封，来告知读者——当然还有各大书店——这个震撼人心的消息。"

"您认为这么做可以改变现状吗？"

"不能，但至少也没有什么坏处。"

"但您完全可以在手机中告诉我这件事。"

"我确实可以这么干。可还有一件特别的事情，我一定要当面和您说。"

"我获得了卡尔马尼花神文学奖？"

"当然不是！难道卡尔马尼也开了一家花神咖啡馆？多么滑稽的想法。"

"卡尔马尼《世界时装之苑》杂志上刊登了一篇很棒的评论？"

"也许吧，可我看不懂卡尔马尼文，所以无法向您提供这方面的信息。"

"好吧。加尔塔诺，那到底是怎样特别的消息需要您亲自跑一趟？"

"您受邀参加瑞塔书展。"

"在卡尔马尼吗？"

"当然。您认为瑞塔还会在其他地方吗？"

"距离这里有十三小时的飞行时间？"

"您说得太夸张了，事实上，从巴黎到瑞塔的飞行时间还不到十二小时。"

"他们能邀请我，我很荣幸。可我认为这一计划不太可行。"

"为什么？"加尔塔诺一边反驳，一边重新开始晃动手臂。

保罗暗想让他感到更加恐惧的到底是乘坐飞机，还是在可咏的家乡与她相见。之前，两人从未在巴黎以外的地方见过面，巴黎的很多地方已经逐渐成为他们的"专属领地"。如果突然把他放置到一个陌生的国家，一个他既听不懂语言，也不了解当地文化的国家，他又该如何适应？当面对保罗一无所知、不知所措的状态时，可咏又会如何应对？

另外，在保罗看来，只身前往卡尔马尼，与可咏生活在一起，是一种最高程度的逃避。不过，与可咏生活在卡尔马尼到底是逃避现实还是他深藏心中的愿望，保罗并不想弄明白。

他是否应该让自己的梦想暴露在现实之中？这样一来，梦想是否也会化为乌有？

"可咏是我生活中的一片汪洋，但我却是一个害怕游泳的懦夫。这很荒诞吧？"

"不，一点都不。这是一句很美的话，虽然我并不明白它的真正含义。您完全可以把这句话当作一部小说的卷首语，因为它充满吸引力，让人马上产生接着往下读的冲动。"

"我不确定自己是不是这句话的原创者,也许是我碰巧从哪儿读到的话。"

"如果是这样的话,让我们回到亲爱的卡尔马尼友人这个话题。

我可以为您购买头等舱的机票。这样一来,您就可以伸直双腿,上下调节椅背。"

"要知道,我最讨厌飞机上下摆动。"

"我不禁要问,谁又喜欢上下颠簸的飞机呢?可这是前往卡尔马尼的唯一交通工具。"

"我不会去的。"

"我亲爱的作者,您知道为了支付您那笔预付款,我用去了多少钱吗?您也清楚,我们无法依靠您作品在欧洲的收益生活。如果您希望我出版您下一本杰作,现在就得帮我一把。"

"我去卡尔马尼就可以帮助您了吗?"

"去与那些阅读过您小说的读者见面。他们会像迎接一个明星一样迎接您的到来,这真美好。"

"这里用'美好'这个词,并不妥当!"

"当然可以这么说,因为前一秒我刚用过这个词!"

"关于如何前往卡尔马尼,我只想出一个解决办法。"保罗叹了口气,说道,"我在商务舱候机室里先吞下一粒安眠药,然后您用轮椅把我推到座位上,最后在卡尔马尼机场把我叫醒。"

"经济舱的乘客也许无法进入商务舱的候机室。再说,这次我无法与您同行。"

"您要将我孤零零地丢在卡尔马尼?"

"那几天我正好有其他事情。"

"具体什么时候？"

"三周后，所以您有充足时间为您的旅行做准备。"

"不可能。"保罗说着，摇了摇头。

虽然两人邻桌空无一人，可加尔塔诺还是俯身朝着保罗耳语了几句。

"这次书展决定着您未来的发展。如果您能够巩固在卡尔马尼取得的胜利果实，那整个亚洲都将拜倒在您的作品下。想想日本，还有中国的市场。要是我们做法得当，我们甚至可以说服您那位远在美国的编辑。一旦您的作品在美国引起轰动，那就一定会在法国大卖，您也将成为评论家们的宠儿。"

"我的作品确实在美国引起过轰动！"

"那是您的处女作，可从那以后……"

"那是因为后来我长期旅居法国！为什么我要通过亚洲和美洲的市场，来让诺亚芒提亚岛上的居民或是卡昂人阅读我的作品？"

"我也说不清楚，然而事实就是这样。任何一个作家都无法在自己的国家预知成败，更别说是一个外国人了。"

保罗将头埋在双手中。他想起可咏的面庞，幻想她微笑着在机场迎接自己的到来。而他，则像一个洒脱的旅行家向她缓步走去。保罗想象着可咏在卡尔马尼的公寓和床，回忆着她脱去衣服时的动作，她肌肤的味道，以及两人之间的亲昵举动。然而，瞬间，可咏的脸庞却被一位空姐的明亮双眼所取代，后者提醒他注意航行期间气流的颠簸。想到这里，保罗重新睁开眼睛，浑身微微颤抖。

"您没事吧？"他的编辑问道。

"没事。"保罗含糊地回答道，"我考虑一下，一定会尽快给您回复。"

"这是您的机票。"加尔塔诺说着，递给保罗一个信封，随后继续说道，"谁又知道您会不会在那里找到绝妙的小说素材。您将会遇到成千上万的读者，他们会告诉您自己有多么喜欢您的作品。这段经历一定比您出版第一部小说时更带劲。"

"我的法国编辑是一个意大利人，我是一个生活在巴黎的美国作家，而我最大的读者群却在卡尔马尼。到底是什么让我的生活变得如此复杂？"

"亲爱的，是您自己。乘坐这一航班前往卡尔马尼，别再像一个被宠坏的孩子。我手下其他作者都幻想有一天能够享受您的待遇。"

说话间，加尔塔诺已结完账，把保罗一人留在桌旁。

※

保罗给他们打完电话半小时后，阿瑟和劳伦在圣日耳曼德佩教堂前的广场上见到了他。

"什么事情那么紧急？"阿瑟问道。

"我可以证明命运其实充满幽默感。"保罗面色凝重地回答道。

说罢，他就听见劳伦在他背后扑哧笑了一声，于是便转身朝向她。后者马上露出一副关切的神情。

"我说了什么可笑的话吗？"

"没有,我在等待你的下文。"

"除非,命运本身是残酷的。"保罗接着刚才的话题,继续说道,一副屈从者的模样。

听到这话,劳伦笑得更加开心了。

"麻烦转告你的妻子,她的做法让我感到很恼火。"保罗一边低声抱怨,一边转向阿瑟。

保罗说着,离开广场,坐到街边一张长椅上。阿瑟和劳伦紧随其后,坐到他的两边。

"真的如此严重吗?"劳伦问道。

"从事情本身来看,并没有什么大不了的。"保罗缓和了下语气,说道。

随后,他便把自己和编辑的对话原原本本地向两位好友讲述了一遍。

阿瑟和劳伦在保罗身后交换了一个眼神。

"如果你不想去,就别去了。"阿瑟说道。

"是的,我确实不想去,一点都不想去。"

"那这件事情不就解决了?"阿瑟总结道。

"当然没有!"劳伦惊呼道。

"为什么?"两位男士异口同声地问道。

"当你想让自己开心的时候,都想做些什么? 是到自助洗衣店里去溜达一圈,还是捧着一碟奶酪,拿着一杯红酒在电视机前消磨时光? 这难道就是一个伟大作家的日常生活吗? 你怎么可以还未尝试就轻言放弃? 你总喜欢做些让自己失望的事情,你认为这样更省事,

085

是吗？除非最近发生了什么重要的事情，要不然的话，你一定要登上这架开往卡尔马尼的飞机。通过这次旅行，你可以真实地体会到自己对这个女人的感情，以及她对你的看法。无论如何，就算你孤身归来，至少也不用再为一段本不该有的关系黯然神伤。"

"那你到时候会带着干酪三明治到洗衣店里来安慰我吗？"保罗冷笑了一下，说道。

"保罗，你想听实话吗？"劳伦接着说道，"如果你真去卡尔马尼生活，阿瑟一定比你更加焦虑。因为你们之间的距离将让他无法忍受，他会想念你，我们都会想念你。但作为你真正的朋友，他还是建议你能够完成这次旅行。如果你的幸福真的就藏匿在这段旅程中，你一定要努力抓住它。"

听到这番话，保罗转向阿瑟，凝望着他。后者面露尴尬，勉强点了点头。

"单单一部作品就卖出三十万册，确实了不起，不是吗？"保罗吹了声口哨，斜眼看了一下两只盯着自己的古怪鸽子，继而说道，"用我编辑的话来说，简直美好！"

※

她坐在一张长椅上，自从半小时之前，手机响起以后，她的双眼就一直紧盯着手机屏幕。可之前当手机响起时，她却并没有接起电话。

漫画师离开自己的位子，坐到她的身旁。

"学会做决定是一件重要的事情。"漫画师说道。

"什么决定？"

"一个让您可以享受当下，而非总为将来担忧的决定。"

"啊，我明白了……又是您的那套理论！我知道您想让我心里好受一些，我很感激您的好意，可现在真的不是一个恰当的时候。我想自己静静思考一会儿。"

"如果我告诉您，一小时以后您的心脏将停止跳动，您打算做些什么？请您别把我的话当儿戏。"

"您是占卜师吗？"

"您先回答我的问题！"漫画师威严地大声说道，让米娅感到心里一惊。

"我会打电话给大卫，告诉他，他是一个十足的混蛋，他把一切都搞砸了，一切都再也回不到从前的样子。我还想说，我再也不想见到他。但我要让他知道，我还爱着他，这一点我一定要在临死前告诉他。"

"您看，这其实也不是什么难事吧。"漫画师缓和了一下声调说道，"打电话给他吧，把刚才您说的所有内容都向他复述一遍，当然，除了最后一句话……因为我并不具备任何预知未来的能力。"

说罢，漫画师便回到自己的画架前。米娅紧随其后。

"如果他做出改变，如果他又重新成为我第一次见到的那个人，我该怎么做？"

"您还愿意继续逃避他，继续默默地承受痛苦吗？这样的日子，您准备过到什么时候？"

"我也不清楚。"

"把自己放置在戏剧般的人生里,您很快乐,是吗?"

"您这句话什么意思?"

"您很明白我的意思。还有,说话的时候别那么大声,您这样会吓跑我的顾客的。"

"这里除了我们,没有其他任何人!"米娅高声叫喊道。

漫画师扫视了一下广场,发现确实人不多。于是便做了一个手势,示意米娅离自己更近些。

"这人根本就配不上您!"他向米娅低声私语道。

"您又凭什么做出这样的判断,我其实是个很难相处的人。"

"为什么姑娘们总是深爱着让她们深感痛苦的男人,却对那些愿意为她们摘下月亮的人不屑一顾?"

"我知道了……因为您,您属于皮埃罗①式的朋友。"

"不是。我之所以有感而发,完全是因为当我遇见我的妻子时,她正处于这样的状态之中。当时,她苦恋着一个模样俊俏的花花公子,而后者却毫不留情地将她的心撕得粉碎。我心爱的姑娘整整用了两年的时间试图理解这个混蛋,这让我感到很恼火,因为这样一来,我们丢失了两年共同生活的美好时光。"

"还好只有两年,还不算错过太久。最重要的是,故事有一个美好的结局。"

"您倒可以问问我妻子对这件事情的看法。要想找到她,您只需

---

① 皮埃罗是经典的意大利戏剧中的一个小丑人物。

沿着勒比克大街一路向下前行,她就葬在蒙马特公墓内,就在这座小山坡的下方。"

"您说什么?"

"那天本来很美好,就像今天一样,我们骑着摩托车行驶在大街上,直到一辆卡车突然出现在我们面前。"

"对不起,我很抱歉。"米娅一边低声说着,一边垂下眼睑。

"别这么说,您又不是那位卡车司机。"

米娅漠然地点了点头,转身离开,回到了自己那张长椅上。

"小姐!"

"怎么了?"她说着,回过头来。

"每一天都很关键。"

她顺着石级向下走,来到了一条小巷子。米娅坐在一级台阶上,拨通了大卫的电话,像往常一样,她直接进入留言信箱。

"大卫,一切都结束了,我再也不想见到你,因为……天哪,我是多么地爱你……见鬼,我坐在长椅上的时候,状态要比现在好很多,词句就这么自然地冒出来……这段沉默真是太可怕了,傻瓜,赶紧接着说……因为你让我变得很痛苦,你把一切都搞砸了,我想让你知道,尤其是在我……天哪,我是多么地爱你……"

她挂断电话,心想是否可以远程删除留言,深吸了一口气,重新拨通了他的电话。

"很快,我就会遇到一个像皮埃罗一样的男人,我说的话简直毫无意义……上帝,希望我没有真的说出刚才那句话……一个愿意为我摘月亮的男人。我也不想因为对你的感情而浪费一分一秒与他相处的时光。再说,我已经决定将与你的回忆从脑中清除,就像你会把这条留言从你的手机中清除一样……快别说了,你这个样子真的很可悲……别给我回电……或者五分钟后你拨通我的电话,告诉我你已经决定做出改变,决定乘坐第一班抵达巴黎的火车……不,请你行行好,还是不要再给我打电话了……我们首映式见,每人都演好自己的角色,不管怎么说,这是我们的本职工作……这句说得不错,既很职业又很坚决。别再说了,别再补充任何内容,你的表情很完美……好了,我现在要挂断电话了,这完全就是一句多余的话……再见了,大卫。刚才是米娅给你的留言……"

她等了十分钟,最后还是将手机放到了雨衣口袋里。

黛西的餐馆距离这里只有几条大街的路程。在前往餐馆的路上,米娅虽然心情沉重,可脚步却变得异常轻松。

※

"等哪天有空我去伦敦住上一段时间,不过,你可别指望我把我所有的时间都耗费在某个摄影棚中。"看到米娅走进餐馆,黛西说道,"你到这里来做什么?你应该到处走走,徜徉在巴黎的街道上。"

"你中午的时候需要服务生吗?"

见黛西没有回答,米娅径直走进厨房。黛西取下一条围裙,让米娅系在自己的腰上。

"你想和我谈谈吗?"

"现在不想。"

黛西重新回到炉火旁，递给米娅一些盘子。她无须指导米娅如何工作，因为此时整个饭馆只有一桌客人。

~~~~~~

午餐后，保罗让阿瑟和劳伦到巴黎四处转转。自己则在黄昏时分来到九区的一家书店里，为读者朗读作品。保罗拒绝向两位好友透露自己内心深处真正惶恐的问题。他将自己的公寓钥匙交到两人手中，并与他们相约明日再见。

阿瑟带着劳伦来到自己曾经居住的街区，指了指一扇窗户，告诉劳伦这就是他当年的寓所。随后，两人来到一家小酒馆，喝了一杯咖啡。在命运将两人重新联结到一起之前，阿瑟曾无数次在这家酒馆思念远方的劳伦。喝完咖啡以后，这对彼此深爱的夫妇沿着河岸散步。最后，两人回到保罗的住所。

精疲力竭的劳伦没有吃饭，就已经沉沉地睡去。阿瑟凝望了她一会儿，然后打开她的电脑。他先查收了一下自己的邮件，随后思考良久，一遍又一遍地回忆劳伦和保罗早晨在圣日耳曼德佩广场上的对话。

毫无疑问，他童年好友的幸福对他来说比什么都重要。毫无疑问，为了保罗的幸福，他已经准备好牺牲所有，包括看着他前往世界的另一头。然而很显然，这位可咏并不是唯一能为保罗带来幸福的人。对命运的召唤，也许会带来一场汪洋上的意外邂逅。想到这里，阿瑟回忆起以前听过的一个故事：一天，一位年迈的老翁走进一座教堂，指责上帝从未帮助他中过彩票。他都快九十七岁了，却从来没有在彩票上获得过收益。当他话音刚落，天空中突然出现一道光，紧接着，老翁听到了上帝的声音："你至少要去买一次彩票，我们再来谈这件事。"

阿瑟之后做的事情，可能是他三十年来跟保罗开过的最大一个玩笑。但阿瑟安慰自己，他这么做，完全是出于好意。

7

黛西全然记不得自己昨晚何时入睡,她只知道昨天是漫长的一天。她努力回忆餐馆冷藏室里还剩下些什么食物,好判断今天是否需要前往市场采购。考虑到现在自己糟糕的状态,黛西决定还是再睡一会儿,以免彻底被劳累击垮。十点的时候,她重新睁开眼睛,一边低声抱怨,一边起床。随后,黛西在抱怨中完成洗漱、穿衣。在离开公寓的时候,她仍旧在抱怨,她的邻居甚至在黛西跌跌撞撞、绊倒在高地上、重新穿好鞋子后,依然能够听到她的抱怨声。至于米娅,她昨晚滔滔不绝地和黛西聊了很久。她完完整整地回忆了一遍自己与大卫相处的时光:从最初的相遇,到那一通中断两人关系的电话。

米娅在黛西雨点般的抱怨声中惊醒,一直等到暴风雨过后,才走出自己的房间。

她在公寓中漫无目的地游荡了一会儿,随后打开电脑,决定今天不查收邮箱。可最后还是改变了主意。她在邮箱中看到一封克雷斯顿的信。这封信只有寥寥数语,她的经纪人在邮件中恳求米娅尽快告知近况。

读完邮件后，米娅以一种游戏的心态，登录交友网站。她在网站上浏览了一圈，并未看到任何有趣的内容，正准备下线的时候，突然想看一看大数据为自己随机挑选的那些有趣的候选人资料。屏幕上只出现了一名候选人的资料，米娅几乎马上确定，自己曾经在哪里看到过这张面庞。她是否曾在附近与他擦身而过？这位候选人也并未通过一个粗俗、哗众取宠的网名来博取他人的注意。米娅惊讶地发现，自己竟然对他的脸庞产生一种莫名的好感。

让她更加吃惊的是，自己照片底下的小信封正在不停闪烁，示意这位由网站推荐的候选人已为她留言。他的留言，与黛西之前展示给米娅看的留言大相径庭。这段留言写得简洁、有礼，让人不禁会心一笑。

我曾经是一个生活在旧金山的建筑师。有一天，我脑子一热，写下一部小说，这部小说现在已经出版。我是一个美国人，我知道，人无完人，小说出版以后，我便开始在巴黎生活。现在，我仍旧在写作。之前，我从未在任何交友网站上注册过，所以也不清楚什么该说，什么不该说。您是一名主厨，这是一个美好的职业。我和您一样，日夜工作，为的就是把我们的工作成果与大家分享。是什么力量驱使我们坚守工作，我不得而知，但是，迎接挑战，努力工作，为他人带来快乐，对我来说是一种无上的幸福。我也不清楚自己哪儿来的勇气给您写信，也不知道是否会收到您的回复。为什么小说里的人物总比我们更有勇气？为什么他们勇于尝试一切，而我们却在很多时候畏缩不前？自由的意志是不是他们成就自我的源泉之一？今晚，我将前往于玛用餐，这是一家位于7月29号大街的餐馆。我从报纸上读到，这家餐馆的特色菜是烤鲷鱼，鱼上撒满来自神秘国度的特色调味料。再说，我也很喜欢7月29号大街，这条路总是那么美丽。如果您有兴趣尝试新的美食，我将很荣幸邀请您与我共同前往。

祝好

保罗

米娅飞快地关掉邮件，好像这段留言灼伤了她的双目一样，然而尽管如此，她仍旧两眼紧盯屏幕。她呆坐了一会儿，精神上像是受到了很大的震动。没过多久，米娅还是抵挡不住诱惑，又重新打开信件，阅读了一遍。如果有一天米娅的母亲知道她接受一位网友的邀请，与一个陌生人共进晚餐，她一定会将米娅钉到十字架上。至于克雷斯顿，他一定会加入米娅母亲一方，帮她将钉子擦得锃亮。

为什么小说里的人物总比我们更有勇气？

米娅饰演过无数角色，也无数次幻想拥有那些人物的自由意志。大卫曾经不止一次地提醒米娅，观众喜欢的是她饰演的角色，而非她本人，并补充说，如果他们在真实生活中与米娅接触，一定会感到大失所望。

为什么他们勇于尝试一切，而我们却在很多时候畏缩不前？

米娅将这位候选人的信件打印好，一折为四。她决定，以后每当她自我怀疑，或缺乏勇气完成自己想做的事、说出自己想说的话时，就在心里默念这些句子。

自由的意志是不是他们成就自我的源泉之一？

这个男人说得很有道理……为什么不尝试一下呢？

想到这里，她将手指放到了键盘上。

亲爱的保罗：

我很喜欢您给我写的信。我和您一样，几天前第一次访问这种类型的网站。我想，如果一个朋友告诉我，她通过类似方式接受一位陌生人的晚餐邀请，我定会嘲笑她一番。您的留言中，有几句话说得很对。到底是自由本身，还是自由改变人类行为的方式让我们如此向往那些虚构人物的生活状态？为什么他们勇于尝试一切，而我们却在很多时候畏缩不前？（对不起，我重复了您说的话，因为我并不是一名作家。）由于我在现实生活中并没有机会遇到这些人物，所以我将十分高兴能与赋予他们生命的人对话。您可以随心所欲，根据自己对美好事物的评判标准来创造他们的生活，这一定是一种愉悦至极的体验。不过有时，兴许是他们将自己的行事准则强加于您。您现在可能有些忙，我们还是见了面再继续交谈吧。

今晚见，我同样也很荣幸。

米娅

备注：我是一个英国人，也远远称不上完美。

"天哪,你真是让我大跌眼镜!"劳伦惊呼道。

她等服务生一走,就将桌上的柠檬水一饮而尽,随后用手背擦了擦嘴巴。

"我的信写得不赖,不是吗?"

"确实不错,至少她还写了回信。为了阻止保罗去卡尔马尼,你简直用尽一切伎俩。但我要告诉你,也许你这么做并不对。"

"想出这个主意的人可是你。"

"但那是在保罗与他的编辑碰头之前的想法……"

"不论他是否参加这次书展,我都希望他能够回来。"

"……别忘了,他还向我们提过此次旅行的另一个目的。"

"那我更希望他回来了!"

"你又打算如何说服他走进这家餐馆呢?"

"我需要你的帮助。"

"你任何时候都需要我的帮助。"

"我会编造一个与重要客户的会面,随后请求保罗过来帮助我。"

"他已经有七年没在建筑领域工作了,请问他可以给予你哪方面的帮助?"

"语言上的帮助?"

"你的法语说得和他一样好,可能还比他略胜一筹呢。"

"关于巴黎这座城市的相关信息,他对这里很熟悉。"

"你想好与'客户'讨论什么项目了吗?"

"这是个好问题。我得提前准备准备,以免当保罗问起的时候,我无言以对。"

"你可以说是一个关于餐馆的项目。"

"区区一家餐馆,不至于吸引我们这么大的公司千里迢迢来巴黎。"

"一家大规模餐馆呢?"

"为什么不说是一家大型美国企业想要进驻巴黎呢?"

"这可信吗?"

"当然! 我听说辛巴德餐饮公司已经决定在法国开店。这是保罗在旧金山时最喜欢光顾的餐馆。"

"那我在整个过程中又充当何种角色呢?"

"如果我单独前往,保罗一定会产生怀疑,甚至拒绝答应我的请求。然而,如果你坚持的话,他会为了你赴约。"

"我们毫不留情地干涉他的生活,为他安排了这出好戏。"

"也许是吧。但这也是为了他好。说到干涉他人生活,我可要和你们俩好好聊聊这个话题,我想你一定猜到我指的是哪件事吧。"

"你不会埋怨我们救了你的命吧?"

"那我现在也在拯救他的性命,他同样没有任何理由指责我。"

"当然会。从保罗发现你在戏弄他的那一刻起,一个原本美好的夜晚将变得如同地狱般可怕。我们在饭桌上都该说些什么?"

"我们什么都不需要说,因为我们根本就不会出现在那家餐馆!"

"你打算让他独自前往餐馆,与一个在交友网站上答应赴约的陌生女人约会，而保罗却以为自己将和一位客户谈论建筑？"

说罢，劳伦爆发出一阵爽朗的笑声。

"我倒是很想看看两人相见的情景。"她说道。

"我也是，可我们也别做得太过分了。"

"我觉得我们的计谋不会得逞，他们一定在前菜还未上来之时就明白了一切。"

"也许吧。可万一计划成功了呢？哪怕成功的概率微乎其微。还记得多少次，当别人对你施加压力，要求你放弃时，你仍继续挑战看似不可能完成的任务？"

"别试图用感情拿下我。我在想，现在我们做的事情到底是滑稽可笑还是卑鄙无耻。"

"也许两者兼而有之！不过只要能成功就好。"

说罢，劳伦叫服务生过来埋单。

"我们要上哪儿去？"阿瑟问道。

"把我们的箱子整理好，然后找一家旅馆住下。我担心，明天他会将我们赶出门外。"

"这个主意太妙了。今晚我们就起身出发吧，我带你去游览诺底地区。"

当保罗发现阿瑟用他的名字在餐馆预订座位时，感到有些意外。当他发现自己是第一个赴约的人时，甚至还有些恼火。服务生把他

带到一张四人座的餐桌旁，可桌上只摆放了两副餐具。保罗本想与那位年轻的服务生说明情况，可后者却匆匆离去。

米娅到得还算准时，她向保罗打了一个招呼，随后在他对面的椅子上坐下。

"我本以为所有的作家都已经上了岁数。"她微笑着说道。

"我猜想一个人如果没有在年少时过世，那他一定会变得越来越年轻。"

"这是霍莉·戈莱特利说过的一句话。"

"《蒂凡尼的早餐》中的经典对白。"

"这是我最爱的电影之一。"

"杜鲁门·卡波特[1]，我既崇敬他，又憎恶他。"保罗说道。

"为什么这么说？"

"他一人占尽那么多才华，让人不觉心生妒忌。您不觉得他完全可以将自己的才华分享一点给其他人吗？"

"是的，也许他确实应该这么做。"

"我很抱歉，他一向很守时。"

"才五分钟，这对于一个女人来说根本就算不上迟到。"米娅回答道。

---

[1] 杜鲁门·贾西亚·卡波特（Truman Garcia Capote，1924年9月30日—1984年8月25日），本名杜鲁门·史崔克福斯·珀森斯，是一位美国作家，著有多部经典文学作品，包括中篇小说《蒂凡尼的早餐》(1958)与《冷血》(1965)。

"我说的不是您,我可不会这样冒失地与您说话。我不知道他们在搞些什么,正常情况下,他们应该已经到了。"

"好吧……"

"抱歉,我还没有向您介绍自己,我是保罗,您应该就是……"

"米娅,这并没有任何悬念。"

"我还是希望等他们来了之后再开始讨论相关事宜。但这并不影响我们现在聊些其他话题。您说话的时候有些口音,您是英国人吗?"

"这是我无法否认的事实。我在备注里已经向您提到过这一点。"

"啊,他事前没和我说过! 我其实是一个美国人,但我们可以继续用莫里哀的语言[①]交谈。法国人很讨厌别人在他们的地盘说英语。"

"好的,那我们继续说法语吧。"

"法国人十分喜欢在外国餐馆里用餐,我这么说并不是想吓唬您,只是告诉您在巴黎开一家餐馆是一个绝妙的主意。"

"我们餐馆主打的是普罗旺斯菜肴。"米娅借用黛西的语气说道。

"您不打算忠实于最初的传统吗?"

"您不知道我对'忠实'这个概念有多在意。事实上,我们可以在忠实的同时富有创意。"

"我想也是。"保罗茫然无措地回答道。

"您都写些什么样的作品呢?"

"他和您说起过我写的书? 这完全没有必要。我写小说,但这并

---

① "莫里哀的语言"此处指法语。

不妨碍我继续自己的主业。"

"建筑,是个不错的行业吧?"

"不是的话,我为什么会出现在这里呢?"保罗回答道,"他还和您提过什么?"保罗的问题引得米娅有些慌张。

"他用第三人称描述自己,我必须马上让话题回到我的身上!"

"您在说什么,我没有听清。"保罗说道。

"没什么。对不起,我有时喜欢自言自语。"

听到这话,保罗微笑了一下。

"我可以向您吐露一个秘密吗?"

"如果您愿意的话。"

"我和您一样,也经常自言自语,他们常常向我指出这一点。但是现在,我也要毫不留情地告诉他们迟到的事实。我真的很抱歉。"

"没有关系。"米娅说道。

"他们这么做,太不职业了。我可以确定地和您说,这不像他们平时的作风。"

"他竟然还是个疯子……我到底在这里做什么?"

"她嘴里总是念念有词,真是可怕。我简直想杀了阿瑟,然后将他碎尸万段。我的技术太好,这样一来我的人生就毁了。我的老天,他们到底在搞什么鬼?"

"您刚才和我一样,也低声自语了几句。"米娅说道。

"不会吧,倒是您,又自言自语了几句……"

"也许今天的约会并不是个好主意。正如我刚才和您所说的那样,这是我第一次做这样的尝试,我不得不承认,这一类型的约会比我想象的要尴尬很多。"

"这是您第一次来巴黎吗？您法语说得很好，是在哪里学的？"

"我刚才说第一次尝试，指的并不是第一次来巴黎。我来法国已经很多次了，我最好的朋友是一个法国人，我和她在童年时期就已相识。那时，她来到我家学习英语，而我则在夏天的时候，前往她普罗旺斯的家中度假。"

"这就是您的餐馆主打普罗旺斯菜肴的原因所在？"

"是的。"

说罢，两人陷入沉默，虽然只有短短几分钟，可两位陌生人却感觉这段时光没有尽头。此时，服务生拿着菜单，重新回到两人身旁。

"如果他们再不来，那我们只能自行点菜了。"保罗大声说道，"这也能让他们接受一次教训。"

"我并不很饿。"米娅说着，放下菜单。

"真是太可惜了。这里的食物很美味。关于这家餐馆，许多评论家都给予它很高的评价。"

"撒满来自神秘国度调味料的烤鲷鱼，您在留言中曾经提到过。"

"我什么时候给您留过言？"保罗睁大眼睛，问道。

"您定时服用什么药物吗？"

"没有，为什么突然问这个？您服用吗？"

"我懂了。"米娅叹了口气说道，"您之前的言行是为了引我发笑，或是试图让我感到放松。可我想告诉您，您完全不需要这么做，因为您这样做非但达不到让我放松的目的，还会让我感到害怕。好在我及时明白过来，所以没关系，我并不介意。但请您不要再继续这

103

么表现下去了。"

"我并未试图引您发笑……我哪里让您感到恐惧了?"

"好吧,这人完全就是一个疯子。我可不能把他惹怒了。大不了我点一份前菜,随后十五分钟后便匆匆离开。您说得没错,我们别再等了,他们应该很快就会到达。"

"太好了! 我们先点菜,随后您和我谈谈您的计划,怎么样?"

"什么计划?"

"您的餐馆。"

"我之前已经和您说了,我们餐馆主打南法菜,更确切地说,是尼斯菜。"

"啊,尼斯。我很喜欢这个城市。去年六月,我应邀前往参加书展。那里天气很热,可当地人却相当热情。有些尼斯的读者还特意前来参加我的新书签售会。不过坦诚地说,特意赶来的人并不多。"

"您一共写了几部小说?"

"六本。当然,这是算上第一本后的数字。"

"为什么您会撇开第一本,不计算在内呢?"

"没什么特殊的原因。好吧,其实我创作第一本小说的时候,并未意识到自己是在写作。"

"他愚蠢的话语真的已经开始让我感到厌烦了。那当时您认为自己是在做什么,难道是在沙滩上做馅饼吗?"

"她自己是一个白痴,还是她把我当成一个白痴? 不,我的意思是,当时我并未想到这本书会出版。我甚至从未动过把书寄给编辑的念头。"

"但它最终还是出版了？"

"是的。劳伦替我把书稿寄给了一家出版社，她甚至都没有经过我的准许，可我并不责怪她。但我不得不说，一开始，我确实很难接受这一切，从某种程度上来说，我是因为她才开始在这里生活的。"

"我可以问您一个问题吗？这个问题也许有些冒失。"

"您问吧，我可以选择不回答。"

"您住的地方离这儿远吗？"

"我住在三区。"

"与这家餐馆相隔的距离超过五百米了吗？"

"我们现在在一区，事实上，两地相距甚远。怎么了，为何会问起这个？"

"没什么。"

"那您住在哪儿呢？"

"蒙马特地区。"

"那是一个很美的地方。好了，这次我已经下定决心，我们开始点菜吧。"

说完，保罗便示意服务生走向他们。

"我们尝试下鲷鱼怎么样？"保罗看着米娅，建议道。

"烹饪一条鲷鱼需要很长时间吗？"米娅向服务生询问道。

后者摇了摇头，便匆匆离开。保罗则靠近米娅，神色轻松。

"我不想过多干涉那些与我无关的事情。但我想善意地提醒您一句，既然您想开一家做鱼的餐馆，刚才就应该问问那位服务生烹饪一条鲷鱼需要花费的时间。"保罗傻笑了一下，补充道。

105

这一次，两人间的沉默持续了更长的时间。米娅看着保罗，保罗看着米娅，两人面面相觑。

"对了，之前您提到过很喜欢旧金山，那您在那里生活过吗？"保罗问道。

"没有。可我因为工作原因，去过那里很多次。那是一个美丽非凡的城市，总是阳光明媚。"

"我已经猜到了！您在辛巴德学习管理，随后决定将他们的经营理念带到这里。"

"谁是辛巴德？"

"我真的要杀了他，杀了他们俩。"保罗喃喃自语道，然而这一次，他暗自低语的内容却传进了米娅的耳朵里。保罗见状，连忙补充道，"十分抱歉，我不该对您说这些，可他至少应该把情况描述得更清楚一些。"

"您刚才提到的双人谋杀，是一种隐喻吗？"

"这个姑娘真是笨得无可救药。我到底在这里做什么？我的上帝，我到底还留在这里干什么？现在这个时候，我本应该安安静静待在家中享受清闲时光。我向您保证，我并不打算谋杀任何人。可我们不得不承认，现在的情况令人难堪！我现在这样坐在您对面算什么？和一个不了解自己项目的无用之徒有什么区别？"

"所以在您眼中，我只是一个项目？"

"您是故意这么说的吗？我指的项目当然不是您本人，而是那个让我们两人现在这样四目相对的项目。"

"好吧，我想，我们把该说的都已经说了。再说，我现在一点不饿……""其实，我已经饿得饥肠辘辘。"她暗自对自己说。"您可以独自一人品尝那条美味的鲷鱼。"米娅神色严肃地继续对他说道，随后把两只手放到了桌上。

"我请求您接受我的歉意。"保罗愧疚地回答道，"对不起，我刚才表现得过于笨拙。自从辞去事务所的工作以来，我已经太久没有接触类似事务，我想我已经丢失了所有职业技能。我之前就和他说过，我一定无法胜任今天的洽谈工作，我本应该拒绝他的请求。至于他，无论如何也不该让我独自一人面对现在的状况。他的这一做法真的不够敞亮，我是说，他们两人的做法。"

"您和游魂生活在一起吗？我的意思是，您谈论的那些人的确真实存在吗？"

"一个十足的疯子！我竟然整个晚上都和一个神志不清的英国女人待在一起，这样的事情也只会发生在我的身上。"

"您又在自言自语了……"

"我想到了我之前的合伙人：阿瑟和他的妻子劳伦。您打算把您餐馆的理念告诉他吗？"

"我并没有这个打算。"米娅迟疑地回答道。

"我明白了……在这场灾难般的会面以前，您已经将计划向他和盘托出。"

"没有。"

"那您今晚来这里的用意何在？"

"在此之前，我一直心存疑惑。然而此刻，我已经确定，您就是一个疯子。黛西曾经提醒过我，我应该听她的话。"

"有意思！我不清楚为何您的黛西认为我是个疯子，因为我不认识任何名叫黛西的人，不，我认识一个，不过那是一辆救护车①。别在意这句题外话，这段故事说来话长。您刚才提到的黛西是谁？"

说罢，保罗顿了顿。米娅则准备等到服务生再次出现时，便起身离开。她暗自思忖：在服务生在场的情况下，这位狂热的疯子一定不敢尾随其后。自己一旦摆脱这个怪人，就立刻回到蒙马特的寓所中，冲向电脑，删除自己在这个倒霉网站上的信息，一切就能恢复常态。做完这一切后，她就去拉克拉玛德吃晚饭，因为现在她已经快饿得不省人事了。

"为什么您认为我是一个疯子？"保罗问道。

"听着，这一套不管用。我很抱歉，这只是一场游戏。"

听到这话，保罗如释重负地长舒了一口气。

"我就知道！从一开始我就怀疑你们是不是在合伙愚弄我。干得漂亮！"保罗一边鼓掌，一边继续说道，"我中了你们的圈套。他们俩就躲藏在餐馆某处，对吗？好了，示意他们可以现身了，你们配合得真不错，我完全没有意识到这是一场骗局。"

说罢，保罗微笑了一下，随后转身环顾四周，寻找着阿瑟和劳伦的身影。米娅静静地看着这一切，显得有些沮丧。她暗想，在这条讨厌的鲷鱼被端上来以前，自己还需要耐心等待多久？

"您真的是一名作家吗？"

---

① 作者注：在《假如这是真的》这部小说中，阿瑟和保罗正是通过一辆名叫黛西的老式救护车，将已经失去知觉的劳伦从旧金山送往卡梅尔。

"是的。"保罗说着，重新面朝米娅，与她四目相对。

"也许今天发生的一切可以这样解释：小说中的人物侵占作者的躯体，进入他真实的生活。我这么说并不是在责怪您，我甚至还在这场疯狂的冒险中探寻到一点诗意。另外，您给我写的那段话令人动容。现在，如果您同意，我让您和您笔下的人物独自相处，我先告辞了。"

"我都给您写了些什么？"

米娅从口袋里拿出一张纸，将它摊开，随后递给保罗。

"您是这段文字的作者吧？"

保罗仔细阅读了纸上的文字，随后茫然地看着米娅。

"我承认，我和这段文字的作者有许多相同之处，我甚至可以写出大同小异的语句。可我想，这个玩笑持续的时间好像太久了一些。"

"我没有开玩笑。我根本不认识阿瑟，也不认识他的妻子！"

"我猜想，今晚所有的误会都源于一些令人难堪的巧合。我想，我一定不是巴黎唯一的作家。也许您真正要碰面的人，此时正身处于这家餐馆的其他地方。至于我，一定是混淆了餐馆的地址。"保罗悠悠地说道，语气中略带嘲讽。

"可您档案上的照片，确实是您本人！"

"什么档案？"

"够了先生，请您别再这样继续下去了，现在的情况已经够糟糕的了。那张您放在男女交友网站上的照片。"

"可我从来没有登录过任何交友网站，您都在说些什么？唯一的解释是，今晚我们的约会对象另有他人。"

109

"请环顾一下四周,我并没有看到与您容貌极其相似的人。"

"也许我们两人都搞错了约会地点?"保罗刚说完,就意识到自己说了一句蠢话。

"也有可能是与我约会的男人认为我不对他的胃口,然后故意声称自己是其他人来奚落我。"

"不可能。明眼人绝对干不出这种事。"

"您真客气。我很喜欢您坦诚的文字,您说话的时候也如此真诚就好了。"

米娅说着,起身准备离开。保罗也站起身,一把抓住了她的手。

"请您重新坐下。对于今天所发生的一切,一定有一个富有逻辑的解释。虽然我现在还不知道造成此刻混乱局面的原因所在……也许是……不,我简直不敢想象他们竟然如此捉弄我。"

"您的那些隐形朋友?"

"您说得很对,每当命运在身后追赶劳伦时,她总有一种让自己隐形的能力。相信我,这不是她第一次让我深受其害。"

"好吧,您都这么说了,那我就相信您!不过现在,我真的要走了,答应我,您不会紧随其后。"

"我为什么要尾随您呢?"

听到这话,米娅耸了耸肩。正当她要离开餐桌时,服务生却出现在两人的面前。盘子里的鲷鱼显得如此诱人,以至于米娅的肚子开始咕咕直叫。服务生见状,微笑着把这盘美味放到两人面前。

"看来我来得很及时!祝你们好胃口。"服务生说着转身离去。

保罗细心地切着鱼肉,随后把两块切好的鱼片放到米娅的盘子上。这时，他收到一条短信，他花了好几分钟才读完整条信息。

"这一次，我要以全世界最真诚的态度向您道歉。"保罗说着，把手机放回到了桌上。

"我很愿意接受您的道歉，可晚餐一结束，我必须得离开。"

"您不想知道我为何要向您道歉吗？"

"我并不很想知道，不过如果您坚持要说，我也不反对。"

"我承认，之前我曾把您当成一个疯子。现在我有足够的证据证明您不是。"

"这真是一个让人欣喜的消息……"

保罗把手机递给了米娅。

我的保罗：

　　也许你已经猜到了，我们跟你开了一个很大的玩笑，但我们的初衷是想推命运一把。我希望你至少度过了一个愉快的夜晚。我不得不向你承认，我们的夜晚交织着负罪感和疯狂的大笑。你别期望能够在回家以后报复我们，因为我们已经在傍晚时分出发前往翁弗勒尔。顺便说一句，我正是在我们晚餐的地方给你发送短信。这里的鱼很美味，海港就像是一张浑然天成的明信片。总之，这里的景色让劳伦欣喜不已。另外，我们下榻的小旅馆也很迷人。我们两天后回来，也许更久，这取决于你原谅我们的时间。我可以想象，你现在一定暴跳如雷，可也许几年后，我们在回想起这段往事时，又会一起开怀大笑，谁又知道呢？如果这个米娅成为那个你命中注定的女人，你将会对我们感激不尽。

想起那些你曾经捉弄我的场景,我想,我们现在两清了,至少几乎两清了……

我们爱你。

阿瑟和劳伦

米娅把保罗的手机重新放回桌上,随后一口喝完了杯中的红酒。这一举动让保罗感到很惊讶,可显然,两位好友的短信更让他吃惊。

"好了,事情积极的一面在于,今天晚上我至少没和一个精神失常的人共进晚餐。"米娅说道。

"那消极的一面是什么?"保罗问道。

"您朋友的幽默感让人大跌眼镜,尤其是对于他们戏弄的牺牲品来说。今天发生的一切,对我来说,简直是一种耻辱。"

"请允许我插一句话,今晚我们两人中被当成傻子的人,是我!"

"您至少从未注册过什么交友网站。我感到自己很可悲。"

"其实,我曾经有过想要注册类似网站的念头。"保罗坦诚地说道,"我向您保证,我说的都是实话,而不是出于礼貌的客套话。我当时确实想做这件事。"

"可您最后并未付诸行动。"

"有时候,意图比行动更重要,不是吗?"

保罗说着,在米娅的杯子里斟上酒,随后提议与她碰杯。

"我能知道我们是为何事举杯庆祝吗?"

"为了纪念今天这个你我都无法向他人讲述的夜晚。毋庸置疑,这是一个特别的夜晚。我很荣幸地想向您提议一件事。"

"如果您想加点一份甜品，我绝不反对。既然您与我分享了心中的秘密，我也要坦诚地说，我现在饿得饥肠辘辘，这份鱼对我来说太清淡了。"

"那就再加点一份甜品！"

"刚才您脑中想的是不是其他事情？"

"您可以把那封'我'写的信再给我看一下吗？我想再重读一些片段。"

米娅把信交给了保罗。

"是的，就是它！事实证明，我们比小说中的人物更有勇气，因为我们在感到蒙受耻辱时，仍旧没有选择逃离这张饭桌。把刚才发生的一切，和我们所说的话都从脑中去除吧。做到这点其实并不困难，只需在键盘上按一下，满屏的文字就会瞬间消失。现在，让我们从您走进饭店那一刻起，重新书写我们的剧本吧。"

听到保罗的这个提议，米娅微笑了一下。

"您果真是一个作家！"

"作为剧本的开篇，这是一个很好的句子。我们可以接着您引用杜鲁门·卡波特的那句话，继续交谈。"

"我本以为所有的作家都已经上了岁数。"她微笑着说道。

"我猜想一个人如果没有在年少时过世，那他一定会变得越来越年轻。"

"这是霍莉·戈莱特利说过的一句话。"

"《蒂凡尼的早餐》中的经典对白。"

"这是我最喜爱的电影之一。"

"杜鲁门·卡波特,我既崇敬他,又憎恶他。"保罗说道。

"为什么这么说?"

"他一人占尽那么多才华,让人不觉心生妒忌。您不觉得他完全可以将自己的才华分享一点给其他人吗?"

"是的,也许他确实应该这么做。"

"您喜欢我给您写的那段留言吗?"

"我发现里面有许多能够引起我共鸣的句子,所以决定今晚欣然赴约。"

"我在我的电脑前呆坐了很久,才勉强挤出这几行字。"

"至于我,也花了同样多的时间回复您。"

"如果是这样的话,我将很荣幸重读您给我写的留言。您说您拥有一家主打普罗旺斯菜系的餐馆,是吗?对于一个英国人来说,这倒是件新鲜事。"

"小的时候,每个夏天我都在普罗旺斯度过。童年时期的回忆塑造我们的品位和渴求,至少我是这么认为的。那您呢,您是在哪里长大的?"

"旧金山。"

"一位美国作家是如何成为一个巴黎人的?"

"这事说来话长。我不太喜欢谈论自己,我觉得这么做很无聊。"

"我和您一样,也不太喜欢谈论自己。"

"若事实真如此,我们将会很快才思枯竭。"

"我们可以先试着描述一下周边的环境,这样至少可以先填补几页空白。"

"其实只需寥寥数笔就可以将周边布景描述清楚。如果描述过于冗长，读者会感到厌烦的。"

"写作有没有任何秘诀可言？"

"事实上，写作的秘诀并非由作者决定，而是由读者决定。就拿您自己来说，您很喜欢书中那些冗长的描述吗？"

"我向您承认，并不很喜欢，这些片段读来总是枯燥乏味。那么，我们接下来该写些什么呢？两位主人公在晚餐时都做了些什么？"

"他们点了一份甜品？"

"就一份吗？"

"不，两份。我不得不提醒您一句，这是两人第一次共进晚餐，所以还是让他们适当保持些距离。"

"作为这一剧本的共著者，请允许我突出一个细节：女主人公很希望此时男主人公能为她重新斟上一点红酒。"

"这是个很好的想法。他本应该在她提议以前就想到这一点。"

"不，如果他真这么做的话，她会以为他想故意将她灌醉。"

"对哦，我忘了她是一个英国人。"

"除去这一点，您最不能忍受女人的哪些缺点？"

"请允许我提出异议，为何不以更加积极的方式抛出问题？比如，您可以这样问：您最欣赏女人的哪些优点？"

"我不同意您的看法，这完全就是两码事。再说，如果她这样提问，别人会以为她已深陷爱河。"

"关于这个话题，还有待商榷。我先回答您的问题，我的答案是：

谎言。如果别人愿意使用我的问题，那我的答案是：坦诚。"

米娅凝望了保罗很久，随后说道："我不想和您上床。"

"您说什么？"

"我刚才很坦诚，不是吗？"

"唐突，但很坦诚。那您呢，您最欣赏男人的哪些优点？"

"真诚。"

"我并不打算与您上床。"

"您觉得我很丑吗？"

"您明艳动人。这么说来，您一定认为我很丑，我可以做这样的推测吗？"

"不，您只是有些笨拙，这点您自己也承认。这一特质很罕见，甚至让人动容。我今天来与您共进晚餐，并不期望从此开启一段新的旅程，而是与自己的过去正式道别。"

"至于我，是对飞机的恐惧让我来到了这里。"

"我看不出两者之间有何关联。"

"这一段暂时省略。您会在其他章节中找到问题的答案。"

"难道还会有其他章节吗？"

"既然我们清楚，彼此都不愿与对方分享一张床，那就没有任何可以妨碍我们成为朋友的阻力。"

"这很有意思。因为通常来讲，书中的主人公总是在中断关系时才会这么说：'我们仍旧是朋友。'"

"我甚至认为我们这么做无比有趣！"保罗惊叹道。

"请去掉'无比'这个词。"

"为什么？"

"因为副词有时略失优雅。我偏爱形容词，但我从不会在一个句子中使用一个以上的形容词。'这么做很特别'，这样说是不是更加优美些？在英语中，我们常常这么说：'这么做挺特别的'，这种说法似乎更细腻。"

"好吧，让我重新组织一下刚才的句子……既然我不是您心目中的理想类型，那我可以成为您理想的伙伴吗？"

"只要您的真名不叫'西班牙冷汤2000'就行。"

"不要告诉我这是他们给我取的网名！"

"不是。"米娅边笑边回答道，"我在和您开玩笑呢。朋友间可以相互逗乐，对吧？"

"我想是的。"保罗回答道。

"如果我想拜读一本您的大作，您为我推荐哪一本？"

"其他作者的作品。"

"请正面回答我的问题。"

"哪本书的简介让您产生想和主人公相遇的兴趣，您就选择哪本。"

"那我就从您的第一本书开始读起吧。"

"千万别选这本。"

"为什么？"

"因为它是我写的第一本小说。换作是您，您希望顾客前往您的餐馆，评论您作为新手烧的第一道菜吗？"

"我们永远都不会对一个朋友评头论足，只会越来越了解他。"

此时，服务生为他们端上两份甜点。

"姜黄果、绿柚长条泡芙和无花果搭配奶酪冰激凌。主厨的礼物。"服务生说道。

她说完就转身而去，与她来时一样匆忙。

"您知道什么是姜黄果和绿柚吗？"

"前者是一种秘鲁水果，后者则是柑橘的一种，介于红橘与金橘之间。"

"您真让我刮目相看！"

"您应该认识这些水果，您才是主厨吧？"

"可我确实不知道。"

"我刚才在等您的时候看了一眼这些词对应的英文解释，菜单上标得很清楚。"

听到这话，米娅翻了个白眼。

"您应该去当一名演员。"保罗说道。

"您为什么这么说？"

"因为在您说话的时候，面部表情非常丰富。"

"您喜欢看电影吗？"

"是的，但我从不去电影院。想来真是可怕，自从我来到巴黎以后，就没有看过一部电影。晚上的时间我用于写作。再说，孤身一人去看电影的滋味并不好受。"

"我就喜欢独自一人去看电影。我喜欢置身于其他观众中，观察影院的环境。"

"您单身很久了吗？"

"从昨天开始。"

"看来这确实是最近的事。所以说，您在注册交友网站时并非处于单身的状态？"

"我以为这段内容已经被丢弃在垃圾桶里了。我需要补充的是，正式说来，我单身已经几个月了，您呢？"

"严格来说，我并未'正式单身'。我深爱的那个女人生活在地球的另一端，我甚至不清楚我们是否还共同分享着什么。在这样的情况下，关于您的问题，我的答案是：自从她上次来访以后，我就处于独身的状态，这种状态已经持续了六个月。"

"您从不去看望她吗？"

"我害怕坐飞机。"

"爱情能够赋予我们翅膀，不是吗？"

"请允许我插一句：这只是一种约定俗成的说法，并无实际意义。"

"她是做什么的？"

"她是一名翻译，确切地说，她是我小说的翻译。不过，我怀疑她在这个领域对我并不忠诚。您的伴侣呢，他从事什么职业？"

"他和我一样，也是一名主厨。好吧，事实上，他只是一名副厨。"

"你们在一起工作吗？"

"有时候会。但这是个很糟糕的主意。"

"为什么？"

"他最后和洗碗女工睡到了一起。"

"他真没有分寸！"

"您总是对您的翻译忠诚如一吗?"

此时,服务生为两人递上账单。保罗一把抢过,准备付款。

"不,我们应该分摊账单,因为这是一顿朋友间的晚餐。"米娅反对道。

"之前我的行为有失妥帖。请别怨恨我,我就是一个笨拙、老派的人。"

❦

保罗陪伴米娅来到招呼出租车的站点。

"我希望今晚对您来说并没有那么不堪忍受。"

"我可以问您一个问题吗?"米娅问道。

"您刚才就问了一个。"

"您认为男女之间存在着没有任何歧义的纯粹友谊吗?"

"如果一方刚刚从一段关系中脱身而出,而另一方又心有所属,我想是的,确实存在……不管怎么说,和一个陌生人畅谈自己的生活,且不用担心会被评头论足,是一种令人愉快的体验。"

她垂下眼睑,说道:"我想在现在这个时期,我确实需要一个朋友。"

"我提议,如果这两天我们想像朋友一样再相见,就立即与对方联系。当然,前提是想见的意愿足够强烈,无须勉强。"保罗建议道。

"好的。"米娅一边说一边坐上一辆出租车,问道,"您需要我顺路捎您一段吗?"

"我的车就停在附近。我本想问您同样的问题，但现在似乎有些太晚了。"

"好了，也许很快我们会再次相见。"米娅说着，关上了车门。

※※※

"蒙马特地区的波勒布大街。"米娅对司机说道。

保罗目送着出租车渐行渐远。随后，他重新走上7月29号大街。今晚的夜空很明亮，保罗的心情也很愉悦，只是他的车被警察扣留在了汽车存放处。

※※※

"好吧，虽然今晚结束的时候确实要比开始好很多，可你还是得履行自己所制订的计划：一回到黛西家后，就在网站上删去档案，了断和所有陌生人的联系。至少，这可以让你吸取一次教训。"

"我从事这项职业已经二十年了，所以您无须低声念叨路线，小姐。"出租车司机说道。

"好吧，他虽然表现得不算癫狂，可他也很有可能会突然发作，如果遇到这种状况，你该如何处理？如果有人在餐馆里认出你该怎么办？好了，别想那么多，没有人会认得出你……今晚的事情对谁都不要说，甚至连黛西都不行……尤其不能和黛西谈起，她会杀了你的……一个人都不能说……嗯，这将是一个属于你自己的秘密，一个等你成为年迈祖母时向儿孙讲述的故事,当然,要等到你很老的时候。"

✦✦✦

"为什么在这座城市里从来就没有一辆出租车?"保罗一边低声抱怨,一边走在里沃利大街上。"好一顿难忘的晚餐!有那么一会儿,我真的以为她神志不清。当然,会去浏览交友网站的人,或多或少都有些疯狂……关于这个话题,今晚有两个人一定为此笑得前俯后仰。此刻,他们也许正在翁弗勒尔的小旅馆里继续嘲笑着我。不,先等一等,现在该是我取笑他们的时候才对。我的老伙计,如果你们认为与我就此两清,那只能说明你们对我了解得还不够透彻。我知道,复仇应该是一道冷却之后才能品尝的菜,而我却偏偏要在它温热之时就下口。你们到底为何要把我牵扯进来?难道你们真的认为我只有通过你们的帮助才能与异性相遇吗?我完全可以按照自己的意愿,与任何人,在任何地方相遇!你们都把我当成什么了?她确实有些痴痴傻傻的,不是吗?好吧,我这么说也许有失公允。我之所以会说这些话,是因为我现在很生气。至于她,其实并无任何过错。不管怎么样,她都不会再联系我,我也不会再联系她。今晚发生的一切的确令人尴尬。唉,还有我的车……前轮还未触碰到人行道,就被……这座城市真令人心烦。不管怎么说,是时候……出租车!"保罗边叫边挥舞着手臂。

她在波勒布大街拐角处下车，付完车费后，便径直走进寓所。

"事实上，我没有他的电话号码，他也没有我的。"在走上楼梯时，她自言自语道，"除非他扣留了我的手机。"米娅一边想着，一边在包里寻找钥匙。突然，她的手触摸到了一件陌生的物品，她拿出来一看，不由得惊呼道："天哪，他的手机！"

走进公寓时，她发现黛西正坐在厨房的一张桌子旁，手中握着一支笔。

"你已经到家了？"米娅问道。

"现在都已经夜里十二点半了。"黛西回答道，视线却未离开自己的本子，"你的电影可真够长的。"

"是的……其实也没有。在放映前一场电影的时候，我迟到了二十分钟，所以我干脆看了下一场。"

"电影还不错吧？"

"开始的时候有些奇怪，后面就好了。"

"这部电影都讲了些什么？"

"两个素不相识的陌生人共进晚餐的故事。"

"你去看了一部瑞典电影吗？"

"你在干什么？"

"处理我的账户。你看上去有些奇怪。"黛西抬了抬头，继续说道。

米娅有意避免与她对视，一边打着哈欠，一边溜进了自己的房间。

保罗一回家就坐到自己的书桌旁,打开电脑,准备开始工作。他看见屏幕上粘了一张便利贴,上面是阿瑟的字迹。后者很体贴地将交友网站上的用户名和密码交还给了他。

8

用完早餐后,保罗意识到自己的手机不见了踪影。他翻了一遍外衣的口袋,拿起散乱在书桌上的一大堆纸,瞥了一眼书橱上的架子。在确定没有把手机落在卫生间之后,他开始回忆自己最后一次使用手机的场景。保罗想起他把阿瑟的短信拿给米娅看。现在,他几乎可以确定,自己将手机遗落在了餐馆的桌子上。盛怒之下,他拨通了于玛餐馆的电话,却直接进入了语音信箱。很显然,此时餐馆还未开始营业。

如果那位服务生看到了他的手机,她一定会将它收好。毕竟,他昨晚给了她一笔可观的小费……保罗决定拨通自己的电话,试试运气。

※

正当米娅与黛西共进早餐时,葛罗莉亚·盖罗演唱的《我会活下去》从落地窗方向传来。

两位好友在听到声响后都很惊讶。

"我觉得声音传自那张沙发。"黛西淡淡地说道。

"原来你有一张音乐沙发，真有意思！"

"我怎么觉得是你的包在清晨练嗓呢？"

听到这话，米娅睁大眼睛，冲向那件引起事端的物品。正当她把手伸向包的内部时，葛罗莉亚·盖罗的歌声戛然而止。

"葛罗莉亚累了吗？"黛西坐在厨房里，漫不经心，略带讽刺地问道。

话音刚落，葛罗莉亚的歌声又再次响起，而且好像比刚才更加嘹亮。

"啊，不。原来她刚才稍作休息是为了再唱第二遍。葛罗莉亚真厉害，她很清楚如何活跃气氛！"

这一次，米娅及时抓起电话，按下接通键。

"是的。"她低声说道，"不，我不是服务生……是的，是我。我没想到您这么快就来联系我……我知道，我在和您开玩笑呢……是的，我可以……具体在哪里？……我一点都没有概念……下午一点在巴黎歌剧院门口？好的，一会儿见……嗯，再见……当然……没有关系……再见。"

米娅重新把电话放入自己的包中，随后回到了饭桌旁。黛西给她倒了杯茶，接着目不转睛地盯着她。

"领位员也是瑞典人吗？"

"你说什么？"

"葛罗莉亚·盖罗是谁？"

"一个把手机落在电影院的人。我恰巧看到了他的手机,他打电话来,希望我可以将手机归还给他。"

"你们英国人可真够热心……你准备到巴黎歌剧院将手机归还给一个陌生人!"

"我们应该这么做,对吧? 如果我的手机丢失,我很希望是一个有礼貌的人捡到了它。"

"那服务生又是怎么一回事?"

"什么服务生?"

"跳过这个话题吧。与其被你当成一个傻瓜,我还不如什么都不知道。"

"好吧,我向你描述一下事情的经过。"米娅一边想着如何脱离此刻的困境,一边继续说道,"昨晚的电影很无聊,我未等散场就离开了影院。坐在我身旁的一位先生和我同时离开。我们在街道上再次相遇,所以便在附近的一家咖啡馆里小酌一杯。他走的时候,不慎把手机落在了桌上,我把它带了回来,一会儿就去还给他。好了,现在你知道了所有内容,应该满意了吧?"

"你电影院的邻座是个怎样的人?"

"没什么特别的。如果一定要说的话,我想用平凡和友善来形容他。"

"平凡和友善!"

"够了,黛西。我们就一起喝了一杯,其余什么都没发生。"

"有意思的是,昨晚你回来的时候竟然没有和我说起这些。昨晚你可比现在健谈多了。"

"昨天看电影时,我感到无聊至极,于是就想小酌一杯。你就不要再多想了,因为根本就没有任何想象的空间。我一会儿就把手机还给他,仅此而已。"

"既然你都这么说了,那晚上的时候,你会来餐馆帮我吗?"

"会的。你为什么突然问起这个?"

"我在想,也许你会重新去影院观看一部电影。"

米娅站起身,一言不发地把手中的盘子放到洗碗机中,随后走进浴室,准备淋浴。

※※※

保罗站在巴黎歌剧院广场上,置身于人群中,耐心等待着。他从地铁口出来的人流中,一下就认出了她的脸庞。只见她戴着一副太阳镜,头上裹了一条围巾,手臂上挎着一只皮包。

保罗向她示意了一下,她腼腆一笑,作为回复,随后便向他走去。

"不要问我为什么,因为连我自己都不甚了解。"她如是说道,算是在向他打招呼。

"什么'为什么'?"保罗问道。

"我已经和您说了,我什么都不知道。我想,我们也许可以先跳过这个话题。"

"现在猜测您喝醉了,好像为时过早。"

"等一下。"她说着,把手伸向自己的皮包。

米娅翻找了一会儿,却并未找到目标物品。她干脆将包放在自己的膝盖上，摇摇晃晃地继续寻找。

"您在找一只粉红色的火烈鸟吗？"

米娅看了他一眼，像是在无声地指责他。不多一会儿，她带着胜利者的姿态从包中拿出保罗的手机。

"我不是小偷。我也不清楚您的手机是如何滑落到我包里的。"

"我从未如此想过您。"

"今天的这场会面不算，您认同我的说法吗？"

"不算什么？"

"您打电话给我，并不是真正想见我。我来赴约，也并非出自本意。您的手机是我们这次会面的唯一理由。"

"好的，这次不算。您现在准备把手机还给我吗？"

她把手机递给了他。

"您为何选择歌剧院作为归还地点？"

听到这个问题，保罗转向那座宏伟的建筑。

"它是我下一部小说的场景。"

"明白了。"

"我担心您并未完全明白我的意思。我想说的是，故事主要发生在歌剧院内部。"

"嗯，嗯，我知道。"

"您真的很顽固！您进去过吗？"

"您呢？"

"起码几十次，包括歌剧院不对外开放的时候。"

"夸夸其谈的骗子！"

"完全没有。我与这儿的主管私交甚好。"

"那在这座歌剧院中都发生了些什么?"

"您看,您还是不明白吧。我的女主人公是一名歌唱家,她在失去自己的动人嗓音后,就开始在这座歌剧院里神出鬼没。"

"啊!"

"您'啊'什么?"

"没什么。"

"您不会在留下'啊'和'没什么'后,就离我而去吧!"

"那您想让我做些什么?"

"我也不清楚,但必须想出些点子来。"

"也许我们可以一起欣赏几分钟这座美丽的建筑?"

"来吧,请尽情嘲笑我吧!事实上,写作很脆弱,您甚至想象不出它有多脆弱。您刚才发出的'啊'也许会让我才思枯竭三天。"

"我的'啊'真有这般魔力吗?我向您保证,这只是一个无足轻重的'啊'。"

"您难道认为四分之一的封面微不足道?它可决定着一本书的命运。"

"什么是四分之一封面?"

"印在书背上的内容简介。"

"快告诉我,您刚才和我讲述的不会就是您下一部小说的内容简介吧?"

"您的话真是越来越精彩了,现在我起码才思枯竭一周!"

"看来我最好还是闭嘴!"

"太晚了。伤害已经酿成。"

"您是在寻我开心吧。"

"完全没有！人们一直以为写作是一项简单的工作。从某些方面来看，确实如此：没有刻板的时间安排，没有恼人的上下级关系，也没有组织机构。然而，在一个没有组织的环境中工作的我，就像一艘行驶在汪洋上的孤舟。只要忽略一朵浪花，就有可能面临覆舟的危险。您有机会可以问一问某位演员，如果有观众在他演出时轻咳一声，他是否会因此中断思路，忘记台词。也许现在您还无法理解这些。"

"嗯，也许是不能。"米娅生硬地说道，"我向您真诚道歉，我没有想到我的一句'啊'会让您这样难过。"

"对不起，是我自己状态不佳。从昨晚开始，我就未曾写出一个字。而且，昨天我还熬夜到很晚。"

"是因为我们共进晚餐的缘故吗？"

"我不是这个意思。"

米娅凝神望着保罗。

"这里的人太多了。"她高声说道。

正当保罗不知所措之时，米娅抓起他的手，带着他走向巴黎歌剧院前的台阶。

"您就坐在这里。"米娅说着，登上两级台阶，坐在保罗的身后，随后问道，"后来您的女主人公命运如何？"

"您真的对此有兴趣吗？"

"既然我都这么问了，当然说明我有兴趣。"

"没有人知晓她突然失声的原因，因为她未曾遭受任何疾病之苦。被一系列毫无效果的治疗折磨得筋疲力尽的女歌唱家决定隐居在自己的寓所中，闭门不出。然而，歌剧毕竟是她生命的一部分，由于长期穷困潦倒，她无法作为观众前往歌剧院观摩演出，所以只得去剧院应聘领位员的职位。那些之前花费巨款前来聆听她动人歌喉的观众，现在只会在她带他们走向自己座位以后，付给她一些小费。一天，一位乐评人看到她的脸庞时，激动万分，并确定自己认出了当年的歌后。"

"这是一个生动的人物，小说一定大受欢迎。后面又发生了些什么？"

"后面的故事，我还没有写。"

"结局美满吗？"

"我自己现在还不知道。"

"啊，告诉我，您的故事结局美满！"

"请您别再发出'啊'的声音，关于后面的故事，我确实还未曾思考过。"

"您难道认为现实生活中人们遭受的苦难还不够多吗？他们每天都被不幸、谎言、怯懦、吝啬压得喘不过气来，您难道还想增添他们的痛苦，还想通过讲述结局惨淡的故事来浪费他们的时间吗？"

"可是，小说应与现实世界有所关联，要不就会显得矫情肤浅。"

"如果真有反感圆满结局的人，去他们的，就让他们继续沉溺在自己阴暗的世界中。他们这个样子已经够让我们费劲的，不能再让他们书写结尾。"

"这只不过是您的一家之言。"

"不，这是一个关乎意义与勇气的问题。如果终极目标不是给人们带来快乐，那么所有表演、写作、绘画、雕刻的意义何在？难道是为了让欣赏各类艺术作品的人在茅草棚中抽泣？只因为这是一种更有价值的做法？您知道当今斩获奥斯卡奖的秘诀是什么吗？电影主人公失去双臂或双腿，父亲或母亲亡故，如果两者皆殁则更好。假如影片中充满苦难、阴郁、可悲、催人泪下的元素定会让所有人拍手叫绝。相反，让人会心一笑，帮助我们编织梦想的电影则时常无人问津，几乎没有任何获奖的希望。我已经受够了这种消沉的氛围，所以，您的小说必须拥有一个完美的结局，关于这一点，没有任何商量的余地！"

"好吧。"保罗羞怯地回答道。

看到米娅如此激动，他竟有些无力反驳。

"所以，这位歌唱家的美妙嗓音会恢复的，是吗？"米娅重新问道。

"到时候再看吧。"

"最好是完全恢复，要不然我拒绝购买您的小说。"

"我送给您。"

"我拒绝阅读。"

"好吧，我会尽量朝着这个方向写下去的。"

"我信任您的才华。好了，现在让我们一起去喝杯咖啡吧，您可以顺便和我讲讲当那位乐评人遇到歌唱家之后的故事。对了，他是一个好人还是一个浑蛋？"

133

可还未等保罗张口回答，米娅带着同样热忱的语调继续说道："我想，他开始是一个浑蛋，后来由于她而成为一个好人。而她，又因为他而重新获得天籁之嗓。这难道不是一个绝妙的主意吗？"

听到这话，保罗从口袋里拿出一支笔，递给米娅。

"在前往咖啡馆的路上，您可以书写我的小说。而我，则可以前往您的餐馆去烧一锅马赛鱼汤。"

"您的脾气不古怪吧？"

"不古怪。"

"我之所以这么问您，是因为我完全不想与一个脾气古怪的人一同喝咖啡。"

"我已经和您说了，我并不是这样的人。"

"好的，但这一次碰头仍旧不算在原计划内。"

"在您的厨房里，有一位像您一样的主厨，一定很有意思。"

"这是一句表扬还是一句挖苦？"

"小心！您这样下去，迟早会被车轮碾碎的。"他一边大声惊呼，一边抓住她的手臂。此时，米娅已经跳上人行道。保罗却仍在说话："我们可不是在伦敦，而是在巴黎，车辆朝着另一个方向行驶。"

两人坐到和平咖啡馆的露天座椅上。

"我饿了。"米娅说道。

保罗将菜单递给了她。

"您的餐馆在午餐时间对外开放吗？"

"是的。"

"那现在是谁在管理呢？"

"我的合伙人。"米娅说着，垂下眼睑。

"有个合伙人确实方便很多。我们这个行业，想要有个合伙人，会困难很多。"

"从某种程度上来说，您的翻译就是您的合伙人。"

"当我不在的时候，她可不会替我完成作品。您为何离开英国，前往法国呢？"

"我只需穿越英吉利海峡，而非一片汪洋即可到达。您呢，为何来法国？"

"我是先提问的人。"

"我想，应该是出于一种内心的欲望，一种改变生活的需要。"

"是因为您前男友吗？您不会是昨天刚到的法国吧？"

"我现在不是很想谈论这个话题，还是和我说说您为何离开旧金山吧。"

"等点完菜再说吧，我和您一样，也有些饿了。"

等服务生一走，保罗就向米娅讲述了自己第一部小说出版以后的情景，讲述了出名对自己造成的困扰。

"您被突然而至的名誉击垮了？"米娅问道，带着一种被逗乐的神情。

"不要夸大其词。一个作家永远也不会像一位摇滚歌星或一位电影演员般出名。再说，当时我并未饰演任何角色，我在纸上倾吐的都是内心最真实的情感。对于我来说，写作是一种表达方式。因为我从小到大，身上一直带着一种病态的羞涩。要知道，在初中公共浴室里洗澡的时候，我总是穿着平脚裤淋浴。"

"你的照片出现在报纸头条。可第二天，你却看到别人用这张报纸包裹炸鱼薯条。这就是成名的实质所在。"

"您曾经卖过很多份炸鱼薯条吗？"

"这道菜已经重新成为一种风潮。"她微笑着说道，"我知道这样很傻，但是您的话让我此刻很想品尝一口炸鱼薯条。"

"想家了吗？"

"没有，完全没有。"

"他真的让您如此痛苦吗？"

"我从高处坠落，我是唯一一个看不清屏幕上内容的人。"

"什么屏幕？"

"这也是一种表述方式。"

"爱情让人变得盲目。"

"我想，就我的情况来看，这句平常的话的确具有实际的意义。到底是什么原因阻止您与您的翻译相会？作家可以在任何一个地方工作，不是吗？"

"我不清楚她是否希望我这么做。如果她有这方面想法，一定会告诉我的。"

"不一定。你们经常联系吗？"

"我们每周末都会视频通话一次，平时也会互通邮件。关于她的住所，我只见过一小部分，也就是电脑屏幕中显现出的那一片区域，其余的地方，我只能通过想象。"

"二十岁那年，我迷上了一个纽约人。我猜想，距离让我更加迷恋他。因为我们无法相见，无法相互触摸，一切都要通过想象。一天，我用所有的积蓄，买了一张前往纽约的飞机票。在那里，我度过了生命中最美丽的一周。当我回国以后，仍旧陶醉在此次旅行的幸福之中，内心充满希望，决心一定要想办法去纽约生活。"

"您成功了吗？"

"没有。当我把这个想法告诉他时，一切都变了。他在电话中的语调变得越来越生疏，我们的感情在冬季来临之际彻底结束。我用了很长一段时间才将他忘记，然而，我却从未后悔当年踏上异乡，与他相会。"

"也许正是由于这个原因，我才决定留在这里……需要很长时间才能忘怀。"

"所以，害怕乘坐飞机根本不值一提？"

"不。不过我们总需要一个好的理由来掩盖真相。那您呢？您的理由又是什么？"

米娅把盘子推到一边，将杯中的水一饮而尽，随后重新把水杯放到桌上。

"我们下一次见面的理由是什么？"她问道，嘴上挂着微笑。

"需要理由吗？"

"除非您同意做那个主动联系我的人。"

"不，不，不，这太容易了。没有任何一条法律规定，在男女友谊中，必须由男方主动跨出第一步。相反，我认为，在男女平等的名义下，应该由女士率先跨出第一步。"

"我完全不同意您的看法。"

"当然了，因为您并不想这么做。"

两人沉默片刻，静静地看了一会儿路上的行人。

"您想在巴黎歌剧院关闭之时，进去参观吗？"保罗问道。

"里面真的有一个地下湖泊吗？"

"在顶部还有一些蜂笼呢。"

"我很愿意看到这些。"

"太好了。由我来安排吧，当一切办妥后，我会电话通知您的。"

"首先需要我把电话号码给您。"

保罗拿出笔，打开一个小本子。

"请说。"

"您还未询问我的电话号码。别这样看着我，朋友之间不就应该这么做吗？"

"您可以告诉我您的电话号码吗？"保罗叹了一口气，问道。

米娅抢过他的笔，随后在一页纸上草草写下自己的电话号码。当看到她留下的那串号码后，保罗惊讶地问道："您还保留您在英国的号码？"

"是的。"米娅局促不安地回答道。

"不得不承认，你们确实令人捉摸不透。"

"您是说我，还是指所有女人？"

"所有女人。"保罗低语道。

"如果我们不是这样的话，你们将会感到无聊透顶。好了，这次我来请客，别和我客气。"

"如果有男士接受这样的提议，我将感到异常惊讶。我每隔一天就会来这里午餐，他们通常会为我记账。再说，您的信用卡可能也是英国的……"

在这样的情况下，米娅只得选择接受。

"好了，再见。"她一边说一边伸出手。

"再见。"保罗回答道。

他看着她消失在地铁的入口处。

9

阿瑟在楼道上等待着保罗。

"我好像把你家的备用钥匙弄丢了。"他说道。

"你真是越来越厉害了。"保罗一边开门,一边说道,"翁弗勒尔怎么样?"

"非常迷人。"

保罗一言不发地走进寓所。

"你真的怨恨我到这个程度吗? 这只不过是个玩笑罢了。"

"你的妻子在哪里?"

"她去美国医院看望一个在那里实习的同行。"

"你们今晚有什么打算吗?"保罗一边问,一边泡着咖啡。

"你不想和我谈论这事,这就是你报复的方式吗?"

"我的老伙计,如果你认为我有大把时间可以拿来荒废,请快醒醒吧,别再这么幼稚。"

"后果真的如此严重吗?"

"你是说前半小时那个姑娘都认为自己在和一个疯子共进晚餐,

还是指当我意识到你精心策划的约会是有多么荒唐的那一刻？"

"那个姑娘看上去令人赏心悦目，你应该度过了一个美好的夜晚。"

保罗靠近阿瑟，强行将一杯咖啡塞到他手中。

"当与她约会的那位男士的最好朋友肆无忌惮地耍弄她时，她又怎能度过一个美好的夜晚？"

"你喜欢她！"阿瑟轻声说道，"是的，你在试图为她说话，这说明你喜欢她！"

他说着，鼓了鼓掌，随后走向保罗的书房，在他的椅子上坐下。

"是的，千万别客气，请像在自己家中一样自由活动。"

"好了，我知道你会报复的，虽然我暂时还不清楚你报复的时间和方式，可我知道自己一定会为这次玩笑付出惨重的代价。现在让我们先把这件事放一放，向我描述一下昨天晚餐时的情景吧。"

"没有任何值得描述的内容，事实上，这个玩笑只持续了十分钟。你认为两个心智正常的人需要多少时间才能意识到自己是一个荒唐玩笑的牺牲者？我用你的名义向她道歉，并向她解释道，通常情况下，我最好的朋友为人正直、友好，可就是有些神志不清，说完便与她道别。我甚至都没有记住她的名字。"

"约会就这么结束了？"

"是的，就这么结束了！"

"好吧，看来后果其实并非那么严重。"

"是的，确实并不严重。但有一点你说得很对，我一定会报复的。"

141

走出地铁站后，米娅走向一家书店。她在店里闲逛了一圈，并未看到自己想找的作品，于是便向店员求助。后者在电脑上打入一串字母，随后走向身旁的一个书架。

"我这里应该还有一本存货。"他边说，边踮起脚从书架上拿下一本书，说道，"给，就是这本，关于这位作家，我只有他这一部作品。"

"您可以为我订购这位作家的其他作品吗？"

"当然可以。不过，要是您喜欢阅读的话，我还有其他作家的书籍可以推荐给您。"

"怎么了？难道这位作家的作品不适合喜欢阅读的人群吗？"

"当然适合。我的意思是，您还可以阅读一些更具文学性的作品。"

"您读过他的小说吗？"

"唉，我可不是什么书都读的。"店员说道。

"那您又怎能评判他的作品呢？"

听到这话，店员上下打量了一下米娅，随后回到柜台后。

"您需要我为您订购他的其他作品吗？"店员一边为米娅结账，一边问道。

"不需要了。"米娅回答道，"我想从这本书读起，随后到没有那么具有文学性的书店订购他的其余作品。"

"我之前这么说并没有冒犯之意。因为这是一位美国作家，通常情况下，译作没有原著精彩。"

"我是一名翻译。"米娅说着，双手叉腰。

店员惊讶地张大嘴，半晌说不出话来。

"看在今天我说了这么多蠢话的分上，我要给您打折！"

米娅一边漫步在大街上，一边翻阅着手中的小说。她翻到书的背面，阅读封面上的内容简介。当她看到保罗的照片时，不由得会心一笑。这是米娅第一次手握一本由自己认识的人写的书，虽然她还并不了解保罗。她回想起与书店店员的对话，心想今天自己是怎么了，就像被一只苍蝇叮过一样，变得如此咄咄逼人。尽管今天米娅在书店里的表现并非她的常态，可她还是很高兴能表达出心中的想法。她可以清楚地感觉到，在自己的身上，有些东西正在悄然发生着改变。她欣喜地听到一个内心深处的声音正在鼓励她成就真正的自己。想到这里，米娅叫了一辆出租车，请司机带她前往坐落在里沃利街上的一家英语书店。

几分钟后，她从书店里走出来，手里拿着保罗第一部小说的英语原版。她在前往蒙马特高地的路上就开始阅读，走在勒比克大街上时仍在阅读。最后，米娅在小丘广场上的一张长椅上坐下，继续她的阅读。

漫画师坐在画架后，朝米娅微笑了一下，她却并未察觉。

☙❧

当她在黄昏时分前往餐馆时，黛西已经开始在灶台边忙碌。她让副厨罗伯特照看一下灶台上的锅，自己则把米娅拉到一旁的吧台边。

"我知道,你可能没有应聘这方面工作的经历。可我的服务生辞职了,我还需要一段时间才能找到替代她的人。那天晚上,你干得很不错,我知道这个要求也许有些过分,可是……"

"好的。"还没等黛西说完,米娅就点了点头。

"你同意了?"

"我刚刚已经回答你了。"

"我们的凯特·布兰切特不会抱怨吗?"

"她可无权发言。不过,如果我真是她的话,我会投资餐馆。你有金钱上的顾虑,我可没有。我们可以重新修整一下餐馆,雇一个可靠的服务生,并支付给她足够多的薪水,留住她……"

"我的餐馆现在很好。"黛西打断道,"我只是暂时需要一个帮手。"

"你不需要现在就回答我,仔细想想我的提议吧。"

"歌剧院之约怎么样?"

"我把手机还给他后,就离开了。"

"仅此而已?"

"是的。"

"他是同性恋吗?"

"我没有问过他。"

"为了把手机还给他,你穿越整个巴黎,而他只简单地说了一句谢谢和再见? 他有可能真的是一个瑞典人,而且是一个瑞典北部的人。"

"你总是看到事物的消极面。"

"你是如何看出我总是消极看待世界的?"

米娅没有回答,而是穿上围裙,开始摆放餐具。

保罗在阿瑟和劳伦的陪伴下在勃艮第大街上的一家餐馆用餐。随着葡萄酒渐渐在体内流淌而过,保罗决定将那个荒唐的玩笑暂时搁置一边。他的两位好友明天将动身前往普罗旺斯,于是,今晚他想好好享受与两位老友相伴的时光。

"我觉得她说得对。"当三人走到荣军院前的广场时,保罗突然说道。

"谁?"劳伦问道。

"我的编辑。"

"我一直以为,为你服务的是一位男编辑,不是吗?"阿瑟问道。

"当然是位男编辑。"保罗回答道。

"你认为他哪里说得在理了?"劳伦接着问道。

"我应该前往卡尔马尼,坦诚地面对自己的情感。那个害怕坐飞机的理由简直荒唐至极。"

"你可以借助现在这股勇气,回到旧金山生活。"阿瑟建议道。

"别搅乱他的想法。"劳伦插嘴道,"如果他想前往瑞塔,我们应该支持他的决定。"

阿瑟抓住保罗的肩膀,说道:"如果你的幸福确实在那里,几万公里的距离是不会阻隔我们的情谊的。"

"我没想到,你竟然对地理一窍不通。你难道没有想过,从西部的位置来看,我们之间的距离反而更近了。告诉你一个秘密,地球是圆的!"

回到公寓以后,保罗马上坐在了自己的电脑前。在凌晨一点的时候,他写了一封邮件。

可咏:

我其实很早就该在未征得你同意的情况下前往卡尔马尼与你相会。我每天起床的时候都会想到你,这种想念会持续整个白昼和黑夜,一刻也不曾停止。我只需闭上双眼就能看到你的身影。你就在那里,一言不发地倚靠在我的书桌旁,一边阅读我的作品,一边在脑中翻译我写下的词句。当你知道我在看你时,便会将自己遮蔽起来,不让我看到。一个作家和一个翻译缄默不语,缠绕在一起的画面,很容易让人联想到马克斯兄弟电影里的一些场景。

如果人内心的苦楚具有传染性,那么你爱我,就会像我爱你一样多。

当感情无法定性时,我们通常希望它在自己成长的时候逐渐拥有自己的轮廓。虽然我的情感已经相当成熟,但我仍旧辨认不出它的具体样态。事实上,我们可以用文字完成一切,包括书写一些美丽的故事。然而,现实生活为何如此复杂?

这次书展期间,我将前往卡尔马尼,走向你。如果你愿意的话,我们可以试图一起向前:你带着我认识你的城市、朋友,或者我只是在你的住所安静地写作,不过这一次,应该是你看着我。

　　我们很快就能相见。当人们热切地希望见到一个人时，时间仿佛瞬间苍老，变得步履蹒跚起来。

保罗

在写完这封邮件时，他想着可咏此时应该已经起床。她会在什么时候读到自己刚刚寄出的邮件？这个问题让他睡意全无，失眠至深夜。

✦

　　阿瑟把电脑放在膝盖上。他登录交友网站，输入用户名和密码，进入自己为保罗设置的档案，想要将其删除。正在这时，一个小信封在他好友的照片下不断闪烁。阿瑟见状，转身望了一眼劳伦，看到她已经安然入睡。他犹豫了两秒，也许比两秒更短，在信封上点击了一下。

亲爱的保罗：

　　我们曾经说过通过电话联系，并未提及通过邮件联系，所以我给您写邮件，并不代表我主动联系您。

　　您将在这段留言的最后看到我的电子邮箱，如果我们可以撇开这个网站，通过其他方式联系，我想这样一来，定会帮助我们遗忘那段屈辱的时光。

感谢您请我吃了一顿意料之外的午餐。我想对您说，不要在意我说的那些"啊"。我回忆起您给我讲述的故事，非常急切地想了解它的后续发展。请忘记那些由于才思枯竭而空白的纸页，或请尽快将它们填满。我很高兴能够有机会参观歌剧院，特别是当它禁止对外开放之时。因为"禁止"总是拥有无限魅力。

晚上的餐馆非常可怕，客人很多，几乎可以说太多了。但这是成功的代价，谁叫我的菜品令人不可抗拒呢！

祝您度过一个美好的夜晚。

回见。

米娅

"我可以收回我的电脑了吗？"黛西一边问，一边从米娅的房间门口探了探头。

"我刚写完邮件。"

"你给谁写邮件？我听见你像疯子一样敲击着键盘。"

"我不太适应你的法国键盘，字母的排列位置与通常的键盘不太一样。"

"你到底在给谁写邮件？"黛西坚持道，说罢，便在床边坐下。

"给克雷斯顿。我向他汇报一下我的近况。"

"你的近况是好是坏？"

"我很喜欢我在巴黎的生活，甚至是我在餐馆的工作。"

"今晚餐馆的顾客不多。如果这种状况再持续下去的话,我将不得不抛下一切,偷偷溜走。"

米娅把电脑放好,转身凝望着黛西。

"要知道,现在糟糕的情况只是暂时的。人们没有钱,但金融危机也不会永久持续下去。"

"我也没有钱。按照现在这个趋势,我的餐馆也将无法永久持续下去。"

"如果你不想让我成为你的合伙人,那你至少应该允许我借些钱给你。"

"谢谢你的好意,但是我无法接受。我虽然没有钱,但我的尊严还在。"

黛西平躺在米娅身旁。这时,她感觉到枕头下有异物,于是便把手伸到枕头下摸了摸,发现是一本书。她翻到书的背面,阅读了一下内容简介。

"为何这张面孔对我来说并不陌生?"黛西看着作者的照片,感叹道。

"这是一个很有名的美国人。"

"我从未阅读过他的作品,可他的脸庞却似曾相识。也许他曾经来过我的餐馆用餐。"

"谁又知道呢?"米娅突然羞红了脸,回答道。

"这是你今天买的书吗? 这本小说都讲些什么?"

"我还未开始阅读。"

"你在不清楚这部小说内容的情况下就买下了它?"

"书店店员向我推荐了这部作品。"

"好吧,你好好看吧。我可要去睡觉了,我已经累得筋疲力尽了。"

说罢,黛西起身,走向房门。

"那本书!"米娅羞涩地喊叫了一声。

原来,黛西在不自知的状态下,带着这本书一同离开。她又看了看作者的照片,随后把书扔到了床上。

"明天见。"

她关上门,但很快重新打开了米娅的房门。

"你看上去很奇怪。"

"怎么奇怪了?"

"我也说不清楚。这本书是那位电话里的陌生人送你的吗?"

"你看得很清楚,这本书不是由瑞典北部方言写成的!"

黛西盯着米娅,随后离开了她的房间。

"我确定,你看上去相当奇怪。"她在门背后低声嘟囔道。

10

当早晨闹钟响起的时候,劳伦伸展了一下身体,随后蜷缩在阿瑟身旁。

"睡得好吗?"她一边亲吻他,一边问道。

"非常好。"

"什么事情让你的心情如此愉悦?"

"我给你看样东西。"阿瑟说着,坐直了身体。

他拿起床下的电脑,随即打开了它。

"对于一顿只持续了十分钟的晚餐来说,这段留言看上去很不错!"

劳伦抬了抬眼,说道:"虽然你的玩笑荒唐至极,但两人并未交恶。不过,你也不必从中过早地得出草率的结论。"

"我只是在读完这段留言后,做了一个客观的评述而已。"

"他深爱着他的卡尔马尼翻译。我想,即使这位陌生女士对保罗有意,她也无法改变现状。"

"不管怎样,我将把这封邮件打印出来,放在保罗书桌显眼的位置上。"

"目的何在？"

"为了告诉他，其实我并不愚蠢。"

劳伦重读了一遍米娅的留言。

"她写这封信完全是出于一种友情的口吻。"

"你怎么知道？"

"因为我也是一个女人，而且她在留言中写得也很清楚：'我给您写邮件，并不代表我主动联系您。'用女人的语言翻译过来，意为：我并未对你着迷。随后，她又提到那顿她本想遇见自己心上人的晚餐，从她描述这段的方式来看，保罗并不是那个她要找的人。"

"但是那句'禁止总是拥有无限魅力'显得有些挑逗，不是吗？"

"为了让保罗留在巴黎，你竟然硬是把黑的说成白的。如果你想听听我的想法，我可以告诉你，这个女人刚刚走出一段伤痛的恋情，她真的只是想寻找一个朋友，仅此而已。"

"你应当选择心理学而非神经外科作为你的专业！"

"我确实曾经认真地考虑过这个问题。撇开这个不谈，回到我们刚才讨论的问题。如果在她的留言中确实存在一丝暧昧的痕迹，你也不能告诉保罗，以免他对这个女士彻底失去兴趣。"

"你真的这么认为吗？"

"有些时候，我真的觉得自己比你更了解你最好的朋友，尤其是他的处世方式。"

说罢，劳伦便转身离开，准备早饭去了。

回到客厅的时候，她发现保罗正躺在沙发上沉睡。后者看见她后，打了个哈欠，坐起身来。

"你昨晚没有回到床上睡觉吗？"

"昨晚我工作到很晚。本想休息一会儿，却不知不觉写了一整夜。"

"我的保罗，你总是这样工作到深夜吗？"

"是的，经常这样。"

"你的脸色看上去就像一页白纸。你应当开始注意身体。"

"你是以一名医生的身份在和我说话吗？"

"不，以你朋友的身份。"

当劳伦为保罗准备咖啡的时候，他则开始查看邮件。即使他知道可咏从不会在短时间内回复邮件，可当他发现邮箱里没有她的回信时，还是一脸沮丧，回到了自己的房间。

此时，阿瑟正要回房。劳伦示意他走向自己。

"怎么了？"他低声问道。

"也许我们需要推迟旅行计划。"

"发生了什么？"

"还是问他出了什么问题吧：我发现他的精神状况不佳。"

"昨天晚上，他心情看上去还不错。"

"那是昨天晚上。"

"我的精神状况很好。"保罗在他的房间里高声叫喊道，"而且，你们的对话我听得一清二楚。"他说着，走向两人。阿瑟和劳伦见状，沉默良久。

"你为何不和我们一起到南部游玩两天？"阿瑟建议道。

"因为我正在创作一部小说。距离我出发前往卡尔马尼只剩下三周的时间。我计划至少写个百来页带给可咏阅读。我特别希望这一次她能喜欢我写的文字,并为我感到骄傲。"

"走出你的作品,进入真正的现实生活,与那些作家朋友以外的人交往。"

"我在签售会的时候,总能遇见许多读者。"

"除了'女士,您好''谢谢您,先生''女士,再见'之外,你还对他们说过些什么吗?你会在感到寂寞孤单时与他们通电话吗?"阿瑟回应道。

"不会。不过每当我有此需求的时候,我有你,尽管有时两地的时差限制了我们的行动。好了,别再为我感到担忧了。听完你们之间的谈话,我开始怀疑自己是否真的有问题。然而事实上,我没有任何问题。我热爱我的生活和工作。每天,我都在自己的故事中度过漫漫长夜。就像你,劳伦,有时会在手术台前度过整个夜晚一样。"

"我一点都不喜欢这样的夜晚。"阿瑟叹了口气,说道。

"但这是她生活的一部分,你不会试图让她抛弃这样的生活方式,因为你爱的是她最本真的样子。"保罗停顿了一下,继续说道,"其实,从本质上来看,我们的差别并不大。好好享受你们甜蜜的二人旅行吧。如果这次卡尔马尼之行能够治愈我对飞机的恐惧,那今年秋天我就去旧金山看望你们。看,这是个不错的小说题目:《旧金山的秋天》。"

"如果你是这部小说的主人公,这部小说一定越发精彩。"

阿瑟和劳伦打点完行装后,保罗将两人送到火车站。尽管之前在聊天时,他对两位好友的离去显得坦然自若,可当火车真的消失在月台上时,保罗还是感到有些惆怅。

他在与两位老友道别的地方站了一会儿,随后双手插在口袋中,转身离去。

保罗走进停车场,坐进自己的车内,发现有人在旁边的座位上留下一张字条。

> 如果你在瑞塔定居,我向你保证,秋天来探望你的人是我。
> 《瑞塔的秋天》应该也是个不错的小说标题。
> 我的老伙计,我会想你的。
>
> 阿瑟

保罗把这张字条读了两遍,随即把它塞进了自己的皮夹。

他寻思着如何打发上午的时光,最后决定前往歌剧院,因为他有事要和那里的主管商量。

米娅坐在小丘广场的长椅上。漫画师在一旁观察着她。当他看见米娅从包里拿出一张纸巾时,便离开画架,坐到她的身旁。

"糟糕的一天?"他问道。

"不,这是一部优秀的作品。"

"这本书真的如此悲伤吗?"

"故事发展到现在，显得轻松、幽默。然而，主人公刚才收到了他母亲去世前写给自己的一封信。这封信感人至深，我真荒唐，竟然还为此掉下眼泪。"

"表达心中所想一点也不荒唐。您的母亲已经去世了吗？"

"她过得很好。我只是希望有一天，她也能给我写一封这样的信。"

"也许有一天她会这么做。"

"就我们现在的关系来看，我觉得希望渺茫。"

"您有孩子吗？"

"没有。"

"等到您自己成为母亲的那一天，就会以一种不同的视角来看待您的童年，到时候，您对母亲的看法也会完全转变。"

"我暂时还想象不出如何才能做到这一点。"

"世界上没有完美的父母，同样也没有完美的孩子。好了，不和您多说了，我看到一个游客正围着我的作品打转。顺便问一句，您的朋友觉得我给她作的肖像画怎么样？"

"我还没有把作品交给她。对不起，我忘了，今晚我就给她。"

"这幅作品在我的画箱里躺了好几个月。所以，您不用着急给她。"

说罢，漫画师便回到了自己的画架前。

※

保罗从艺术家入口走进歌剧院。此时，一些搬运工正运输着装点歌剧院的内饰材料。保罗绕开他们,走上楼梯,敲响主管的办公室门。

"我们有约吗?"

"没有,但我只需打扰您一分钟,我想找您帮个忙。"

"又需要帮忙了?"

"但这次真的是个小忙。"

保罗向主管告知自己的请求,却遭到拒绝。他曾为保罗破例过,并只为他一人这么做过。这一次,保罗向主管解释说歌剧院是他最新小说的场景,他希望能够还原歌剧院的原貌,而非自己凭空想象出来的样子。

"我理解您的顾虑。"保罗说道,"但这次参观歌剧院,是我助手的愿望。"

"在您走进我办公室的时候,她就是您的助手了吗?"

"当然,我又不是在进门后才决定雇用她的。"

"您刚才说是一个'朋友'!"

"一位助手朋友。我想,这两种身份并不完全相斥。"

歌剧院主管抬头思考了一会儿。

"不,很抱歉,请别再坚持了。"

"到时候您可别指责我把歌剧院描述得很糟糕,因为我无法面面俱到,还原其真实面貌。"

"您只需花更多的时间用于资料的收集即可。好了,现在请离开吧,我还有其他工作要完成。"

保罗虽然离开了主管的办公室,却不甘就此放弃。对于他来说,许下承诺就要兑现。再说，他在之前的生活中违抗过比这更加复杂的条例与禁忌。想到这里，保罗来到售票处，买了两张当晚演出的票，随后便寻思着如何实施自己的计划。

当保罗再次走到歌剧院前的广场时，他拿出手机，找到了米娅的电话号码，正要拨通，却又转念一想，决定还是发一条短信给她：

> 我们将于今晚参观歌剧院。请穿上毛衣，带好雨衣。尤其不要穿高跟鞋，虽然这两次我并没有看到您穿过。您到了，就会明白了。我暂且就说那么多，这是一个惊喜。
> 八点半在第五级台阶上见。
>
> 保罗
>
> 注意：短信也不算主动联系。

米娅的手机振动了一下，她看了一眼短信，微笑了一下。

可当她想起自己对黛西做出的承诺后，笑容很快从她的脸上消失了。

※

加尔塔诺·克里斯图尔利在波拿巴咖啡馆的露天座椅上等待着保罗。

"您迟到了！"

"我与您的情况不一样,我的办公室可不在附近,再说,我也没想到来的路上竟然有些堵车。"

"若没有发生堵车的情况,您才应该感到惊讶。您在电话里说有些紧急的事情要告诉我,您遇到什么问题了吗?"

"认为我出了问题,难道是现在的潮流趋势吗?您不会也掺和其中吧。"

"好了,您到底想要告诉我什么事情?"

"我同意到世界的另一头参加这次书展。"

"这真是一个绝好的消息。不过,话说回来,除了参加此次书展,您别无选择。"

"我们总是可以做出不同的选择,包括现在,我仍旧可以改变主意。说到这里,我有件私事想和您说。如果我决定在瑞塔生活一两年,您能预先支付给我一笔酬劳,好让我能够在那里安顿下来吗?我不想在确定之前就放弃我在巴黎的公寓。"

"您还需要确定什么?"

"确定是否留在瑞塔。"

"您为何要去瑞塔生活,您甚至都不懂当地的语言。"

"关于这个困难,我还未好好思考过。也许我需要学习一下卡尔马尼语。"

"天哪,您已经完全疯了,这简直就是在胡言乱语!"

"我并未向您寻求心理咨询,而是希望您能提前支付我的稿费。"

"您是认真的吗?"

"您曾振振有词地和我说过,我在那里的成功会带动美国和欧洲的市场。如果我的理解无误，那么只要我坐上前往卡尔马尼的飞机，我们就发财了。所以，根据您的预想，支付一笔预付金对您来说，并不是什么难事。"

"当时我只是提出一个假设……未来到底如何发展，我也无法确定。"

说罢，克里斯图尔利思考片刻，随后继续说道："如果您能够向卡尔马尼媒体宣布，您打算长住在他们的国家，那样效果一定更好。如果您的编辑眼光长远，那他一定会抓住这个时机，推销您的作品。"

"说了这么多，您是否同意我的请求？"保罗叹了口气，问道。

"有一个条件！不管在那里发生什么，我始终是您的首席编辑。我不想听到，有一天您和卡尔马尼人直接签署出版条约。这一点我必须说得很清楚，因为您能达到今天的位置，都是我的功劳！"

"是的，但我可不敢说，您把我带到了一个很高的位置。"

"您太忘恩负义了！您到底还想不想要这笔预支的稿费？"

保罗点了点头。他在一张纸巾上写下他想从克里斯图尔利那里得到的稿费金额。后者抬了抬眼睛，画去纸上的金额，留下一个比刚才金额少了一半的数字。

两人握了握手。在他们那个领域，这个动作的效用可以抵得上一张合同。

"我会在送您去机场时，把支票交到您的手上。这样，我就能确定您确实登上了飞机。"

保罗离开咖啡馆，把结账的事交给了克里斯图尔利。

午餐过后，当黛西从餐馆忙完回到家中时，发现米娅穿着睡袍，平躺在沙发上，手里拿着一盒舒洁纸巾，眼睛上盖着一条湿毛巾。

"你不舒服吗？"

"视觉神经引起的头痛，我感觉自己整个头就快爆炸了。"米娅回答道。

"你要我去叫医生吗？"

"没用的。之前我也犯过这毛病，一般在发作十几个小时后，疼痛会缓解。"

"你的头痛是什么时候开始发作的？"

"下午的时候。"

黛西看了一眼自己的手表，又看了一眼自己的朋友。

"好吧，你无法在这样的状态下工作。忘掉今晚来餐馆帮我的事，你可以明天来帮我。"

"不。"米娅反对道，"我可以胜任今晚的工作。"

说完这句话后，她把头埋在双手中，发出一声轻微的呻吟声。

"你现在这可怕的脸色会吓跑顾客的！还是快回到房间躺着吧。"

"不，我会来的。"米娅一边嘴上坚持，一边平躺下来，手臂在沙发边沿不断摇晃，随后继续说道，"我不能丢下你一个人。"

"当我在用餐区服务顾客的时候，罗伯特会想办法完成厨房里的工作。我们也不是第一次这样干活。快去休息,这是命令。"

米娅抓起那盒舒洁纸巾,起身离开。由于眼睛上还盖着毛巾,她只得摸索着回到自己的房间。

当黛西一离开公寓,米娅就从房间里走了出来。她把耳朵紧贴在门上,仔细聆听,直到楼道里再也听不到黛西的脚步声。随后,她冲向落地窗,目光追随着黛西的背影,直到她的身影消失在了街角处。

她快步走进浴室,用清水洗去之前涂在脸上的爽身粉和描在眼睑上的黑色印记。如果说她从自己的职业生涯中学到一样有用的技艺,那就是利用化妆来辅助演出。当她在黛西的壁柜里寻找雨衣时,竟然没有一点负罪感,这让她自己都感到很惊讶。整个过程中,她甚至还感觉很愉悦,很久以来,她都未曾有过如此好的状态。

她选了一双球鞋,突然想到自己以这身装束前往歌剧院是否有些不合时宜。在英国,每当人们前往歌剧院时总是盛装出席,只会过度装扮,绝不会过分随意。

她在镜子中打量自己,觉得自己这样看上去有些像奥黛丽·赫本,这让她感到很高兴。她犹豫了一会儿是否要戴上一副墨镜,最后决定将墨镜放入包中,推门离开。

她把楼下大门推开一条缝,在确保前方道路畅通后,便快步走向停在对面的出租车。

※※※

保罗在巴黎歌剧院第五级台阶上等待着米娅。

"您看上去就像克鲁索探长①。"保罗在迎接走向他的米娅时,说道。

"一个十足的绅士!是您要求我穿上雨衣和平底鞋的。"

保罗上下打量了她一番,说道:"您看上去很迷人,跟我来。"

他们靠近走向歌剧院入口的人群。在穿过一排房间后,米娅停在楼梯口,赞叹歌剧院的美丽,并坚持要走近匪第水池。

"它看上去是多么雄伟绚丽!"米娅感叹道。

"确实很迷人,可现在,我们需要加快步伐。"保罗请求道。

"在这群衣着优雅的人当中,我感觉自己很荒唐。我应该穿条裙子来的。"

"千万不要!走吧。"

"我不明白,您不是说好在歌剧院关闭之时,带我来参观的吗……我们现在是要去看演出吗?"

"您之后就会明白的。"

在到达二楼时,两人路过交响乐团的排练室。

"今晚的演出曲目是什么?"米娅在走进演出大厅时问道。

"不清楚。你们好。"保罗在路过两尊雕像时喊道。

"您在和谁打招呼?"米娅低声问道。

"巴赫和海顿。我在写作时经常聆听他们的作品,所以在路过他们雕像的时候打个招呼,难道不是最基本的礼貌吗?"

"我可以知道,我们这是要去哪儿吗?"当保罗继续前行时,米

---

① 电影《粉红豹》中的主要人物。

娅问道。

"到我们的座位上坐好。"

引座员把两人带到两个折叠式加座前。保罗让米娅坐在前面的加座上,自己则坐到她的身后。

座位很硬,而且他们只能看到右侧的舞台。对于经常在首映式坐在最佳位子上的米娅来说,确实有些不太适应。

"然而,他看上去并不吝啬。"当舞台上的幕布掀开时,米娅暗想道。

在演出最初的十分钟内,保罗不动声色,一言不发。米娅则在她的座位上不停晃动,试图寻找到一个舒适的姿势。保罗见状,轻拍了一下她的肩膀。

"我很抱歉我一直在动,可我坐得屁股有些疼。"米娅窃窃私语道。

保罗忍住笑声,把头凑向她的耳边。

"我向您的臀部致以最诚挚的歉意。跟我来,我们现在就离开这里。"

说罢,他躬身走向两人跟前的安全出口。米娅看到他的这一举动,惊得说不出话来。

"有可能他真的是一个疯子……"她暗自思忖。

"您快跟上!"保罗躬着身体,在安全出口处,向米娅低声叫喊道。

米娅遵从他的指示,也躬着身体,走向保罗。

他轻轻推开门,把她带进一条走廊。

"像这样扮演鸭子的状态,还要持续很久吗?"米娅问道。

"随便您扮演什么,但请您务必保持安静。"

保罗说着，走进一条长廊，抓起米娅的手一同走入。两人越是深入迷宫，米娅的疑惑就越是强烈。

在通过另一条过道以后，他们走上一座螺旋梯。保罗担心米娅走不稳，所以让她先登上楼梯，并嘱咐她小心脚下。

"我们现在在哪儿？"米娅小声问道，她开始越来越专注于这场冒险。

"我们将穿过眼前的这座天桥。我请求您不要发出一点声响，因为舞台就在我们的脚下。这一次，由我领头。"

保罗说罢，在胸前画了一个十字。米娅见状，感到很惊讶。保罗凑到她耳边，悄悄告诉她自己站在高处时会感到晕眩。

当保罗到达天桥另一边时，他转身看了一眼米娅，发现她在天桥的中段停下脚步，目不转睛地看着脚下的舞台。霎时间，保罗仿佛瞥见米娅童年时的样子，就连她身上的雨衣也一下变得过于宽大。她不再是那个自己在巴黎歌剧院台阶上遇到的女人，而成为一个悬在半空，为一场梦幻的演出而着迷的小女孩。

他又等待了一会儿，最后，为了引起她的注意，只得轻咳了一声。

米娅朝保罗微笑了一下，并向他走来。

"真是令人难以置信。"她低语道。

"我知道，但这还算不了什么。"

他抓起她的手，走向另一扇门。这扇门通向另一座楼梯。

"我们是要前往那个湖泊吗？"

"你们英国人的想法真是古怪。你们真的以为他们在最高层挖了一个湖泊吗？"

"我们完全可以走下楼梯！"

"不，我们将登上楼梯。湖泊并不存在，顶楼只有一个由水泥制成的水库。如果那里真有湖泊的话，我今天就会带上潜水设备。"

"那您要我穿上雨衣的用意何在？"米娅有些气恼地问道。

"您一会儿就知道了！"

当两人登上木质楼梯时，听到一声恐怖的滚动声。米娅惊恐万分，随即停下脚步。

"别害怕，这是舞台布景机械运作的声音。"保罗安慰她道。

当两人最终登上歌剧院的顶楼时，保罗打开通往天台的门，示意米娅先进去。

米娅走上歌剧院的楼顶，俯瞰巴黎美轮美奂的夜景。

她情不自禁地用英语赞叹了几句，随后转向保罗。

"您可以继续前行，这么做并不危险。"保罗鼓励道。

"您不过来吗？"

"来的，来的，我马上就来。"

"为什么您明知道自己在高处会有晕眩的感觉，还要带我来这里？"

"因为您并无晕眩感。现在您看到的夜景是全世界独一无二的景色。继续向前，我就在这里等您。请让您的双眼浸没在这片景色中，能够有幸以这样的方式凝望这座光明之城的人屈指可数。继续前进吧，不要错过任何美妙的细节。很多年后的一个冬夜，您也许会坐在壁炉前向自己的曾孙们讲述那个您在歌剧院楼顶俯瞰巴黎的夜晚。那时候，您年事已高，可能已经忘记我的名字，但您一定记得自己曾经在巴黎有过一个朋友。"

米娅看着紧紧扶着门把手的保罗，继续向前。从现在的位置上，她可以瞥见玛德琳教堂、埃菲尔铁塔，以及铁塔投向空中的光束。此刻，她凝望天空的样子就像一个正在数星星的孩子，并确信自己正确数出星星的数量。过了一会儿，米娅的目光又投向堡格林内尔街区的建筑。她依稀可以看到建筑上的那些窗子，在夜色中，这些窗户微小得就像是苍穹中的点点繁星。此时此刻，有多少人正在这些窗户后面晚餐、欢笑、哭泣？在转身的时候，她远远望见位于蒙马特高地上的圣心教堂，这让她突然想起黛西。今晚，巴黎毫无保留地将自己展现在米娅的面前，她还从未见过如此美丽的景象。

"您不能错过这样的景致。"

"可我真的做不到。"

米娅重新走向保罗，取下脖子上的围巾，把它蒙在保罗的眼睛上。随后，她牵着他的手，带他走向歌剧院的屋顶。保罗像一个表演平衡技巧的杂技演员一样缓慢前行，可他并未抗拒米娅的做法。

"如果我独自一人享受这片美景，那就太自私了。"她一边说，一边取下蒙在他眼睛上的围巾，接着继续说道，"若我不能与我的巴黎朋友分享今晚的景色，我又怎能向我的曾孙们讲述今天的经历呢？"

保罗和米娅坐在屋顶上，共同欣赏着这座美丽的城市。

此时，天空飘起了绵绵细雨。米娅脱下身上的雨衣，盖在两人的肩膀上。

"您总是想得那么周到吗？"

"有时候确实会这样。好了，现在您可以带我回到刚才的地方吗？"他说着，指了指她的围巾。

走下楼梯后,等待他们的是两个保安。他们把保罗和米娅"押送"到主管办公室,并告诉他们,办公室里还有三个警官正等候两人的到来。

"我知道,我违背了您的禁令。但我们没有伤害任何人。"保罗对歌剧院主管解释道。

"您认识这位先生吗?"木勒尔警官问道。

"不,从现在开始,我不再认识这个人,您可以把他们带走了。"木勒尔警官向他的同事示意了一下,后者取出两副手铐。

"不管怎么说,也没有必要这样处置我们吧。"保罗抗议道。

"我想很有必要。这两个人在我看来已经完全不受控制。"

米娅把手伸向警察,顺便看了一眼手表,当她看到表上显示的时间时,不由得感到一阵恐慌。

警官同意两人先做口供。保罗承认自己所犯下的错误,一边将所有责任都揽在自己身上,一边尽力降低事态的严重性。他向所有神明保证,如果现在警官能够释放他们,今生他将不再重犯。"我们今天不会在警察局度过一夜吧?"他最后问道。

警官听后,叹了一口气,说道:"你们都是外国公民,在我与相关领事馆取得联系,核实你们的身份之前,我们无法将你们释放。"

"我有一张居住证,我把它忘在家里了,可我确实有权利长期居住在法国。"保罗信誓旦旦地说道。

"这是您的一面之词。"

"我的合伙人会把我杀了的。"米娅低声自语道。

"小姐,有人在威胁您的生命吗?"警官问道。

"没有,这只是我说话的一种方式。"

"请注意您的词汇,要知道,我们现在可是在警察局。"

"她为什么要杀您?"保罗俯身朝向米娅,问道。

"我刚才说了什么?"警官插话道。

"好了,我们又不是小学生!显然,现在的情况让我朋友的事业陷入混乱,你们就不能更灵活宽容些吗?"

"您在私自闯入公共场所前,就应该想到这一点。"

"我们可没有私自闯入任何地方。当时,所有的大门都向我们敞开着,包括通向屋顶的那扇门。"

"您难道认为,您在歌剧院屋顶上漫步不是一种私自闯入公共场所的方式?如果我在您的国家做同样的事情,您也觉得很正常吗?"

"警官,如果您真想这么做,我丝毫不会认为这有什么不妥。我甚至可以向您推荐两三个景色宜人的地方。"

"好吧。"警官叹了口气说道,"帮我把这两个白痴关进单人牢房,随后先带那个小丑来见我。"

"等一下!"保罗请求道,"如果一个法国公民带来证据,前来为我证明身份,您是否可以将我们放走?"

"如果他能够准时到来,我可以考虑您的请求。否则的话,就要等到明天早晨,因为我马上就下班了。"

"我可以打电话吗?"

警官将自己办公桌上的电话推向保罗。

※

"您是认真的吗?"

"当然。"

"在现在这个时间?"

"我们无法选择此类情况发生的时间。"

"我能知道您要求我这么做的原因吗?"

"听着,克里斯图尔利,因为时间紧迫。您冲向办公室,拿一份证明我身份的复印材料,随后在一小时内火速赶到九区警察局。如果您没有做到这些事情的话,我就和钟成飞签署我下一部小说的合同。"

"谁是钟成飞?"

"我不知道。但在我所有的卡尔马尼编辑中,一定有叫这个名字的人!"保罗高喊道。

听到这话,克里斯图尔利当场就挂断了电话。

"他会来吗?"米娅带着哀求的语调问道。

"和克里斯图尔利共事,一切皆有可能。"保罗说完,迟疑了一下,随后放下听筒。

"好了。"警官再次发话道,"如果刚才这位接受您怒吼的朋友足够愚蠢,前来替您解围,您可以回家睡觉。不然的话,我们这里有毛毯。法国可是个文明讲理的国家。"

保罗和米娅在警察的护送下,走向牢房。出于礼节,警察并未把他们与两个发酒疯的醉汉关在同一间牢房里。

牢房的门被关上以后,米娅坐在一张长椅上,把头埋在双手里。

"她永远都不会原谅我的。"

"我们又没有轧死一个年迈的老妇人。为何您会如此担忧?她又不会知道我们现在被关在这里。"

"我们住在同一间公寓里。当她完工后,从餐馆回来的时候,就会发现我不在家,甚至到明天早上也未回家。"

"以您现在的年纪,完全有权利在外留宿,不是吗?她真的只是您的合伙人还是……"

"还是什么?"

"不,没什么。"

"我在她需要我的时候,谎称自己头痛,今晚未去餐馆工作。"

"我承认这样做并不光彩。"

"谢谢您在我的伤口上撒盐。"

保罗坐到她的身旁,缄默不语。

"我有一个想法,当然只是单纯一个想法而已。"他终于发话道,"抓捕、手铐、警察局这些细节,也许不必向您的后代们讲述。"

"您开什么玩笑。这些细节可能是他们最喜欢的部分。祖母在警察局里度过一夜!"

两人听见有人用钥匙开锁的声响,随后牢房的门被打开,一个警察命令两人跟随他走出牢房。他把保罗和米娅带到警官办公室。此时,克里斯图尔利已经赶来。在递给警官一张保罗居住证的复印件以后,他又签署了一张支付罚金的支票。

"很好。"警官说道,"现在您可以和他一起离开。"

转身时,克里斯图尔利发现了米娅的存在,随即狠狠瞪了保罗一眼。

"什么,我花了这么多钱,就不能同时带走两个吗?"他愤怒地对警官说道。

"这位女士并未向我递交身份证件!"

"这位女士是我的侄女!我用名誉向您担保。"克里斯图尔利信誓旦旦地说道。

"您是意大利人,而您的侄女是英国人?你们家可真够国际化的!"

"我现在已经取得了法国国籍,警官先生!"克里斯图尔利反驳道,"而且,在我的家庭中,我们祖孙三辈都已经成为欧洲公民。到底算外国侨民还是前卫先锋,这取决于您思想的开放程度。"

"你们全都给我离开这里。不过您,小姐,我希望明天下午您带着自己的护照来见我,听明白了吗?"

米娅点了点头。

❧

在警察局门外,米娅感谢克里斯图尔利的帮助。后者则充满敬意地向她致意："小姐，帮助您是我的荣幸。有意思的是，我感觉我们应该在哪儿见过，您看起来有些面熟。"

"有可能。"米娅羞红了脸，回答道，"也许您遇见过一个和我长得很像的人？"

"也许吧。然而，我发誓……"

"真可悲！"保罗低声感叹道。

"您怎么了？"克里斯图尔利转身朝向保罗，问道。

"您就是用这种过时的伎俩来和女人搭讪的吗？'我感觉我们应该在哪儿见过。'"保罗一边嘴上重复道，一边脸上做出令人反感的表情，最后又感叹了一句，"太可悲了！"

"我亲爱的保罗，您真是愚蠢至极。我刚才说话的时候很真诚，我确实相信自己曾经在哪里遇到过这位小姐。"

"好吧，谁在乎您是否真的见过她。我们现在急着赶路，小姐的四轮马车马上就要变回南瓜了。我们改天再说互相恭维的话。"

"您起码得说句谢谢吧！"克里斯图尔利低声抱怨道。

"毫无疑问，非常感谢您！不过现在，我必须和您道别了。"

"毫无疑问，这笔罚款将从您的预支稿费里扣除……"

"你们看上去就像是一对老夫老妻。"当克里斯图尔利跳上自己的座驾时，米娅带着逗趣的神情，说道。

"已经老去的是他，不是我。我们得快些了，您的合伙人何时从餐馆回到家中？"

"一般情况下在十一点半到午夜之间。"

"那我们最少还有二十分钟，最多还有五十分钟。来吧！"

说罢，保罗便带着米娅飞快地奔到自己的车前。

在为她开好车门，并要求她系好安全带后，他启动轿车，飞速出发。

"您住在哪里？"

"蒙马特高地的波勒布大街。"

保罗的萨博在巴黎的大街小巷飞速行驶着。他强占公交车道，在一排出租车中间穿行而过，在克利希广场险些撞倒一位骑摩托车的人，后者忍不住对他破口大骂。他就这样飞驰在卡兰克尔大街，在乔瑟夫德麦斯特尔大街突然来了个急转弯，又被正在过街的行人痛骂了一通。

"我们今天晚上刚和警察打过交道，所以您应该更加谨慎一些。"米娅建议道。

"如果您的合伙人比我们先到家，怎么办？"

"好吧……开足马力！"

萨博在勒比克大街上一路飞驰。在到达诺尔万街时，米娅紧靠在自己的座椅上。

"您的餐馆就在附近吗？"

"我们刚刚从它门口经过。"米娅小声说道。

车子转弯后，终于驶入波勒布大街。米娅指了指自己的住所，保罗随即停车。

"快去吧。"他说道,"我们下次再好好道别。"

两人对望了一眼。米娅下车,冲向寓所的大门。保罗看着她走进大楼,他凝望了一会儿大楼的墙面。当他看到最高一层的灯光亮起,又很快熄灭以后,不由得微笑了一下。在他正准备离开的时候,远远瞥见一个女人正朝这里走来,随后走进大楼。他按响三次车喇叭后,便动身离开。

❦

黛西回到住所的时候,已经筋疲力尽。此时,公寓笼罩在一片黑暗之中,她打开灯,直接躺倒在沙发上。她瞥了一眼茶几,马上看到了放在茶几上的那本书。黛西拿起书,再次仔细看了看作者的照片。

她走到米娅房间门口,轻轻地打开房门。

米娅假装被开门声惊醒。

"你感觉怎么样?"

"好一点了,明天我就能照常工作了。"

"听到你这么说,我很高兴。"

"你今晚在餐馆没有太忙吧?"

"虽然下雨,但顾客不少。"

"今天雨下得很大吗?"

"是的。在公寓内也下雨了吗?"

"没有,真是个奇怪的想法。你为什么这么问?"

"没什么。"

黛西说完,一言不发地关上了房门。

❦

保罗停好车,回到寓所。他坐到书桌前,打算开始创作新的一章。在这一章中,那位失声的歌唱家将在歌剧院的顶楼开始一段奇妙的经历。这时,他的手机突然闪了一下。

> 我的孙辈们想对您说:今晚他们未来的外婆度过了一个美妙的夜晚。

> 您及时回到家中了吗?

如果再晚两分钟,我就完蛋了。

> 我按了几下车喇叭,以示提醒。

我听见了。

> 您的室友是否察觉到一些可疑之处?

我想,她看到了从被子里露出的雨衣。

> 您穿着雨衣睡觉?

我没有时间脱下它。

> 对警察局的事,我真的感到很抱歉……

罚金我们一人一半吧。我坚持这么做。

> 不,您是我的客人。

您下周带我去参观卡普奇尼地下墓穴怎么样?

　　　　　　　　　　　这算不算主动联系？

不算。

　　　　　　　　　　我无法理解为何不算。

不为什么！

　　　　　　　　　　这是一个很好的理由。

所以，您答应了？

　　　　　您不想去大皇宫看展览吗，那里的死人会少一些。

什么展览？

　　　　　　　　　　　　稍等，我看一下。

我等候您的回复。

　　　　　　　　　　　　　　都铎王朝展。

我已经受够了关于都铎王朝的一切……

　　　　　　　　　　那去奥赛博物馆怎么样？

卢森堡公园呢？

　　　　　　　　　　　　　　　　好吧。

您在工作吗？

　　　　　　　　　　　　我正试图开始写作。

那我不打扰您了。后天，下午三点？

　　　　　　　　　　在格勒梅尔大街上的那个入口。

　　手机不再闪烁。保罗重新专注于自己的写作。当歌唱家正向歌剧院屋顶慢慢靠近时，手机屏幕再一次亮起。

我饿得快不行了。

              我也是。

可我被困在了自己的房间里。

       脱下您的雨衣，试图悄悄地走近冰箱。

好主意……现在我真的不再打搅您写作了。

              谢谢。

保罗把手机放在书桌上。可眼睛总是不自觉地从电脑屏幕转向手机屏幕。在看到手机屏幕不再亮起时，他略带失望地把它放到一个半敞开的抽屉中。

米娅悄无声息地脱下衣服，穿上一件浴袍，随后，轻轻打开房门，她看到黛西正躺在沙发上读着保罗的作品。见此情景，米娅马上回到自己的床上，只得在饥肠辘辘的状态中度过剩下的时光。

11

保罗最近写作进展缓慢,就算到了晚上,效率也不高,为此他有些负疚感。今天,他想润色一下这本小说最初的几个章节,之后好让可咏阅读。她到现在都没有回复他的邮件,这让他感到很担忧。

他拉上窗帘,让房间笼罩在一片黑暗之中。他打开书桌上的台灯,坐到电脑屏幕前。

保罗度过了充实的一天,在七小时内他做了以下事情:写了十页书稿,喝了五杯咖啡、两升水,吃了三包薯片。

现在,他感到饥饿难耐,觉得应该暂时放下工作,于是,他前往楼下的咖啡馆用餐。虽然这家咖啡馆并非当地最佳的用餐之地,可他至少可以不再孤单一人享用晚餐。当他在吧台边坐下以后,咖啡馆老板便开始与他交谈。保罗总是从他那儿获取街区最新的消息:哪个邻居去世或离婚了,哪个邻居搬家了,哪家商铺关门或开张了,包括天气变化、政治丑闻。总之,所有关于生活和这座城市的消息,保罗都从"小胡子"口中获得。"小胡子"是保罗为咖啡馆老板取的雅号。

回到家后,他拉开窗帘,欣赏了一会儿落日余晖的美景,随后又再次打开电脑。他检查了一下自己的邮箱,没有读到任何关于可咏的消息,却收到另一封邮件。

亲爱的保罗:

希望你一切都好。我们在南部的旅行奇妙至极,现在我还在不断地自问,为何当初会在巴黎生活了四年,而没想过前往普罗旺斯居住。南部居民热情,景色秀美,气候宜人,还总有许多露天的集市……总之,你可以考虑一下到南法来生活一段时间。幸福有时近在咫尺,比我们想象的要近很多。

我们很想念你。我刚抵达意大利,并想在这里逗留几天。波托菲诺是我见过的最美丽的城市之一,整个利古里亚地区都显得如此迷人。

我们打算接下去前往罗马,随后从那里直接返回旧金山。

我一回家就打电话给你。告诉我们你的近况,你的生活中又发生了什么新的事情。

劳伦拥抱你,我也是。

阿瑟

保罗看了一下时间,这封邮件是在几分钟前发出的。他猜想此刻阿瑟一定还在线,所以马上回信给他。

我亲爱的老伙计：

我很高兴你们的旅行进展得如此顺利。你们应该将旅行计划再延长几天，最近我偶然发现一个短期住房租赁网站，大家都说这是个很好的网站，我便想用你们的寓所试一试，没想到在网站上引起不小的轰动。

我已把一切都打理好了。我为你们精心挑选的房客是一对和善的夫妇和他们的四个孩子，他们将在你们的公寓内一直住到月底。房租将直接转到中介公司的账户上，你们前往中介公司领取支票即可。我希望这些钱可以补贴你们在意大利的旅行。

现在，我们终于两清了！

至于其他方面，我的生活中并未发生什么特别的事情。我每天写作很长时间，距离我出发前往瑞塔的日子正在不断逼近。

替我拥抱劳伦。

保罗

很快，电脑屏幕上出现一行字：

你没有这么做吧？！！！

保罗对自己的"报复计划"感到很满意，他本打算让阿瑟再经受一会儿煎熬，可想到他一定会不断追问自己，便决定在重新开始工作之前先回复他。

阿瑟：

  如果我不是担心我的教子在他教母家中的时间过长，我一定会毫不犹豫地实行我的计划。可我终究太过善良，最终放弃了这个计划。所以，你现在并没有任何损失。

  拥抱你。

保罗

写完这封邮件后，他将整个夜晚都用于创作一个新的章节。

"你是怎么认识他的？"

"认识谁？"

"他。"黛西一边说，一边推了一下放在桌上的小说。

"我说了，你也不会相信我的。"

"当你带着大包小包突然来到我家，要求我收留你时，当你整夜扑倒在我怀里哭诉着大卫对你的种种不是时，我相信你了吗？"

"在你的那个交友网站上认识的。"米娅一边说，一边垂下眼睑。

"我就说在哪里见过他的面孔。"黛西大声说道，"你可真够大胆的！"

"我向你发誓，事实并不是你所想的那样。"

"我请求你不要随便发誓，这是一件很神圣的事。"

说罢，她从米娅身前走过，前往用餐区，准备收拾。

"你留着让我来吧。"米娅边说边走向用餐区，"还是让我来吧，你在厨房已经够忙的了。"

"我在我的餐馆想做什么就做什么。"

"我被解雇了吗?"

"你很爱他吗?"

"完全没有。"米娅情绪激动地反驳道,"他只是一个朋友而已。"

"一个什么样的朋友?"

"一个我可以毫无保留与他交谈的朋友。"

"是你这么想,还是他这么想?"

"我们两人都这么想。在第一顿晚餐的时候,我们就已经达成共识。"

"你们还一起吃过晚餐?什么时候?是你因为视觉神经引起头痛所以穿着雨衣入睡的那天吗?"

"不,不是那天。那晚,我们去了歌剧院。"

"真是越来越浪漫了!"

"是我告诉你自己去电影院的那个晚上。"

"那个瑞典人!这么长时间以来,你都在对我撒谎吗?"

"是你说他是瑞典人的。"

"那手机的事呢?"

"手机的事是真的,他把它遗忘在了餐馆。"

"那你的头痛呢?"

"只是暂时性的……"

"我明白了!"

"他真的只是一个朋友,黛西,我哪天可以介绍你们认识,我敢肯定你们一定会相互欣赏的。"

"你这演的又是哪出！"

"他和你一样都在夜晚工作；他有些笨拙却很有趣，和你一样；他是美国人，生活在巴黎，单身一人，也和你一样。"

"你不喜欢他吗？"

"他'几乎'可以算单身。"

"请你别打我的主意。我交友网站的账户里还有很多假扮单身的浑蛋正等着我。好了，你是想摆放餐具，还是重新粉刷天花板。"

米娅没再多说话，而是拿起一叠盘子把它们摆放在桌上。黛西走进厨房，开始削蔬菜。

"你至少应该见他一下。"米娅说道。

"不！"

"为什么？"

"首先，通过这种方式介绍的异性，永远都不会成功；其次，他是一个'几乎'单身的人，最重要的是，你很喜欢他，只是不愿承认罢了。"

米娅转向黛西，双手叉腰，说道："我很明白自己的感受！"

"真的吗？从什么时候开始的？你穿越整个巴黎，只为了把手机归还给他。你说谎的水平就像一个初中生，还说自己去歌剧院……"

"不，不是去歌剧院，而是登上歌剧院！"

"你说什么？"

"我们并没有观看任何演出，他把我带上歌剧院顶楼，俯瞰巴黎的夜景。"

"你要么是真的单纯，要么就是在欺骗自己。不管是哪种情况，都请你留着你的作家，让我安静一会儿。"

听到这话,米娅紧锁双眉,若有所思。

"快干活,顾客们马上就要来了!"黛西大声喊叫道。

❧❧❧

凌晨两点的时候,保罗仍旧在润色自己章节的最后一行。他决定今晚就写到这里。他查看了一下自己的邮箱,终于看到了可咏的回信,并将它打印出来。他喜欢看到她的文字流淌在纸上,这样可以显得更真实一些。他拿起打印机上打好的信件,想在躺下后阅读。

几分钟后,他关上灯,将枕头紧紧蒙在耳朵上。

凌晨三点的时候,米娅被自己手机的振动声惊醒。她抓起放在床头柜上的手机,看到大卫的名字在屏幕上闪烁。

她的心开始怦怦直跳。她把手机放回桌上,重新躺下,将枕头紧紧蒙在耳朵上。

12

当米娅出现在卢森堡公园的铁栅栏前时,已经有些迟到了。她寻找着保罗,并拿起手机给他发信息。

您在哪儿?

在一张长椅上。

哪张长椅?

为了让您更方便认出我,我特意穿了一件亮黄色蜡质外套。

真的吗?

当然不是!

保罗站起身,看到她朝自己走来,便向她挥了挥手。
"啊,今天您穿了一件雨衣。"她说道,"可是现在并没有下雨。"
"我们拭目以待。"他一边回答,一边开始行走,双手放在背后。
米娅紧随其后。
"您昨天整晚都才思枯竭吗?"

"没有。我甚至还完成了一个章节。今晚我将开启新的一章。"

"您想玩一局吗？"她指了指一旁玩滚球的人，建议道。

"您知道怎么玩吗？"

"看上去并不复杂。"

"不，其实很复杂。生活中所有的事情都很复杂。"

"您心情不好吗？"

"如果我赢了，您就为我准备一顿晚餐！"

"那如果您输了呢？"

"让您抱有这样的希望是一种不诚实的表现……就这项愚蠢的运动而言，我已达到了专业水准。"

"我还是想碰碰运气。"米娅说着，走向滚球场。

她向两位坐在长椅上交谈的滚球爱好者询问，是否可以将滚球的器具借给他们。见两人露出迟疑的神色，米娅俯身对着一个略显年长的人耳语了几句。后者听完后，微笑了一下，向她指了指放有小球和滚球的一片空地。

"我们开始吧？"她对保罗说道。

保罗率先投掷滚球，等到它停稳后，他拿起小球，在投掷时俯下身来，随后抛出小球。小球在天空中画了一道弧线，落地后在地面上滚动了一会儿，最后停在目标球附近。

"很难再投到离目标球更近的地方了。"保罗吹了一声口哨，说道。

两位长者带着饶有兴致的神情在一旁观看两人的比赛。米娅摆好姿势，投出小球。她的球飞出的位置没有保罗远，最后停在距保罗的小球几厘米的地方。

"不错，但还不够。"保罗高兴地说道。

说罢，他略微转动了几下手腕，投出第二个小球。小球慢慢绕开地上的两个滚球，在地上滚了一会儿，最后停在目标球位置。

"完成了。"保罗带着胜利者的口吻，呼喊道。

米娅摆好姿势，眯起双眼，瞄准目标，将球投掷出去。她的球在地上滚了一会儿，在碰到保罗的小球的时候，将它们推向远处，自己则稳稳地停在了目标球位置。

"啊，太厉害了！"其中一位正在观看比赛的长者忍不住惊呼起来，另一位则爆发出响亮的笑声。

"完成了。"米娅说道。

保罗看着她，惊讶得说不出话来，过了一会儿便转身离去。

长椅上的两位长者为米娅的精彩表现喝彩，她向两人致意，随后转身向保罗跑去。

"输了比赛就生气可不好！"米娅在追上保罗时说道。

"刚才您的话让我误以为这是您第一次玩滚球。"

"我童年时期的每一个夏天都在普罗旺斯度过……当女人在和您说话时，您从不认真听我们在讲些什么。"

"不，我听得很认真。"保罗反驳道，"昨天晚上发生的一件事让我的思绪有些混乱，我差点就和您谈起我们第一次相遇的场景。"

"发生了什么事？"

保罗拿出一张纸，递给了她。

"我昨晚收到了这个。"他低声说道。

米娅停下脚步,开始阅读这封信。

亲爱的保罗:

　　我很高兴你能来瑞塔。我很想好好利用你在瑞塔的时间与你相处,但我可能无法实现这个愿望。因为在书展期间,我有许多无法推脱的工作要完成。你将惊讶于卡尔马尼读者的热情,并为之动容,他们一定比我更加热忱。你在这里是一位著名的作家,所有人都迫不及待地等待你的到来。做好准备,尽情地展示自我吧。至于我,则会尽量抽出时间,带你游览我的城市……当然,是在你的编辑给你留出足够自由时间的前提下。

　　我本来很愿意在家中迎接你的到来,但这么做并不可行。我的家人和我住在一栋楼里,我的父亲又是一个极其严苛的人。在他看来,一名男子在他女儿家过夜是一件伤风败俗、无法容忍的事。我可以想见你的失望,对此我感到很难过,但请你试着理解一下,我们这里的风俗习惯确实和巴黎不太一样。

　　我很期待能马上见到你。

　　旅途愉快。

你最爱的翻译,
可咏

"这封信写得有些冷淡。"米娅将纸递还给保罗时说道。

"简直冷若冰霜!"

"别夸大其词,而是应该试着读懂字里行间的深意。从文字中看得出她是一个羞涩、谨慎的人。"

"当她来巴黎的时候,可并不羞涩。"

"但现在是您去她的城市,情况发生了改变。"

"作为一个女人,您一定比我更能读懂她信中的含义。在您看来,她到底爱不爱我?"

"我确定她是爱您的。"

"那为什么她不在信中写下这样的话呢?承认自己对他人的感情真的是一件很困难的事吗?"

"当我们羞怯时,确实是一件困难的事。"

"当您爱上一个男人的时候,也不对他说吗?"

"不一定会说。"

"是什么阻止您将爱说出口呢?"

"恐惧。"

"对什么的恐惧?"

"害怕自己会让别人感到恐惧。"

"这一切真是太复杂了!那么,当我们爱上一个人的时候,到底应不应该向他吐露心迹?"

"应该等待一会儿。"

"等待什么?等到为时已晚吗?"

"但也不能说得太早。"

"那我们又何从知晓,适合道出心声的时刻已经来临?"

"我想，是当我们感到安心的时候。"

"您是否曾经有过安心的感觉？"

"是的，我有过这样的感觉。"

"您是否在那一刻告诉他，您爱他？"

"是的。"

"那他，是否也告诉您，他爱您？"

"是的。"

话音刚落，米娅的神情变得忧郁起来，保罗也察觉到了这一点。

"您刚刚结束一段感情，而我却用这个话题触动您伤心的往事。我这么做，实在有些自私。"

"不，您这么做让我很感动。如果所有的男性都勇于显露出自己脆弱一面的话，那很多事情的结果就会不一样。"

"您觉得我应该回复她吗？"

"您马上就能见到她。我确信，当她见到您的时候，一定会为您着迷。"

"您是在嘲弄我吧？我知道，我显得很荒唐。"

"完全没有。您很真诚，请保持这一品格。"

"巧克力华夫饼，您想来一块吗？"

"为什么不呢？"米娅叹了口气，回答道。

保罗带着米娅来到摊贩跟前，买了两个华夫饼，并把第一个华夫饼递给米娅。

"如果有一天他回来了，"他满口食物，说道，"如果他向您道歉，您会再给他一次机会吗？"

"我不知道。"

"之后他没再给您打过电话吗?"

"没有。"米娅一下打断他,说道。

"好吧。那边是一个小池塘,通常孩子们会将小帆船放入其中,让它们扬帆远航,可我们并没有孩子。那边是骑在驴背上漫步的小道,您对这项活动有兴趣吗?"

"没什么兴趣。"

"很好。这样的驴子我也早就见怪不怪了。朝这个方向走下去,是一个网球场。可我们并不打网球,我想,我们已经在花园里绕完一圈了!走吧,我已经对这座公园和里面卿卿我我的情侣厌烦透顶了。"

米娅跟着保罗走向沃日拉尔大门。随后两人穿过波拿巴大街,来到圣叙尔比斯广场,今天那里正好有一个旧货集市。

两人沿着集市走了一会儿,停在一家商铺前。

"真好看。"米娅一边说,一边指着一块古董表。

"是的。但我很迷信,无法说服自己戴上一件曾经属于别人的物品。除非我确定这件物品的主人以前过得很幸福。请别嘲笑我,但我真的相信所有的事物都有记忆。它们会根据自己的记忆散发出好或坏的电波。"

"真的吗?"

"几年前,我在一家同类型的古董商铺买下一个水晶镇纸。当时卖家告诉我,这个镇纸产于十九世纪。我并不相信他的话,却在镇纸内侧发现一个女人的小型雕像,我觉得雕像很精美,于是便买下了。但自从我买下镇纸后,狗屁事就不断。"

"什么类型的狗屁事？"

"您偶尔说些粗俗的词汇，挺不错的。"

"为什么？"

"我也说不清楚。您用口音说这些词的时候，很性感。我们说到哪儿了？"

"您的那些狗屁事。"

"说实话，您确实很适合偶尔说两句粗俗的话！刚把镇纸买回家，我家水管就漏水了；第二天一早我的电脑就坏了；第三天，我的车被警察扣留；周末，患上重感冒；周一，我楼下的邻居突犯心脏病；后来，只要我把茶杯放在镇纸旁，就一定会将杯子碰翻。有一天，杯柄断裂，害得我差点烫伤自己的大腿。也是从那件事情以后，我开始怀疑这个镇纸是否存在着某些不祥的魔力。我和您说起过'空白综合征'，就是当我们才思枯竭时，面对一张白纸无所适从的状态。那段时期，我的'空白综合征'尤其严重，头脑一片空白，简直就像在乞力马扎罗山上写作一样。一次，我不慎跌倒在地毯上，四肢趴在地上，鼻梁也摔断了。当时我的头朝天扬起，鼻子里流着血，在空无一人的公寓里大声喊叫。后来，我失去了意识。幸运的是，我的一位作家同事懂一点命理方面的知识。对了，忘记和您说了，每两周，我都会与一些同行在一家餐馆用餐。吃饭期间，我们会互相交流一些生活中的事。不过，我决定不再参加此类活动，因为这类活动总让人感到有些抑郁。那天，当一位同行看到我鼻子上贴着胶布时，不由得询问起我受伤的缘由，我便向他讲述了自从购买镇纸后发生的所有事情。听完以后，那位同行闭上双眼，问我那张女人的脸庞是否镶嵌在玻璃里。"

"您没有向他具体描绘过那个镇纸的构造吗？"

"也许描绘过，我记不清楚了。总之，听完我的故事以后，他建议我尽快摆脱这个镇纸，但要注意的是，千万不要损坏它，以免邪恶的力量从里面释放而出。毋庸置疑，这股邪恶的力量是所有这些不幸事件的源头。"

"您把它丢弃在了垃圾桶里吗？"米娅紧咬着嘴唇，问道。

"不，是一个比垃圾桶更安全的地方。我把它包裹在一块很大的布里，随后用绳子捆好。接着，我开车载着它一直来到阿拉玛桥。最后，'扑通'一声，把它投向塞纳河中。"

听到这里，米娅再也忍不住，爆发出一阵大笑。

"请您永远保持现在这个样子。"她的眼眶有些湿润，说道，"我真的很喜欢您。"

保罗看着她，有些不知所措。随后，他重新开始行走。

"对您来说，嘲笑我是一种无法克制的习惯吗？"

"我向您发誓，我并没有嘲笑您……当您把镇纸投入河中以后，您的那些倒霉事也随之消失不见了吗？"

"是的。从那以后，一切又恢复原样。"

听到这番话，米娅笑得更加大声了，还不由自主地挽住保罗的胳膊。保罗见状，赶快加快了步伐。

两人在一家专售古董真迹的书店前停下脚步。橱窗里展示了一封维克多·雨果的书信和一首兰波的诗。两段文字都被潦草地写在本子的纸页上。

米娅颇为动情地看着它们。

"一首诗或一封动人的书信是不会带来厄运的吧?"

"不,我觉得不会。"保罗回答道。

她推开书店的门。

"手握一封杰出作家的书信是一件美妙的事,就像走进他的内心,成为他的心腹一样。一个世纪以后,当人们发现您写给您翻译的那封信时,也会像我们现在一样为之动容。也许以后她将会成为您的妻子,这些信也将标志着一段珍贵往来的开始。"

"我不是一个杰出的作家,并且我永远也不会成为一个这样的作家。"

"我不同意您的看法。"

"您读过我的小说吗?"

"我读过两本。第一本小说中那封母亲留下的信感人至深,催人落泪。"

"真的吗?"

"我无法在这里吐痰①,这样影响不好,可您得相信我说的话。"

"我很抱歉让您落泪了。"

"您看上去并没有感觉很抱歉的样子。这是今天我第一次见到您微笑。"

"我承认我很高兴,当然,并不是因为您哭泣我才高兴……其实,也有一点。为了庆祝这件事,我决定带您去拉杜丽甜品店品尝美食。这家店就在不远处。如果您还未品尝过拉杜丽马卡龙的话,

---

① 在西方,人们在发誓时常常通过吐痰来强调自己说话的真实性。

您就无从知晓美食带给我们的乐趣与享受。不过，您可能已经感受过这种乐趣，因为您本身就是一名大厨。"

"好的。不过，一会儿我要赶回餐馆。如果我不在炉灶边守着的话，我们的菜肴也许就无法带给顾客莫大的享受。"

两人在店内拐角处的一张桌子旁坐下。保罗为米娅点了一份热巧克力，为自己点了一杯咖啡，为两人共同点了份马卡龙拼盘。服务生在准备点心的时候，目不转睛地凝望着他们。保罗和米娅瞥见她一边看着他们，一边和周围的同事窃窃私语。

糟糕，她认出我了。厕所在哪里？不，我不能去厕所，她会在我离开时告诉他一切的。如果她和任何一个人说起有一位男士在巴黎与我做伴的话，克雷斯顿一定会杀了我的。对，我现在就告诉这位服务生她认错人了，语气一定要坚定。这是唯一可行的办法。

过了一会儿，服务生再次走向他们，在放下碗碟时，用一种羞涩的语调问道："抱歉打扰您，您长得真是太像……"

"我长得谁都不像。"保罗生硬地回答道，"因为我很渺小，谁都不是！"

听到这样的回答，服务生感到很尴尬。她向两人道歉以后，便匆匆离开。

米娅羞红了脸，戴上太阳镜，转向保罗。

"我很抱歉。"保罗说道，"有时无法避免地会发生这样的事。"

"我很理解。"米娅的心一边怦怦直跳，一边回答道，"您并不只是在瑞塔出名。"

"在这个街区也许有点名气，但在其他地方完全无人知晓。相信我，我若是在夫纳克书店①待上两小时，都不会有一位店员认出我，这其实是件好事。其实刚才那位服务生是我的一名读者，我不应该做出如此反应，但我是个生性羞涩的人，这一点我和您讲起过吧？"

"您的骄傲刚刚救了我一命！没关系的，下次您带一本签过名的书给她，她一定会很高兴。"

"这真是一个绝妙的主意。"

"对了，您歌唱家的故事进行到哪里了？"

"那位音乐评论人一直跟着她来到住所楼下。评论人上前与她攀谈，却并未向她透露心中的疑惑。他说自己是一名作家，说她很像自己小说中的一个人物。我想，这位评论人可能已经感受到让他心绪不宁的某种情愫了。"

"那她呢？"

"我还不知道，现在说她的内心产生波动还为时过早。她并没有告诉他，自己观察他已经很久了。她感到害怕，同时又很孤单。"

"她接下去决定怎么做呢？"

"我想，为了守住自己的秘密，她会选择逃离。在面对那位评论人时，她无法真诚以待，并向他隐瞒了自己的真实身份。我打算这时候让她过去的经纪人出现在故事中，您觉得怎么样？"

"我不知道，在给您建议之前，我必须先看一看您之前写下的内容。"

---

① 夫纳克（FNAC）是法国知名的文化产品和电器产品零售商（全称：Fédération Nationale d'Achats Cadres，意为"国家经理人采购联盟"）。

"您真的愿意读一读这部小说开头的那几章吗？"

"如果您愿意让我读的话，我很乐意。"

"除了可咏，我从没有将未完成的手稿交给任何人读过。不过，您的建议对我来说很重要。"

"很好。当您准备好的时候，我将是您第一个读者，并且我向您保证，我会十分坦诚地说出心中的想法。"

"至于我，我希望有一天可以到您的餐馆品尝您做的菜肴。"

"不，我不希望您这么做。要知道，一个主厨在工作的时候，看上去并不体面：手忙脚乱、满头大汗……别怨恨我，但我真的不希望您到餐馆来看我。"

"我能理解。"保罗说道。

两人在圣日耳曼德佩地铁站前道别。保罗路过他编辑的办公室，看见后者从他办公室的窗子里探出头来。保罗继续赶路，回到自己家中。

整个晚上，他都沉浸在自己的小说之中，试图想象那位失声歌后的传奇命运。他越是深入自己的故事中，越是会不由自主地将米娅的一些姿态投射在书中女主人公身上：她行走的步态，她回答一个又一个问题时的方式，她感动时的微笑，游离的眼神以及低调的优雅。保罗在太阳升起时，上床入睡。

下午的时候，保罗被自己编辑的电话吵醒。克里斯图尔利在办公室等候保罗，说有事要告诉他。在前往克里斯图尔利办公室的路上，保罗买了一个羊角面包，随后一边驾驶着萨博，一边啃着面包。在到达目的地的时候，他只迟到了半个小时。

克里斯图尔利张开双臂，热情地欢迎他的到来。保罗见状，突然有种不祥的预感。

"我有两个好消息要告诉您！"编辑兴高采烈地大声宣布道。

"从那个不那么好的消息说起吧！"

克里斯图尔利惊讶地凝望着他。

"我刚从卡尔马尼人那里得到一个消息：您被电视台邀请，去录制一期大型文学节目。该节目就紧跟在晚间新闻后面。"

"那好的那个消息是什么？"

"我刚刚已经和您说了！"

"我在二十多人的签售会上就已经紧张得不行，您让我如何录制一期电视节目？您难道希望我在直播的时候昏厥吗？"

"演播厅里只有你们两个人，我想不出这有什么可紧张的。"

"两个人？"

"村上春树是那一期节目的主要嘉宾。您意识到自己有多幸运了吗？"

"当然。能够和村上春树出现在同一期节目中，我越来越意识到自己有多么的幸运。在我昏厥以前，可能会先呕吐在主持人的鞋子上，这样效果也许更好。"

"这真是个绝妙的主意。在节目结束后的第二天，您的书一定会大卖。"

"您听见我对您说什么了吗？我无法录制任何电视节目，我会窒息的，我现在已经窒息了。我会在几百万卡尔马尼观众面前死去的，到时候，您可是一场谋杀案的帮凶。"

"好了，别再演戏了。您只需在进入演播厅之前来一杯白兰地，一切都会进行得很顺利。"

"在摄像机前烂醉如泥，这也太荒唐了吧！"

"吸一口'那玩意儿'。"

"我这一辈子就吸过一次'那玩意儿'。在随后的两天里，我总是在天花板上看到很多牛棚。"

"听着，我亲爱的保罗。您只需放轻松，一切都会进展得很顺利。"

"您之前说要告诉我两个消息，另一个消息是什么？"

"由于您需要参加这场媒体节目的录制，您前往卡尔马尼的时间提前了。"

保罗一言不发地离开，也没有向他的编辑打招呼。在走出克里斯图尔利办公室之前，他随手在入口的一张桌子上拿了一本自己最新小说的样书。

他走在波拿巴大街上，在一家专卖古董书的书店前停下脚步。他走进书店，十五分钟后拿着一张纸走了出来。经过与店员激烈协商后，后者允许他在三个月内付清这张由简·奥斯丁亲手写的菜谱。

离开书店后，保罗继续赶路。当路过一家甜品店时，他停了下来，走进店中，询问店员的名字。

"伊莎贝尔。"店员略显惊讶地回答道。

保罗打开刚从克里斯图尔利办公室里取走的样书,在书的扉页写下这样一段话:

献给伊莎贝尔,我忠实的读者。感谢您长久以来的支持,并为昨天的事向您道歉。

祝好。

保罗·巴尔东

他把样书递给店员,后者读了读上面的留言,显得茫然不知所措。

然而,她还是礼貌地感谢保罗的馈赠,随即把书放在柜台上,继续自己的工作。

他很想给阿瑟打电话,却不知道自己的朋友此时此刻是在罗马,还是在返回加利福尼亚的飞机上。

此时,他走在雅各布大街上,心中只想找到一家可以购买兄弟姐妹的商店。若是没有此类商店,能够找到一家租赁几小时兄弟姐妹的商店也不错。他已经预见到自己孤身一人、内心恐慌地待在自己公寓里的情景。想到这里,他走向停在"漂亮朋友"饭店前的座驾,在看到那座建筑时,他苦笑了一下,随后坐进车内,风驰电掣般地驶向蒙马特高地。

"这一次,我总算运气还不错。"当他在诺尔万街找到一个停车位时,不由得低声自语道。

他停好车,步行向黛西的餐馆走去。

"她禁止我前往她的餐馆用餐,可并未禁止我去餐馆探望她。我这样做是否合适? 我可能会打搅到她,但我不会占用她很多时间。我就把那件小礼物以及前几章书稿交给她,然后就走。不,我不能将书稿和小礼物同时给她,她会误以为两者之间存在着某种联系。我走进餐馆,把礼物交给她,随后就离开。嗯,这样做很好,简直完美。"

想到这里,保罗原路返回,将书稿放在萨博的后备厢里,手里仅仅拿着一个打着漂亮蝴蝶结的信封,里面装着简·奥斯丁的真迹。

几分钟后,他走到拉克拉玛德餐馆跟前,向店里瞥了一眼,顿时呆住了。

米娅穿着一件紫色的大围裙,正在摆放餐具。

与此同时,人们可以远远瞥见黛西正在餐馆深处的厨房里,好像在向米娅发号施令。

见到这一幕,保罗打算离开,他加快步伐,用双手遮住脸庞。当他渐渐走远以后,仍未放慢脚步,一直走到了小丘广场。

"她为何要欺骗我? 她是一家餐馆的服务生还是老板,又有什么关系呢? 大家总是取笑人类骄傲的本性……现在这种情况,我又该说些什么呢？她到底是怎么想的？她认为我不愿与一位服务生成为朋友？她把我当成什么了？好吧，我承认，那天在拉杜丽甜品店里，我对待那位服务生的态度确实不够友善，不过也是她先冒昧向我提问的。我并不在乎'您做的菜肴是否充满诱惑'！不过，其实这也没有什么大不了的。有些时候，别人也总把我误认为其他人。让我好好考虑一下吧，要不就当我认错人了……这么做令人愉快却自欺欺人；要不我先缄口不言，慢慢引导她，让她说出事情的真相。是的，这么做也许更为体面。"

他坐在一张长椅上，拿出手机，给米娅发了一条短信。

一切都好吗？

米娅感觉到放在围裙中的手机振动了一下。昨晚，大卫给她发了三条短信，请求她尽快回电。到现在为止，她还坚守阵地，并未就此动摇。她在餐桌上摆放好纸巾，随后向自己围裙的口袋里瞥了一眼。

"你是在检查自己的肚脐是否还在吗？"黛西问道。

"没有！"

"大卫还不罢休吗？"

"我想是的。"

"要么关机，要么就好好读一读他的短信。你这样下去，迟早会把我的盘子摔碎的。"

米娅拿出手机,微笑了一下,并很快在键盘上飞快地敲击起来。

是的,您呢?

您有空与我见一面吗?

我正在厨房里呢。

我不会打扰您很久的。

我很想给您打电话,可今天见面是您先提出的,别指望我主动联系您。

我正坐在小丘广场上的一张长椅上。这一次,我没有穿那件亮黄色外衣。

一切都还好吗?

是的。您来吗?

给我五分钟时间。

黛西手握一只汤勺,观察着米娅。

"抱歉。"米娅说道,"我要出去买点东西,你需要我替你买些什么吗?"

"除了一个帮我看管餐馆的人,其他不需要什么!"

"餐具都已经摆放好了,现在餐馆里空无一人。我十五分钟以后就回来。"米娅一边回答,一边脱下围裙。

餐馆的吧台上挂着一面镜子。米娅站在镜子前,整理了一下自己的头发,拿起包,戴上太阳镜后便匆匆离开。

"给我带些瑞典硬面包回来。"黛西说道。

米娅耸了耸肩。

"我只是在附近买些东西,并不准备出远门。"

她加快步伐,在经过漫画师跟前时,并未向他打招呼,而是焦急地寻找着保罗坐的那张长椅。

"您在这里做什么?"她在他的身旁坐下后,问道。

"我原本打算把最初几章的书稿交给您看看,可我太糊涂了,竟然把书稿忘在了家中。既然已经来到这里,就这么离开,我又觉得很愚蠢。"

"谢谢您的好意。"

"您看上去'不像在您自己的盘子里'①……我这么说,并不是在和您玩文字游戏。"

"昨晚我做了一个噩梦,所以睡得不好。"

"一个噩梦其实只是一个持续时间过久的梦。"

听到这话,米娅长时间地凝望着他。

"您为什么这么看着我?"保罗问道。

"**说实话,我现在很想亲吻您**……没什么。"

"天使路过。"②

"虽然您忘了带书稿来,但您至少可以告诉我一些关于这位歌唱家的最新消息。"

"她过得不错。不,事实上,她遇到一个问题。"

---

① 在法语中"不在某人的盘子里"意为精神状态不佳、不太舒服。
② 在法语中"天使路过"意为交谈中突发的或意料之外的沉默。

205

"严重吗?"

"她想与那位评论家建立友谊。必须承认的是,这位乐评人总能吸引她的目光。"

"是什么阻止她这么做呢?"

"也许是因为她没有告诉他自己的真实身份,也许她无法面对自己只是一名引座员的事实。"

"这又有什么关系呢?"

"这正是我在思考的问题。"

"这一类的偏见早已过时了。"

"从什么时候开始过时的?"

"如果这位乐评人仍旧抱有这种偏见的话,他并不值得获得歌唱家的爱。"

"我很同意您的观点。"

"不行,这个情节听上去不合逻辑。您应该为她再找出一个'问题'。"

"事实上,乐评人已经对她的身份确认无疑。"

"而她自己却并不知道这一点。"

"确实。不过,如果她有意撒谎,又怎能做到对他真诚相待呢?"

米娅盯着保罗,鼻子上的太阳镜也顺势滑了下来。

"您在给我打电话之前,身处何方?"

"在圣日耳曼那里,怎么了?"

"您把书给昨天那位服务生了吗?"

"很有趣,您怎么会问我这个问题? 答案是肯定的。"

听到这个回答，米娅的心开始剧烈跳动起来。

"她对您说了些什么？"

"只是简单地对我说了声谢谢，她一定还对昨天的事怀恨在心。"

"她没有和您聊起其他的话题吗？"

"没有。当时，甜品店的人很多。她很快就重新开始了工作，而我也匆匆离开。"

米娅重新戴上太阳镜，感到如释重负。

"我无法在这里逗留很长时间。"她说道，"您想和我说些特别的事情吗？我感觉今天您也'不在自己的盘子里'。"

"我之所以前往圣日耳曼地区是因为我的编辑有事找我。他告诉我，出发前往卡尔马尼的日期提前了。"

"这真是一个绝好的消息，这样一来，您很快就能见到您的爱人了。"

"旅行提前源于不详之讯：我被邀请去录制一期电视节目。"

"太棒了！"

"真正精彩的地方在于，自从他告诉我这个消息以来，我就一直处于心动过速的状态中。我在这种电视节目中又能讲述些什么呢？这一切真让人感到恐怖！"

"在面对摄像机的时候，背景音乐往往比您说的话更重要。您的语言与您的微笑相比简直无足轻重。如果您怯场，观众会认为您很有魅力。"

"您对录制节目很了解吗？您从未走进过演播厅，所以，请别妄下定论。"

"确实没有。"米娅回答道，随即轻咳了几声，接着继续说道，"如果我遇到了和您相同的情况，我也会像您一样感到惊恐万分。我刚才的那些话，是站在一个观众的角度说出的。"

"给。"保罗说着从口袋中拿出一个打着蝴蝶结的信封，说道，"这是给您的。"

"这是什么？"

"打开您就知道了。当心，里面的物品不太结实。"

米娅拿出信封里的纸，阅读了一下上面的内容。

"三磅胡萝卜、一磅面粉、一包糖、一打鸡蛋、一品脱牛奶……"米娅念念有词，"很感谢您给我这个，您是想让我帮助您购物吗？"

"仔细看看底下是谁的签名。"保罗叹了口气，说道。

"简·奥斯丁！"米娅喊叫道。

"是她的亲笔签名！我承认，这并非她最优美的散文，可却是她独特的私人物品。所有杰出的人物和我们一样，都需要填饱肚子。"

米娅未经任何思考，亲了一下保罗的脸颊。

"您如此贴心，我都不知道该说些什么了。"

"什么都不必说。"

米娅把纸放在手中，用食指轻触纸上的墨迹。

"谁也不知道，兴许这张小纸片能够让您获取灵感，创造出一道新的菜品。"保罗说道，"也许您可以把这张纸裱起来，然后挂在您的厨房里。这样一来，从某种意义上来说，当您在炉灶边忙碌之时，简·奥斯丁就好像在您身旁一样。"

"从未有人送过我这样的礼物。"

"这只是一张小小的纸片而已。"

"由一位英国最伟大的作家书写而成,并附上签名。"

"您真的很喜欢这份礼物吗?"

"我将把它珍藏一生!"

"我很高兴您能够喜欢。快走吧,也许您的炉灶上还煮着食物呢,我可不想因为我的原因,让餐馆今天的主食毁于一旦。"

"您给了我一个莫大的惊喜。"

"今天的碰头纯属意料之外,您同意吗?"

"同意,但为什么?"

"所以今天碰头,不算我主动联系您。"

"不,不算。"

说罢,米娅站起身,再次亲吻了保罗,随后便转身离开。

一旁的漫画师把一切都看在眼里。

保罗和他一起看着米娅渐渐走远。

当米娅走到拉克拉玛德餐馆时,她的手机又振动了一下。

您的餐馆周日不对外营业,是吗?

是的。

您知道什么事能让我心情愉悦吗?

              不知道。

  探索您的厨房。

看到这话,米娅咬了咬自己的嘴唇。

  我们可以在您家中用午餐,这会让我感到无比荣幸和愉快。

米娅看了一眼餐馆里的黛西。

         可我的室友也在……

您准备三人份的食物即可。

她推开餐馆的门。

  好吧,那就周日见。你知道地址,我们的公寓在最高层。
  周日见。

        谢谢。署名:米娅·奥斯丁☺

"你找到你要买的东西了吗?"黛西从厨房中走出来,问道。
"我需要和你谈谈。"
"终于!"

❦

黛西断然拒绝参与到米娅的计划中去。

"你不能就这么丢下我不管，而且我也不能独自一人在你的家中接待他。"

"为什么不能？"

"这样会引起误会的。"

"现在这么做，就不会引起误会吗？"

"不会。他没说也没做任何会引起误会的事。"

"我指的不是他，而是你。"

"我再和你重复一遍，我们现在的关系，只是一段友谊的开始。我还未从大卫的伤痛中完全恢复过来。"

"你没必要向我解释这么多，只需在你的手机振动时，看看自己的表情即可。要知道，你现在玩的游戏很危险。"

"我没有游戏人生，而是踏实地过着自己的生活。他很有趣，也并未尝试引诱我。他有心爱的人，只不过她身处远方。我们在一起并没有做任何不好的事，只不过借助彼此来抗击孤独。"

"那周日中午的时候，你们完全可以在没有我陪伴的情况下，继续抗击孤独。"

"可我甚至都不知道如何做一份炒蛋！"

"只需把鸡蛋敲碎，随后拌上奶油一起打蛋即可。"

"你没必要对我恶语相向，我只是请求你帮我一个忙，仅此而已。"

"我没有对你恶语相向。我只是不想成为一场悲剧的始作俑者。"

"为什么你总把一切都看得如此灰暗？"

"我简直无法相信这句话竟然出自你的口中。你打算有一天把实情告诉你的朋友吗？你在餐馆做服务生的同时，难道真的忘记自己是谁了吗？当你的电影上映，你需要到处宣传新作时，你又该如何圆场？"

"保罗马上就出发前往卡尔马尼，也许他会在那里安顿下来。等时机成熟之时，我会写信给他，告诉他事情的真相。那个时候，他已经与他的翻译团聚，并且生活得很幸福。"

"你总把生活想象成一部剧本。"

"很好，我现在就去取消周日的约会。"

"你不能就这么取消约会，这样会显得很无礼。就算会咬到自己的食指，你也要将现在的角色饰演到最后一刻。"

"你为何要这么对我？"

"不为什么！"黛西说着，走向餐馆，开始招呼那些陆续前来的顾客。

13

米娅无奈地把第三份炒蛋扔进垃圾桶。烧第一份的时候差点起火，第二份烧煳了，第三份则烧得有些像黄油炒鸡蛋。

餐桌倒被她布置得温馨可人。桌上摆着三副餐具（她宁愿在最后一刻告诉保罗黛西临时有事不在，也不愿提前向他解释她无法露面的原因）。餐桌的正中央放着一束花和一篮糕点。这样，今天午餐至少有一些可以下咽的食物。此时，她的手机振动了一下，米娅洗了洗手，因为她的手上沾满了蛋黄。她一边第十次打开冰箱，一边拿起手机，内心祈祷保罗告诉她无法赴约的消息。

我在楼下。

上楼吧。

她最后瞥了一眼屋子，突然闻到一股气味，便急忙打开窗户。

原来，她本想将一份糖煮苹果在锅中热一下，却由于加热的时间过长，锅的胶木把手发出了一股刺鼻的气味。

有人按响门铃。

保罗走了进来,手里拿着一个小包裹。

"您太客气了,这是什么呀?"米娅问道。

"带有香味的蜡烛。"

"我们现在就把它们点亮。"她说着,想象了一下黛西闻到后的情景,不禁狡黠一笑。

"好主意。一会儿我将品尝到的,一定不是什么美味。我怎么觉得她好像烧了脆皮橡胶。"

"您在说话吗?"

"没有。我觉得你们的公寓舒适宜人,还有极好的视野。她看上去很不自在,我不该这样贸然前来。也许我可以建议她一起到一家餐馆的露天座位享用午餐,今天天气如此晴朗。不,她花费了这么多精力准备这顿午餐,这显然是一个糟糕的想法。"

"我们先从品尝羊角面包开始。是的,真是个绝妙的主意。我将用羊角面包和小的巧克力面包让他吃到吐。接下去,我只需用吸尘器打扫干净即可。"

"今天是您唯一的休息日,而我却逼迫您下厨,真是有欠考虑,我不该将自己的意愿强加在您的身上,您愿意在露天座椅上和我享用日光午餐吗?"

"如果您愿意的话……原来上帝真的存在!对不起,我的主,有时候我竟然还会怀疑您的存在。明天,我保证去教堂点上一支大蜡烛。"

"其实,这只是我的一个建议。您如此辛苦地准备今天的午餐,我不想让自己显得很无礼。事实上,为了避免让自己显得无礼,我才提出与您外出用餐的。"

"十支蜡烛！二十支，如果您希望的话！"

"请别感到不自在，听从您内心的想法。"

"今天确实天气很好，我应该把餐桌搬到阳台上去才对……你是傻瓜吗？怎么会提出这种建议？"

"您希望我把餐具摆到外面去吗？"

"您刚才想邀请我去哪家咖啡馆的露天座位？"米娅神情激动地问道。

"还未有任何具体的想法。我现在饿极了。"

"**在他改变主意以前，你马上抓起包，告诉他这是一个绝妙的主意，随后飞奔到楼梯口。**"

此时，公寓的门开了。两人同时转身，看到黛西提着两大袋东西，走了进来。

"你至少可以帮我提一个袋子。"她一边说着，一边把两袋东西放在桌上。

她从袋子中拿出三个包有铝箔的盘子。

"您好，我是黛西，米娅的合伙人。您，您一定就是那位瑞典作家吧？"

"是的，啊，不……我是美国人。"

"这正是我刚才想表达的意思。"

"这些都是什么？"米娅望着桌上的袋子，问道。

"我们的午餐！我的合伙人是一位蓝带厨师，至于为顾客服务的事，总是由我来负责，就算是周日也不例外，真令人感到厌烦。"

"你太夸大其词了。"米娅反驳道,"午餐还未完全准备好,我需要有人帮我布置一下餐桌。"

黛西从米娅跟前走过时,有意踩了她一脚。

"看看你都给我们准备了些什么美味。"黛西说着,揭开包在盘子上的铝箔,随后接口道,"番茄鱼、水果挞和一些小肉饼。如果我们在午餐后仍旧感到饥饿的话,那就说明我们的餐馆需要更换厨师了!"

"这些食物闻起来很香。"保罗转向米娅,赞美道。

这时,黛西好像闻到了什么奇怪的味道。她用鼻子吸了口气,接着又吸了一口,等到第三次吸气的时候,她走向餐桌,看到放在桌上的蜡烛。她在吹灭蜡烛时表情痛苦,接着苦笑了一下,把带有香味的蜡烛直接扔进了垃圾桶里。

"就这么扔掉了。"保罗略带惊讶地说道。

米娅做了一个手势,示意保罗她的合伙人有时确实会有些异常的举动。一旁的黛西把这一幕都清清楚楚地看在眼里。

"好了,吃饭吧!"她绷着脸,向两人命令道。

保罗想知道她们是如何成为好友的。米娅谈起黛西第一次来英国旅行的往事。黛西打断她,自顾自地说起米娅在普罗旺斯度假的时光,提到她当时很怕知了,黛西绘声绘色地描绘起两人那些夜间的冒险和无数有趣的恶作剧。保罗听得有些走神,脑中不断回想起自己与阿瑟共同度过的童年时光。两人是在卡梅尔寄宿学校相识的。

在喝咖啡的时候，保罗不得不耐心地回答黛西抛出的各类问题：为何生活在巴黎，是什么原因让他选择专职从事写作，谁是他的思想导师，他的灵感从何而来，他写作的方式又是什么。保罗很投入，颇有礼貌地回答每一个问题。午餐就在他们的交谈中不知不觉地结束了。米娅则在一旁看着他们，一言不发。

她站起身，收拾了一下桌上的盘子，随后绕到餐桌后。过了一会儿，保罗试图引起她的注意，可米娅却仍旧专注于自己的盘子。

下午时分，保罗起身告辞，感谢两位的热情款待，并再次称赞米娅准备的可口午餐。他说自己已经很久没有如此美餐一顿了。在离开时，他向黛西承诺会将普罗旺斯写进自己的某一章节中，赞颂它的美好。随后，黛西一直陪他走到楼梯口。与此同时，米娅在厨房擦着盘子，当保罗告辞时，她只是用手示意了一下。保罗见状，无奈地翻了翻白眼，随即离开。

黛西关上房门，等待片刻，开口道："他的真实形象比照片上要好得多。"她打着哈欠说道，"我累得筋疲力尽，现在想去睡个午觉。今天的午餐还算愉快吧？不管怎么说，他看上去很喜欢我做的食物……不对，是你做的食物。"

说罢，黛西走进自己的房间。米娅也走进房间，此后，两人都未曾说过一句话。

※

米娅躺在床上，拿起手机，重新看了看大卫发给自己的短信。

在夜幕降临时分,她穿上牛仔裤和一件轻便的套头衫,摔门而出。

出租车把她带到阿尔玛广场。她在一家餐馆的露天座位上坐下,点了一杯粉红香槟,随即一饮而尽。她看了一眼手机,当屏幕亮起时,又向服务生点了第二杯香槟。这一次,手机屏幕上显示的不是一条短信,而是一通电话。她犹豫了一下后,还是接起电话。

"今天的午餐算什么?"保罗问道。

"一顿尼斯风味的午饭!"

"好,让我们继续装傻吧。"

"我还在想,谁才是真正的傻瓜!"

"您现在在哪里?"

"阿尔玛广场。"

"您去那里做什么?"

"凝望阿尔玛桥。"

"真的吗? 为什么会想到干这个?"

"因为我喜欢这座桥。我有权利喜欢吧?"

"您具体在哪儿凝望这座桥?"

"在弗兰西斯咖啡馆的露天座位。"

"我马上就到。"

当米娅喝完第四杯香槟的时候,保罗到达阿尔玛广场。他把萨博胡乱停好后，便来到米娅的身边。

"您午餐消化好了吗？"她问道。

"我不在乎您是否会做菜，也不在乎您到底是服务生还是老板。我无法接受的是，您通过这种方式，处心积虑地把您的朋友介绍给我。"

听到这话，米娅愣了一下。

"你喜欢她吗？"

"我们现在开始以'你'相称了吗？"

"不，我们还是以'您'相称。这样更合乎情理，对吧？"

"黛西很迷人，也很有趣。她还是一名出色的蓝带厨师。"保罗提高嗓音说道，"但我想或不想与某人交往，完全是我一个人的事。我不允许自己的老友干涉我的私生活，对你，不，是对您，也一样。"

"您想再与她相见吗？"米娅也提高嗓音，说得比保罗更响亮。

当两人争论的时候，他们的脸庞则在不知不觉中越靠越近，最后嘴唇不小心轻触了一下。

米娅和保罗一时愕然，惊讶得说不出话来。

"我很厌恶刚才您与我争执的时刻。"保罗平静地说道。

"我也一样。"

"争吵时我们彼此间的距离很遥远。"

"是的，非常远。"

"今晚，我将写一出争吵与和解的场景。我有很多可以填补纸页空白的素材。"

"看来,这顿午餐也不是完全徒劳无益的。如果您想听听我的意见,我建议您让那位乐评人马上道歉,并承认自己的错误。"

听到这话,保罗一把夺过米娅的酒杯,将杯中酒一饮而尽。

"您喝得已经够多了,再说,我口很渴。别像个圣人一样地看着我,您闪烁的双眼出卖了您。来吧,我送您回家。"

"不,我准备坐出租车回家。"

保罗抓起桌上的账单。

"啊,您已经喝了六杯酒!"

"可我一点都没有醉!"

"别再总是反驳我说的话了。我送您回家,这是命令。"

他拉着米娅走向自己的车。她走在人行道上时,有些跟跟跄跄。他把她扶进萨博中,随后出发上路。

两人一路上都沉默不语。车子在波勒布大街上停了下来,保罗在米娅的住所前停好车,随后从车里走了下来。

"没事吧?"在为米娅打开车门时,保罗担忧地问道。

"楼上的气氛的确有些紧张。不过,我们已经打破冷场,说过话了。我想这种紧张的气氛一定会马上过去的。"

"我说的是走上楼梯这件事。"

"我只是喝了一点香槟,并不代表我是一个醉鬼!"

"本周,我就将离开巴黎。"保罗垂下眼睑,说道。

"这么快就走?"

"我之前和您说过,我前往卡尔马尼的日期提前了。当男人们说话的时候,您从不仔细听他们在讲什么。"

米娅向他挥动了一下自己的手肘。

"我们之间的关系不能停留在午餐时的状态。"保罗重新说道。

"本周具体什么时候出发?"

"周五早晨。"

"几点?"

"我的飞机将于下午一点半起飞。我们本可以一同用午餐,但您需要工作……"

"出发前一晚,有些太过悲伤。周三,怎么样?"

"好的,周三可以。您希望在哪家餐馆用餐?"

"在您的家中,晚上八点。"

说罢,米娅亲吻了一下保罗的脸颊,推开大门,转身向他微笑了一下,便消失在了楼道里。

公寓里一片漆黑。当米娅撞到扶手椅时,不由得低声咒骂了一句。她小心翼翼地在黑暗中行走着,虽然避开了茶几,却又不慎走进一个空荡荡的壁橱,不过她马上又从里面走了出来。最后,她终于成功走进自己的房间,钻入被窝,安然入睡。

保罗在回到自己家中以后,也打开一个壁橱。他在两个箱子间犹豫了一会儿,最后选定一个较小的箱子,把它放在床沿处。接着,他在电脑前搜肠刮肚,创作小说。在凌晨三点的时候,他给可咏写了一封邮件,告诉她自己的航班号和到达时间。随后,便宽衣就寝。

黛西正在餐桌前吃早餐。当米娅从房间里走出来时,黛西为她倒了杯茶,并鼓励她坐到自己的对面。

"你昨天怎么了?"

"我正要问你同样的问题。"

"你想知道我为何向你伸出援手,为何在周日忙碌了一个上午,让你再次成为完美、非凡,事事都能成功化解的米娅?"

"请你别再如此虚伪。那天,你明明通过各种方法,施展魅力,试图吸引保罗。这种情况在你身上可不常见。"

"这句话出自一位富有才华的女演员口中,我自然要把它当成一句赞美。再说,你不是想把他介绍给我吗?"

"是的。可我并未想到你会成为一个挑逗者。我感到自己完全是多余的。"

"我在想,这些年你在拍电影的过程中,是否渐渐开始认为这个世界始终是绕着你在旋转的。"

"是的,你就继续用这种口气和我说话吧。你说得有道理,不管怎么说,你的话总是很有道理。"

"至少,我在一件事情上是对的:在这场游戏中,你远没有你说的那么单纯无知,你几乎全情投入。"

"你让我觉得厌烦,黛西。"

"你也让我觉得厌烦,米娅。"

"好吧，既然我们都对彼此感到厌烦，那我现在就去收拾行李，今晚就住到宾馆里去。"

"你什么时候才能真正成长？"

"当我和你一样老的时候！"

"大卫给我打过电话。"

"什么？"

"我虽然比你大三个月，可耳聋的人却是你。"

"他什么时候给你打的电话？"

"昨天上午，当我正在为你的瑞典人准备水果挞的时候。"

"别再说这件事了！他给你打电话的意图何在？"

"他让我劝你回复他的短信，并再给他一次机会。"

"你怎么回答他的？"

"我告诉他自己不是传话机，也让他知道他对你造成了很大的伤害，并告诉他，如果他想再次征服你，请务必变得更加有创意一些。"

"我为什么要再给他一次机会？"

"因为他是你的丈夫。'我还未从大卫的伤痛中完全恢复过来'，这是那天晚上，你伏在我的肩头大声哭泣时说的话，不是吗？好吧，大卫确实有一场艳遇，可它转瞬即逝。再说，你是爱他的。米娅，你应该重新整理思路。那天，你突然出现在我家门口的时候，告诉我你想要一份只属于自己的礼物，现在，你拥有了这份礼物。只是几天以后，你的美国朋友将出发前往卡尔马尼与他的爱人相会。到时候，你又该怎么做？在蒙马特高地的一家餐馆中继续当一个服务生来逃避真实生活吗？这样的生活状态又能持续多久呢？"

"我不想回到伦敦,至少现在不想。我感觉自己还未做好准备。"

"好吧,但你需要好好考虑一下。如果你想挽救夫妻关系的话,不要等到大卫完全放弃时再行动。你与孤单从来都无法安然相处,这是你需要注意的事实。我都认识你那么久了,所以请你不要反驳我说的话。如果你是因为他人的错误而深感悲伤,那我无能为力。但我不想看到你因为自己的错误而备受折磨。我是你的朋友,如果我缄默不语,是对你不负责任。"

"我们一起开家餐馆吧。到时候,你在厨房里忙碌,我来维持餐馆的秩序。我们可以一起谈一谈度假事宜,也许九月前往希腊放松两天是个不错的主意……"

"九月还很遥远。让我们好好享受这最后的两天吧,尽量不要吵架。"

"最后两天?"

"我雇了一位服务生,她将于周三开始工作。"

"你为什么要这么做?"

"为了你。"

14

在动身出发的前两天,保罗在午夜时分就寝,并在睡前调好闹钟。早上九点的时候,他走出家门,下楼喝了一杯咖啡,和"小胡子"老板打了招呼,随后前往集市购物。他首先在专卖蔬菜水果的商铺前停下脚步,看着架子上的各类产品闪着夺目的光芒。接着,他前往肉店、鱼店和奶酪店。随后,他走进甜品店,购买了一些糕点,算是完成了今天的购物计划。当他来到自己公寓楼下时,突然又想到什么,马上掉转身去,走向专售酒类的商店。他在店里挑选了两瓶上等的波尔多红葡萄酒,再看了一眼购物清单,然后回到家中。

接下来的时间,他都在厨房里忙碌。下午四点的时候,他摆放好了餐具;五点的时候,他洗了一个澡;六点的时候,他已经穿戴整齐,坐在沙发上,一只眼睛试图重新阅读最新章节,另一只眼睛则不停地瞥向手表。

米娅赏给自己一个懒觉。前一天晚上,她在餐馆里和黛西一起庆祝自己作为服务生的最后一个工作日,两人在晚饭时,喝了不少酒。离开餐馆后,两位酩酊大醉的好友决定前往小丘广场去醒一醒脑。她们坐在长椅上，虽然脚步并未移动半步，两人却在脑中将世界改造了一番。米娅终于说服黛西在九月的最后几天关闭拉克拉玛德餐馆，和自己一同前往希腊度假。

中午时分，米娅出门散步，在走到小丘广场时，和漫画师打了一个招呼。她在一家咖啡馆的露天座位上享用了早餐，随后便前往美发店理发。理发完毕后，她走进一家商店，没过多久便穿着一件洋溢着春天气息的裙子从商店里走了出来。她在下午五点左右回到住所，舒舒服服地泡了一个澡。

※※※

在晚上七点半的时候，保罗检查了一下烤箱的温度，将螯虾煮熟，把新鲜的绿色蔬菜切好后，放进沙拉中。随后，他在羊腿周围撒上一些帕尔马干酪，转身看了看餐桌上是否还缺少什么。接着，他打开酒瓶，醒了一会儿酒，然后回到客厅阅读。十五分钟后他又回到厨房，把羊腿放入烤箱后，又再次回到客厅，他看了一眼窗外，在镜子中瞥了自己一眼，把衬衫的下摆放入裤子中，可又马上把它拉了出来。他回到厨房，调低烤箱的温度。然后，再次瞥了一眼窗外，这一次，他俯身想看清路面的情况。接着，他打开窗户为屋子通风。他将羊肉从烤箱中拿出，重新坐回到沙发上。在看了一眼手表后，他发了第一条短信，随后开始阅读。在九点的时候，他发了第二条短信，在九点半时吹灭烛台上的蜡烛，在十点的时候，发了第三条短信。

"为何你总是不停地看自己的手机?"

"没什么特别的原因,这是我的习惯。"

"米娅,看着我,为了找你,我可是穿越了英吉利海峡。"

"我正看着你呢,大卫。"

"在我按响黛西家门铃的时候,你准备去哪儿?"

"哪里也不去。"

"当时你化着妆,刚做完头发。对了,你怎么会把自己的头发剪成这样?"

"为了改头换面。"

"你还没有回答我,当时你和谁有约?"

"我当时正准备投向我情人的怀抱,如果这是你想听的话。这样一来,我们也算两清了。"

"我来是为了与你和好的。"

"你后来又见过她吗?"

"没有。我再对你重复一遍:自从你离开以后,我独自在伦敦生活,脑中想到的只有你。我给你发了十几条短信,你置之不理,所以现在我来了……我爱你,我干了傻事,我无法原谅自己。"

"可你却希望我原谅你。"

"我希望你能再给我们的婚姻一次机会,我希望你知道,这段插曲其实无足轻重。"

"对于你,也许是。"

"我当时的状态很糟。那次拍摄太辛苦了，你又显得不可亲近。我承认，当时我很脆弱。现在，只要你肯原谅我，我愿意为此付出一切。我再也不会让你受到任何伤害，这一点我可以向你保证。如果你可以原谅我的错误，忘记她的存在……"

"就像把手放在键盘上，随后看着过去像屏幕上的书稿一样瞬间消失……"米娅低声自语道。

"你在说什么？"

"没什么。"

大卫一把抓过米娅的手，亲吻起来。她看着他，如鲠在喉。

为何你要制造出这样一种效果，为何在你面前，我就无法做真正的自己了呢？

"你在想什么？"

"想我们。"

"你应该再给我们彼此一个机会。你还记得这家酒店吗？这是我们第一次来巴黎时下榻的酒店，那时，我们才刚刚相识。"

米娅环顾四周，仔细看了看这间大卫订的套房：路易十六的写字台和他的琴凳、装点客厅的安乐椅，以及一张放在卧室、装有华盖的波兰式大床。

"当时，我们睡在一间小客房里。"

"后来，我们又一起携手走过了很多路。"大卫说着，将米娅抱入怀中，继续说道，"明天，让我们再次当一回游客，在游船上欣赏塞纳河的美丽。我们还可以到西岱岛上去吃冰激凌。我记不清上次那家冰激凌店的名字，可我记得你很喜欢吃那里的冰激凌。"

"那是在圣路易岛上的冰激凌店。"

"那我们就去圣路易岛。求你了,米娅,今晚留在我身边。"

"我来的时候,什么也没带。"

大卫拉着米娅走向壁橱。只见衣架上挂着三条连衣裙、两条短裙、两件上衣、两条裤子和两件V领套头衫。他打开抽屉,里面摆放着四套内衣。随后,他带着米娅走进铺着火红大理石的浴室,在水槽边上,放着一个化妆包和一支牙刷。

"今天早晨,我赶头班飞机来到这里,花了一整天时间为你购置了这些,在购物时,我无时无刻不想着你。"

"我很累,我们睡觉吧。"她说道。

"之前在餐馆的时候,你几乎没有动过盘中的食物。你现在需要服务生送些食物过来吗?"

"不,我不饿。我只想睡觉和思考。"

"我都已经思考过了。"大卫说着,一把将她拥入怀中,"今晚,我们厮守在一起。明天,我们从头开始。"

米娅轻轻地推开了他,随后把自己反锁在浴室里。

她打开水龙头,拿起手机,阅读起今晚自己收到的所有短信。

一切都已准备就绪,你快来吧。

你在做什么?食物都快煮烂了。

如果你的餐馆临时有事,没有关系,我可以理解。只需告诉我你一切安好即可。

当米娅第三遍重读保罗的最后一条短信时,她的手机又在她的手心振动了一下。

我要去写作了。现在要关机了。我们明天再聊,或不聊。

现在已经将近午夜,米娅关闭手机,脱下衣服,走进淋浴房。

※

保罗走向楼梯,推开大门,深深呼吸了一口夜晚的空气。此时,"小胡子"正拉下自己咖啡馆的铁质门帘。当他听到脚步声时,不由得转过身去。

"保罗先生,您在这里做什么?就像一颗备受折磨的灵魂在路上游荡。"

"我在遛狗。"

"您现在养狗了?它在哪里?去追捕女犯人了吗?"

"您饿吗,小胡子?"

"不瞒您说,我总是感到有些饥饿。可现在,我的厨房已经关闭了。"

"我的厨房仍旧对外开放。跟我来。"

在走进保罗公寓时,小胡子惊讶地发现客厅里摆放着一张铺着白色桌布的餐桌，桌子上放着一个烛台和一副雅致的餐具。

"螯虾春天沙拉、帕尔马干酪羊肉和圣·奥诺雷甜品……啊，我忘了，还有一盘美味的奶酪和一瓶2009年金玫瑰城堡副牌红葡萄酒来搭配上述食物。您觉得可以吗？"保罗问道。

"虽然这样会显得很无礼，但为了摆脱疑虑，我还是想问一下：这顿烛光晚餐，不是特意为我准备的吧，保罗先生？因为……"

"不，小胡子，这顿晚餐不是为您准备的。对了，我的羊肉煮得有些过于酥烂。"

"我可以理解。"小胡子说着，铺开餐巾。

两个男人一直吃到深夜。小胡子谈起他在二十岁时，为了成为一名餐馆老板，离开了自己的出生地：奥弗涅。他还说起自己的婚姻，说到离婚，谈到在巴士底狱地区开的第一家咖啡馆。可惜，在一批波波族[①]涌入该地区以前，他就将咖啡馆转手卖出，这让他后悔不迭，抱怨自己不该这么做。随后，他又在同一批波波族涌入美丽城以前，卖掉了开在那里的第二家咖啡馆。最后，他搬到这里，这个已经被波波族包围的街区。

保罗什么也没说，在他的客人滔滔不绝之时，他自己却陷入沉思。

凌晨两点的时候，小胡子起身告辞，并极力称赞保罗的厨艺。

在门口，他轻轻拍了拍保罗的肩膀，叹了一口气。

---

① 波波族（bobo）由布尔乔亚（bourgeois）和波希米亚（bohème）两词拼接而成，指的是兼具布尔乔亚和波希米亚两种特质的人群。

"保罗先生,您是一个值得尊敬的人。我从未读过您的书,因为阅读不是我的爱好,可街坊邻居都对您的作品赞叹不已。当您从那里回来的时候,我带您去一个地方用餐,那里聚集了很多夜晚工作的人。虽然这家餐馆并未出现在旅游指南中,但那里的厨师厨艺一流。别忘了不时地将您的近况告诉我。"

保罗将公寓的备用钥匙递给小胡子,告诉他自己并不知道何时才能归来。小胡子接过钥匙包,一言不发地转身离去。

15

这个周四，天气清爽。坐在徜徉于塞纳河的游船中时，大卫说了几件两人第一次来巴黎游览时的趣事。然而，重游故地，并不意味着能重温甜蜜。他们在圣路易岛上共同分享了一个冰激凌。随后，两人回到旅馆中。做爱完毕后，在床上又逗留了一会儿。

下午的时候，大卫打电话给客服，让他们订两张时下最好看的话剧票和两张第二天返回伦敦的机票。在放下电话后，他告诉米娅该回家了，并提议陪她回位于蒙马特的公寓，帮忙一起整理衣物。

米娅回答说她想独自一人整理行李。在与大卫会合以前，她要和黛西道别。她向他保证自己会准时到达，随后便离开了套房。

车子把她送到波勒布大街。米娅请求司机在公寓下等她一会儿。她登上楼梯，用手慢慢地触摸着楼梯的栏杆。

当行李整理完毕后，她从橱柜里拿出黛西的肖像画，随即离开了公寓。

233

~~~

保罗把小说的章节打印好，把纸张整理在一个文件夹中，随后把它放入箱子中。

他清空了冰箱里所有的食物，关上百叶窗，检查了一下水龙头。最后，他在公寓里走了一圈，把垃圾袋带到楼下，便出发与他的编辑会合。

~~~

在离开蒙马特高地以后，米娅请司机将她带到布列塔尼大街。
"您可以在那里停一下吗？"她说着，指了指38路公交车车站。
她摇下车窗，探出头去。只见公寓的四楼门窗紧闭。
当车子重新出发时，她拿出手机，重新读了一遍早上收到的一条短信。

米娅：

我很生气，但我不想让你知道。

昨天晚上，我将我的歌唱家推向一辆公交车，她以后在穿过马路时一定要倍加小心。

我给餐馆打了电话，黛西告诉我你一切都好，这才是最重要的事。

我理解你的沉默。也许这样更好，那些无谓的"再见"其实毫无意义。

感谢你带给我这些珍贵的时刻。

好好照顾自己，虽然这句话也没有任何意义。

保罗

回到酒店后，米娅假装自己头疼。大卫通知客服取消今晚的行程，并要求他们将两人的晚餐送到套房里来。

晚上十一点的时候，黛西招呼完最后一批客人。在回到公寓以后，她在厨房的餐桌上发现一张肖像画，画的旁边留着一张字条。

我的黛西：

我将返回英国。我没有勇气来餐馆，因为我很嫉妒你新雇用的服务生。好吧，其实事实是：我怕我一看到你，就会改变主意。这些与你在巴黎共度的时光让我开始了一段新的生活，一段我喜欢的生活。然而，我听从你的建议，决定重新找回真正属于自己的生活，我也让你安静地过自己的日子。

当一切恢复如常后，我将从伦敦给你打电话。我不清楚你之前是否知道大卫会来巴黎找我，无论如何，你没有向我透露半点风声，你做得很对。我不知道该如何感激你愿意做我的朋友，愿意在我需要你的任何时候帮助我、鼓励我。我感激你从不对我撒谎,就算我们为此怄气了一个晚上,你也坚持原则。而我却对你撒了谎,你知道我说的是哪件事,我向你道歉。

这幅你的肖像画,是广场上一位漫画师的作品。你很容易就能认出他,他长得不错,几乎和他投向你的眼神一样迷人。

我已经开始想念你了。

像一个姐妹一样爱着你的朋友。
米娅

备注:不要忘记你的承诺。九月底,希腊将属于也只属于我们。我会安排好所有的事情。

黛西冲向自己的手机。由于联系不上米娅,她只得给她发了一条短信。

希望你能像我想你一样想我。我新雇用的服务生是一个十足的蠢蛋,她腋毛浓密,还打碎了两个盘子。你最好尽快回电。你可以尽情疯狂,可绝不能疯狂到听取我的建议。除了在厨艺方面,你最好的朋友一无是处,尤其是在经营她自己的生活这一点上。我也是,像一个姐妹一样爱着你。

※

司机开上通往机场的连接道,到达以后,他便停在一边的道路旁。大卫打开车门,把手伸给米娅。当她走出汽车时,机场航站楼的门恰巧打开。米娅以她多年的职业经验,马上认出不远处站着一些职业偷拍的记者。更荒唐的是,他们并未东躲西藏,隐瞒自己的身份。随后,米娅很快瞥见在行李托运处还站着另外两个偷拍记者。

浑蛋! 除了你,还有谁会通知这些记者偷拍我们的行踪? 你的巴黎之行和你那些充满魅惑的表现,只是为了让他们看到我们在一起的情景。在塞纳河游船上,你差点露出马脚。在机场,你露馅儿了,当然你不会承认,只会说他们的出现纯属巧合。而我像个傻瓜一样,完全相信你……

"你还来不来?"大卫不耐烦地问道。

"你在里面等我吧,我要给黛西打一个电话,我有些女孩间的悄悄话要和她说。"

"你不把行李交给我吗?"

"不,去吧。一会儿司机会帮我的。五分钟后,我们与你会合。"

"好吧,我去买份报纸。你也别太晚过来。"

等大卫一走远,米娅马上关上车门,俯向司机,问道:"您叫什么名字?"

"莫里斯,太太。"

"莫里斯,您很了解这座机场吗?"

"我每天要带着客人来这里四到六次。"

"那您知道开往亚洲的航站楼在哪里吗?"

"在航站楼2E。"

"好吧，莫里斯，有一架开往瑞塔的飞机将于四十五分钟后起飞。如果您可以在五分钟内带我到达航站楼2E的话，我将给您一笔丰厚的小费。"她一边承诺道，一边摸了摸自己的包。

汽车在路上风驰电掣般地开了起来。

"我可以用信用卡支付吗？"米娅略显尴尬地说道，"我没有带现金。"

"您是想赶上这班飞机吗？"

"我想尝试一下。"

"忘记那些小费吧。"他一边说着，一边穿行在一辆出租车和公交车之间，接着，他继续说道，"我也觉得那个家伙令人难以容忍。"

汽车全速前进。三分钟后，它停在航站楼2E门口。

司机冲下汽车，打开后备厢，拿出米娅的箱子，把它放在了地上。

"他的箱子怎么办？"

"您将拥有一整套开司米毛衣和真丝衬衫。谢谢您，莫里斯。"

说罢，米娅抓起箱子，向行李托运处飞奔而去。

此刻，柜台后只剩下一位办事员。

"您好，我需要出发前往瑞塔，这事很紧急。"

办事员撇了撇嘴，露出疑惑的神色。

"我正在关闭登机通道，而且我想，飞机上已经没有多余的位置了。"

"如果需要的话，我可以在飞机的厕所中完成旅行。"

"完成十一小时的旅行？"办事员提高嗓音，抬起头，继续说道，"我可以将您安排在明天的航班上。"

"请您务必帮助我。"米娅一边央求道,一边摘下太阳镜。

办事员看了她一眼,脸上突然充满神采。

"您是……"

"是的,是我!您可以为我安排一个座位吗?"

"您应该早一些告诉我您的真实身份。头等舱里还有一个座位,可现在是全价。"

米娅一下拿出自己的信用卡,把它放在柜台上。

"您什么时候回来?"办事员问道。

"我还不知道。"

"我需要一个日期。"

"一周后,十天后,也有可能是两周后……"

"到底一周,十天还是两周?"

"两周!请您加快办理的速度。"

办事员开始飞快地在键盘上敲击起来。

"您还有箱子!可是现在寄存行李已经太迟了……"

听到这话,米娅蹲下,打开箱子,拿出化妆包和一些物品,把它们塞入自己的包中。

"我把箱子里其余的东西都送给您!"

"不行,我不能接受。"办事员说着,从柜台里探头张望了一下。

"可以,您当然可以接受。"

"您将下榻在哪家宾馆?"

"我不清楚。"

听到这个回答,办事员感到很惊讶,不过她还是将登机牌递给了米娅。

"现在，请开始全速奔跑。我已经通知相关人员延缓关闭大门的时间。"

米娅接过机票，脱下高跟鞋，提着鞋子冲向安检处。

她气喘吁吁地跑到过道，看到飞机门的时候，高声叫喊着让机组人员等她一会儿。随后，她加快脚步，跑到天桥处。

在走进飞机之前，米娅试图保持镇定，她将登机牌递给空乘，后者微笑着迎接她。

"您的座位在头等舱的2A。"他边说，边指了一下她的座位。

在经过自己座位时，米娅并未停下脚步，而是径直向前走去。

空乘徒劳无益地喊了一声，米娅不为所动，继续向前。

她走到一排座位前，把登机牌递给一位乘客，并告诉他，他已经升到头等舱。这位乘客没等米娅重复第二遍，就离开了自己的座位。

米娅打开行李架，成功地将自己的行李放在两个箱子中间。随后，她瘫倒在座位上，长舒了一口气。

保罗翻看着报纸，并未抬头。

乘务长在广播中通知乘客，现在将关闭舱门。他提醒乘客系好安全带，关闭电子设备。

保罗把杂志放回座位前的小口袋中，随即闭上双眼。

"我们聊一聊，还是在未来的十一小时内都板着脸？"米娅问道。

"现在，我们什么话都别说，就像死去了一样。此刻，一件百吨重的物体正试图离开地面，所以不管我们现在说什么，都有悖自然规律。在飞机冲向云端以前，我们只能呼吸，同时保持平静，其他什么事也不要做。"

"好的。"米娅回答道。

"头等舱的机票花了您多少钱？"

"您不是要求我们保持沉默吗？"

"您带麻醉药了吗？"

"没有。"

"安定片呢？"

"也没有。"

"那棒球球拍有吗？我想请您帮我一个忙：现在把我打昏，随后在到达目的地时，再唤醒我。"

"别担心，不会有事的。"

"您是飞行员吗？"

"把您的手给我。"

"最好还是不要这么做，我的手湿漉漉的。"

米娅用手握住了保罗的手腕。

"那天晚餐您都准备了些什么？"

"您来的话，就知道了！"

"您不问我为何没有来吗？"

"不问。这声音正常吗？"

"这是飞机发动机的声音。"

"它发出如此大的声响，这正常吗？"

"如果您希望飞机顺利起飞的话，是的，这样的声音很正常。"

241

"那它发出的声音足够响亮吗?"

"完全合适,正好。"

"现在我听到的怦怦声又是什么?"

"您的心跳。"

❦

飞机升向空中,可起飞没多久,就遇到了气流,飞机开始剧烈摇晃起来。保罗咬紧牙关,额头上冒出颗颗汗珠。

"您没有任何理由感到害怕。"米娅安慰他道。

"在害怕时,也许根本不需要任何理由。"保罗回答道。

他后悔没有品尝克里斯图尔利在送机时为他准备的礼物。在克里斯图尔利看来,一些自制的"烟草"能够让他在几小时内摆脱所有恐慌。此刻,保罗感到极度担忧,以至于开始犹豫是否要吞下一片阿司匹林,因为他现在头很疼,害怕自己会突发脑溢血。可是最终,他还是决定不要加重自己紧张的情绪。

当飞机达到正常航行高度时,机组人员开始在过道中走动。

"他们解开安全带,站了起来,这是一个好兆头!既然他们站起来了,那就意味着一切进展顺利,是吧?"

"从起飞开始,一切就进展顺利,而且这种状态会一直持续到降落的那一刻。不过,如果您在十一小时内都紧握座位扶手的话,恐怕在到达时,他们需要用钳子才能将您从椅子上卸下来。"

保罗看了一眼自己苍白的手,放松了一下手指。

当乘务员询问两人需要什么饮料时,米娅惊讶地看到,保罗只要了一杯清水。

"我听说在高空飞行时,不宜摄入过多的酒精。"

米娅要了一杯双份杜松子酒。

"也许这句话不适用于英国人。"他一边说,一边看着米娅将杯中酒一饮而尽。

米娅闭上双眼,深吸了一口气。保罗在一旁一言不发地看着她。

"我们已经决定不再谈起那天的事。"她说道,仍旧紧闭双眼。

保罗开始重新阅读起杂志。

"这两天我的写作有了很大进展。我的歌唱家又拥有了很多传奇的经历。您知道吗,她的前任男友突然出现,至于她,当然再次深陷其中。至于这段感情是否长久,我们拭目以待。"他一边说,一边漫不经心地翻阅着杂志,"事实上,我并不想知道那天您未来赴约的原因,因为这与我无关。我只是想抛出这个问题,现在问题已经抛出,我们可以谈论其他话题了。"

"您是如何想到这一情节的?"

"我是一名小说家,还能有什么办法,唯有慢慢思考。"

保罗合上杂志。

"看到她生活得不幸福,我就很难过。我也不知道这是为什么,但事实的确如此。"

这时,乘务员打断两人的谈话,准备为他们提供午餐。保罗回答说自己不需要,并告诉他们,米娅也不饿。她正要提出异议,可乘务员已经推车走向后排。

"您不想吃，和我有什么关系？我现在感到非常饥饿！"她高声叫喊道。

"我其实也饿得饥肠辘辘。只是飞机上的食物不是用来填饱肚子，而是用来分散我们的注意力的：它总是引导人们猜测盒子里到底装了些什么。"

保罗说着，解开安全带，起身从行李舱中取出自己的箱子。当他回到座位上时，手中拿着十个密封的小盒子，并把它们放在了米娅的小桌板上。

"这些是什么？"她问道。

"这一次，您有兴趣了解我都准备了些什么吗？"

米娅打开盖子，发现盒子里装着四个烟熏三文鱼三明治、两块蔬菜饼、两小块鹅肝、两份黑松露土豆沙拉。在最后一个盒子中，装着两条咖啡泡芙。她看着保罗，感到无比惊讶。

"在整理行李时，我想到，如果在空中死去的话，也要死得有美感。"

"您总是吃两人份的食物吗？"

"我不能在我的邻座望着餐盒发愣，想要自杀之时，我在一旁大快朵颐。这会坏了我的兴致。"

"您果真事无巨细。"

"我只能想到最关键的地方。这已经够我受的了。"

"您的翻译会在机场等您吗？"

"希望如此。"保罗回答道，"怎么了？"

"没什么，其实，我是想说……您只需说我是出版社派来的助理即可。"

"不。我会介绍说,您是我的朋友。"

"如果您愿意的话。"

"既然我们是朋友,您能告诉我为何您出现在了这架飞机上,而不是在您的餐馆工作吗?"

"这鹅肝真是太美味了,您在哪里买的?"

"我请求您不要打断我的问题。"

"我需要远离……"

"远离什么?"

"远离自己。"

"所以他回来了,是吗?"

"这么说吧,她确实重新陷入其中,不过她很快就感到呼吸困难。"米娅回答道。

"我很高兴您在这里。"

"真的吗?"

"不,我这么说只是出于礼貌。"

"我也是,能在这里我感到很高兴。很久以来,我就梦想着有一天能够游览瑞塔。"

"真的吗?"

"不,我这么说只是出于礼貌。"

两人用餐完毕后,保罗把这些盒子收好,放回包中,随后站起身来。

"您要去哪儿？"

"洗碗。"

"您在开玩笑吗？"

"完全没有。我不会将特百惠餐盒留给他们，兴许我在回来的时候还能派上用场。"

"您不打算在卡尔马尼安顿下来吗？"

"我们拭目以待。"

两人一起看了看屏幕上的消遣节目。米娅选择了一部浪漫喜剧片，保罗则选了一部惊悚片。十分钟后，保罗看起了米娅屏幕上的电影，米娅则看起了保罗屏幕上的电影。他们先是交换了一个眼神，随后交换了耳机，最后交换了座位。

保罗终于酣然入睡。米娅在一旁守着，让别人不要在飞机降落的过程中唤醒他。当飞机的轮子接触到地面时，保罗重新睁开眼睛。当飞行员控制飞机反应器时，他绷紧身体。米娅在一旁安慰他，告诉他噩梦已经结束，几分钟后，他们便可走下飞机。

通过护照检查后，保罗在行李运送带上拿起自己的箱子，并把它放在一辆推车中。

"您的箱子还没有出来吗？"他担忧地问道。

"我只有这个。"米娅说着，指了指肩上的背包。

听到她的回答，保罗没有做任何评论。他望着眼前的自动滑门，试图思考一会儿自己将以何种方式跨过这道门。

三十多位读者举着一条横幅，上面写道："欢迎保罗·巴尔东先生。"

米娅戴上太阳镜。

"他们为了迎接我，甚至找来了群众演员。我不得不承认，他们确实深知迎接的方式和欢迎的艺术。"他一边对米娅轻声说道，一边在人群中寻找可咏的身影。

当他再次望向一边时，发现米娅已经消失不见。他依稀想起刚才看到她走出小门，走进迎接乘客的人群中去以后，便不知所踪。

此时，手中拿着笔和本子的读者向保罗涌来，请求他为自己签名。开始的时候，保罗有些不自在，不过他还是好心地一一满足了他们的请求，直到他的卡尔马尼编辑前来驱散人群，并热情地与他握手。

"欢迎来到瑞塔，保罗·巴尔东先生。我很荣幸。"

"能够来到这里，我也感到很荣幸。"保罗一边回答，一边望了一眼读者，继续说道，"其实没有必要准备这些。"

"没有必要准备什么？"编辑问道。

"这些读者……"

"我们曾试图阻止他们前来,可您在这里实在太受欢迎,读者们一直期待与您见面。要知道,他们已经在机场等了您三个多小时了。"

"他们为什么要这么做?"

"当然是为了见到您。"编辑说道,"我们出发吧,一辆轿车正在机场外恭候您,它将把您送到酒店。经过了一段如此漫长的旅行,您一定感到很劳累。"

这时,米娅从机场外走了进来,出现在两人的面前。

"这位女士是同您一起来的吗?"编辑问道。

米娅自我介绍道:"格林贝格小姐,我是巴尔东先生的助手。"

"很高兴认识您。"编辑回答道,"克里斯图尔利并未告诉我,您会陪同巴尔东先生前往卡尔马尼。"

"巴尔东先生的办公室直接处理我的旅行事宜。这也许就是您不知道我将陪同巴尔东先生前来的原因所在。"

保罗在一旁缄默不语。编辑邀请他们坐进等在外面的轿车,他自己坐在前排,米娅和保罗并排坐在后座上。在汽车发动以前,保罗最后望了一眼机场外面的路。

汽车出发前往瑞塔市中心。

保罗若有所思地凝望着窗外瑞塔郊区的风景。

"今晚,我们将组织一场小型的聚餐。"编辑发话道,"出版社的一些合作伙伴,我们的市场总监巴克小姐,您的媒体联络员,您举办签售活动的书店老板都将悉数到场。不用担心,这场聚餐不会持续很久。您需要很好的休息,因为接下来的几天,您的日程很紧凑。这是具体安排。"他一边说,一边将一个信封递给米娅，问道，"格林贝格小姐，您和巴尔东先生下榻的是同一家酒店吗？"

"当然。"米娅看着保罗，回答道。

事实上，保罗无心关注两人的谈话。可咏的身影并未出现在机场中。他想，也许是她的上司没有同意她前来机场迎接自己的请求。

米娅轻拍了一下保罗的膝盖，把他的思绪拉回到了现实中。

"保罗，您的编辑问您旅途是否愉快？"

"还不错。我坐在一对机翼中间，一切都进行得很顺利。"

"我们对您明天即将参加的电视节目很重视。对了，还有一场比较重要的活动：大使将于周一为您组织一场欢迎会。届时，许多记者和瑞塔大学的知名学者都将到场助兴。我马上就通知大使馆秘书处，您的助理将与您一同前往。"

"不用了。"米娅说道，"巴尔东先生一个人去就可以了。"

"这可不行，我们将很高兴邀请您加入这一盛事，对吧，巴尔东先生？"

保罗的脸庞紧贴在车窗上，没有回答编辑的问题。可咏将在晚餐时做何表现？为了不让她的上司感到异样，她会不会刻意与自己保持距离？

米娅用手肘碰了一下保罗。

"怎么了？"保罗问道。

编辑料想此刻他的作者一定感到筋疲力尽，所以在之后的路途中，他始终保持沉默。

汽车停在宾馆屋檐下。一位年轻的女士上前迎接他们。

"巴克小姐将帮助你们办理入住手续,并陪同你们到达今晚聚餐的饭店,我将在那里恭候二位。现在,我先告辞了,因为我还有许多关于书展开幕仪式的准备工作需要处理。请你们好好休息,我们一会儿见。"

说罢,编辑坐上汽车,离开了酒店。

巴克小姐请保罗和米娅将护照交给她,并跟随他们一同来到酒店的前台。一位穿制服的服务生接过了保罗的箱子。

前台工作人员在看到保罗时,不由得羞红了脸。

"见到您真是无比荣幸,巴尔东先生。我读过您所有的作品。"他低声说道。

"非常感谢您的厚爱。"保罗回答道。

"格林贝格小姐,我没有找到您的预订信息。"他面露尴尬地问道,"您收到过酒店回复的确认信吗?"

"不,我没有收到过。"米娅说道。

工作人员开始在电脑中搜索起来。巴克小姐示意他,这两位客人刚刚长途跋涉来到瑞塔,他这样没有效率的工作,就是在浪费他们的时间。听到这话,这位工作人员越发感到不自在。

保罗抖擞了一下精神,俯身朝向柜台,说道:"也许在预订的过程中出现了错误,这是很正常的事,每个人都可能遇上这样的问题。请为我再预订一间房间吧。"

"但是酒店已经客满,巴尔东先生。我可以试着为您在其他酒店预订房间,但现在正逢书展期间,我很担心所有的酒店都已客满。"

米娅的眼睛瞥向其他地方。

"好吧,没有关系。"保罗带着欢快的语调说道,"格林贝格小姐与我已经共事多年,我想,给我们一间拥有两张床的房间即可解决问题。"

"我没有这样的房间提供给您。我们刚为您升级入住总统套房,可套房中只有一张床,一张特大号的双人床!"

听到这里,一旁的巴克小姐差点昏厥,保罗赶忙一把扶住她。

"您坐过飞机吗,巴克小姐?"

"没有,从未坐过,巴尔东先生。您为什么要问这个?"

"因为我坐过。相信我,当您和云层只隔着一块隔板和小窗的时候,当您在万米的高空中度过十一个半小时以后,地面上再也没有任何事情会令人感到担忧。所以,我将和格林贝格小姐共享这间套房,您什么也不要对您的上司说,也不要向任何人提起这件事。您要像这位年轻小伙一样,忘记格林贝格小姐的存在。这将是我们之间的一个秘密。"

巴克小姐咽了口唾沫,脸上逐渐恢复往日的气色。

"请给我两把钥匙。"保罗说着,转向前台工作人员,"我们走吧,格林贝格小姐。"保罗的语气中略带讽刺,转向米娅,命令道。

两人在电梯中沉默不语。在走向通往套房的路上,仍然默不作声。一位服务生将箱子送到保罗跟前,随后马上离开。在整个过程中,保罗和米娅始终没有和对方说过一句话。

"我很抱歉。"米娅说道,"我没有想到……"

251

保罗平躺在沙发上,可沙发太短,只到他的膝盖处,两只小腿伸在扶手的外面。

"这样不行。"他叹了口气,重新站了起来。

他拿起一个靠垫,把它放在地毯上,随后再次平躺下来。

"这样也不行。"他一边说,一边揉搓着自己的后背。

他打开衣柜,踮起脚,取下两个长枕头,把它们放在床的中央,将床分成了两个部分。

"左边还是右边?"他问道。

"在整个瑞塔,一定有一家酒店拥有一间空房,房间里有床,并包含早饭,对吧?"米娅高声说道。

"当然有,但您准备发一些用卡尔马尼语写成的小广告来寻找类似酒店吗?其实,我们只需定下些规定即可。早晨,您先用洗手间,晚上,则换我先用。至于到底看什么电视节目,由您来选择,但请别观看体育类节目。在睡觉以前,请在耳朵中放入耳塞,虽然我不打呼噜,但以防万一,您还是戴上吧,我很看重自己的名誉。如果您听见我在梦呓,请不要记住我在梦中所说的话。我想,只要我们遵循这些规定,一定能够很快适应现在的情况。现在已经有很多让我精神紧张的事情,我不想再为自己增添负担。还有,您怎么会想到把自己说成我的助手?坦白地说,我看上去难道像一个有助手的人吗?"

"我不认为拥有助理还需要一种特定的长相。"

"您有过助理吗?没有吧?好了,不说了!对了,您的包里至少有把牙刷吧,因为牙刷是一件我无法与他人分享的物品。牙膏可以，可牙刷不行。"保罗一边咕哝，一边在房间里来回踱步。

"您无须如此烦躁，到晚餐时，您就能看到她了。"

"在十五个人的聚餐中见到她！这次卡尔马尼之行充满了好的兆头。首先，我不得不用姓氏称呼我的朋友；其次，在面对自己心爱的人时，只能叫她可咏小姐。用我那位优秀编辑的话来说，这一切是如此'美好'。"

"谢谢您。"米娅说着，平躺在床上。

"谢我什么？"

"您把我当成朋友……这让我很感动。"

说罢，她把手放在自己的脖颈上，凝望着天花板。保罗在一旁看着她。

"您选择睡在左边吗？"

米娅跨过床上的靠枕，在床的右边平躺了几次，最后还是选择回到床的左侧。

"我想，我还是更喜欢睡在左边。"

"好的，不过为了做出正确的选择，您也没有必要在床上翻滚。"

"在床上翻来翻去让我觉得很放松。对了，现在是下午，我们需要抽签决定谁可以先用洗手间吗？"

保罗耸了耸肩膀，示意她可以先用。他则利用米娅不在的时候，打开箱子，将衣服挂在衣橱里，并特意把平脚裤和袜子藏在一沓毛衣底下。

半小时后，米娅从浴室里走了出来，身上穿着一件浴袍，头上则裹着一条毛巾。

"您刚才在淋浴房里数瓷砖吗？"保罗带着嘲讽的口气，问道。

在进入浴室前，他听见米娅在房间里对自己说道："11点从宾馆出发，参加中午举行的开幕活动，下午1点开始签售活动。2:15—2:30，午餐时间。2:30—5:00，第二场签售活动。随后回到宾馆，晚上6:30再次出发前往电视台录制节目。7:00，化妆。7:30，走进演播厅。晚上9:00，节目结束。晚餐，一天行程结束……以前在宣传电影时，我竟然还会抱怨日程安排，简直不可理喻。"

"您都在说些什么？"保罗高声喊叫道。

"作为一名优秀的助理，我在为您朗读明天的日程安排。"

听到这话，保罗裹着浴巾，从浴室里探出身来。

米娅见状，不由得爆发出一声大笑。

"我不懂这有什么好笑的！"

"您看上去就像一个行者。"

"我听到自己只有十五分钟的午餐时间。他们都把我当成什么了？"

"当成一个名人。机场迎接您的队伍令人震撼，还有酒店前台工作人员对您的态度。我为您感到非常骄傲。"

"那天在机场迎接我的人，比在书店里参加签售活动的人还要多。我敢肯定，主办方一定花钱雇用了这些等候我的人。"

"别这么谦虚。还有，请您穿好衣服，这套缠腰布不太适合您。"

保罗打开衣橱，站在镜子前端详自己。

"我不同意，这套行头很适合我。天哪，我好紧张。"

米娅靠近保罗，仔细看了看衣橱里的衣服，取下一条灰色的裤子，一件黑色的外套。随后在架子上拿了一件白色衬衫。

"给。"她边说边将衣服递给保罗，"穿上这套衣服以后，您会焕然一新。"

"您确定不选那件蓝色衬衫吗？"

"不，蓝色与您现在的气色不相称。一般来说，当衬衫的颜色比您的脸色显得更加苍白时，效果会好一些。也许经过一两天的休息，我们可以再来试试蓝色衬衫的效果。"

她打开自己的包，发现自己唯一带来的一些衣物已经皱成一团。

"我准备留在这里，叫客房帮我把晚餐送上来。"她叹了一口气，把手上的衣物全都扔到地上。

"格林贝格小姐，我们距离聚餐还剩多长时间？"保罗清了清喉咙，问道。

"还剩两个小时，巴尔东先生。还有，请别过于沉迷于这个游戏中，因为我完全可以在游戏开始以前就提出辞职。"

"穿上衣服。另外，请您对自己的上司放尊重一些。"

"我们去哪里？"

"游览瑞塔。在这场可怕的聚餐以前，这是我唯一想到可以让我们保持清醒的活动。"

两人下楼，走到酒店大堂中。当看到他们从电梯里走出来的时候，巴克小姐不由得惊跳了一下，随即马上迎上前去。

保罗对她耳语了几句，将自己心中的想法告诉了她。巴克小姐听后，欠了欠身子，随后走到两人跟前，为他们带路。

当米娅发现自己走在一条毫无观光价值的路上时，感到有些惊讶。更让米娅感到奇怪的是，不多一会儿，巴克小姐竟然把两人带进一家大型商场。保罗顺从地跟在导游身后，走上自动扶梯。

"我能知道我们来这里做什么吗？"米娅问道。

"不能。"保罗回答道。

到达三楼以后，巴克小姐指了指一家女装店的橱窗。她在店门口示意保罗若有需要可以随时招呼她。保罗走进商店，米娅紧随其后。

"为可咏挑一条裙子是个很好的主意，不过，她肯定更希望这条裙子来自巴黎。"

"我知道，可当时我并未想到这点！"

"我们现在可以试着弥补这个错误。您知道她的尺码和腰围吗？"

"她的身材和您很相近。"

"真的吗？我以为她比我矮小，肥胖一些。"

米娅在店里转了一圈，走向一排衣架。

"拿着，这条短裙很漂亮，这条裤子也不赖，这件上衣也很迷人。还有这三件毛衣和这件礼服，简直堪称完美。"

"您在另一段人生里，是不是服装管理员？"保罗一边问道，一边惊叹米娅选择衣服的速度之快。

"不是。"她回答道，"我只是很有品位罢了。"

保罗接过米娅手中所有的衣服，随后走向试衣间。

"如果您不介意的话……"他说着，撩起试衣间的门帘。

"一个好的助理真是无所不能。"米娅说着，拿过保罗手中的衣服。

她走进试衣间，拉上门帘。不多一会儿，米娅穿着第一套新衣，走了出来。她学着模特的样子，在原地旋转了一圈，嘴角勉强挤出一丝微笑。

"非常好。"保罗说道，"我们接着试下一套。"

米娅不情愿地照办了。

保罗显得有些茫然无措。米娅转身，再次走进试衣间。很快，她穿着一件新的毛衣出现在保罗面前。保罗拿着一条他很喜欢的黑裙，从门帘上方，递给米娅。

"这条裙子有些太紧身了，不是吗？"米娅问道。

"您试试，就知道了。"

"这条裙子美丽极了。"米娅走出试衣间时，由衷地说道。

"我知道，因为我也很有品位。"

米娅又试了一套衣服，保罗也觉得效果很好。当米娅在试衣间里重新换上自己的衣服时，保罗则走到柜台结账。结束以后，他在商店入口处与巴克小姐会合。米娅走出试衣间，在远处看着他们。

"他以为自己是谁？一小群读者在机场迎接他，就让他冲昏头脑。我的老伙计，你想成为明星，可你甚至不知道自己在和谁打交道。"在走向他们时，米娅咕哝道。

"我们现在回酒店吗？"

"说一句谢谢，会让您失去舌头吗？"

"谢谢。"保罗说着，走上自动电梯。

"您难道想用两条裙子来俘获您翻译的心吗？"

"还有一条短裙、三件毛衣、两条裤子和两件上衣。"

"其实，一个埃菲尔铁塔模型就可以讨她欢心。因为，这至少证明您在最后一刻还能想到她。"

两人在回到套房时都一言不发。保罗在床的右侧躺下，把手放把脖子后。

"您的鞋子！"米娅叫道。

"它们甚至都没有碰到被子。"

"请您还是把它们脱掉吧。"

"他们几点来接我们？"

"您只需起身，看一眼任务表即可。"

"很有趣，您竟然用了'任务表'这个词。这个词常常出现在宣传计划里。"

"您没有想到原来一个服务生的词汇量也如此丰富！"

"该紧张的人是我，而不是您。"

"我，我，我。来到这里以后，您的脑中只有您自己。一会儿您独自紧张，独自赴宴吧。再说，我根本就没有像样的衣服陪您赴约。"

"刚才这些衣服都是为您买的，您选起来可能有些困难。您难道真的以为，我会用礼物来俘获可咏的心吗？这是粗鄙的人才会做的事，您把我当成什么了？"

"当成大卫……您真的很贴心，可我没有任何理由接受您的馈赠……"

"当然有。您自己刚才也说了，您把衣物都留在了巴黎。在这段日子里，您不能每天都穿同样的衣服。"

"我明天可以自己去商店购物。"

"您当场买下那张头等舱机票已经够疯狂的了。我这么做，只是略尽绵薄之力。在飞机上，您潮湿的手紧握着我。在车上，您独自一人面对那位喋喋不休的编辑。如果您不在我身边的话，我现在已经在这间可悲的套房，这家灰暗的酒店，这座世界尽头的城市中碎成万片。所以，请您务必将这些衣服挂在衣橱中，并且我建议您在参加大使的欢迎酒会时，身着那件黑色的长裙。"

"我一定要将衣服的钱还给您。这可是笔不小的费用。"

"对我来说，这些钱算不了什么。相反，克里斯图尔利也许会很在意……我在同意前往卡尔马尼以前，向他要了一笔巨款。"

米娅抓起包，走向浴室。

"您继续整理行李吧，我先去准备一下。"

半小时后，米娅从浴室中走了出来。虽然她还没有化妆，可保罗却觉得她比在试衣间的时候还要明艳动人。

"怎么样？"她问道。

"惊艳……还不错，这条裙子很适合您。"

"这条裙子没有太短吗？……难道只是'还不错'吗？"

"您看上去美丽极了！……不短，我认为这条裙子长短正好。"

"你知道有多少男人梦想着和我在这间套房中独处？而你，竟然只是认为我'还不错'？……还有这件上衣，领子没有太低吧？"

"如果再低一厘米的话，一定会在餐馆中引起骚动……不低，正好，您穿这套衣服很合身。"

"一会儿当您看到您的翻译见到我以后的样子,就知道这句'还不错'是多么的荒唐……既然您都这么说了,那我就放心了,我很相信您说的话。"

"我的老伙计,你到底怎么了?"

"您在说话吗?"

"没有,没说什么。"

保罗抬了抬手,退到一边,为一会儿的晚餐做起了准备。

在走进餐馆时,保罗感觉到自己心跳加速。在离开宾馆以前,米娅告诉了他几条在类似场合应该如何表现的建议:不要做出任何让可咏在她的上司面前会感到不自在的举动,让她自由发挥,保罗可以等到适当时机再向她表露心迹。如果他们比肩而坐,触摸双手也许有些不合时宜,但保罗可以轻轻地用膝盖触碰可咏,让她安心。

考虑到晚餐期间,保罗可能无法在不引起任何怀疑的情况下接近可咏,他事先准备了一张字条,把它交给米娅,嘱托她在晚餐结束后交给自己的翻译。

当所有的宾客都入座以后,保罗和米娅交换了一个眼神,可咏并未受邀参加今晚的聚餐。

大家热烈庆祝保罗的到来,人们一杯接着一杯为他祝酒。卡尔马尼出版社的市场部总监计划将保罗的作品做成专门面向大学生的一套丛书。他询问保罗是否同意为这套丛书作序，谈一谈为何他选择写作这一艰苦的事业。保罗暗想这位市场总监是否在讥讽自己，然而，看到总监的英语的确不怎么好，他便选择了缄默不语。广告部总监向保罗展示了他最新作品的封面，并骄傲地展示了腰封上的几个硕大的红字：狂销500,000册。一旁的编辑补充说，这一数字对于一个外国作者来说，堪称典范。书店老板说，每天店里都有好几个顾客想要购买保罗的作品。这时，巴克小姐发话了。她把这几天将要采访保罗的媒体名单递给他看。电视台专为他开设了一档特别的节目，节目结束以后，他还需要接受《凯苏日报》和卡尔马尼版《世界时装之苑》杂志的专访。随后，保罗需赶往 KCL 广播电台，录制一小时广播节目。此外，《电影一周》的记者也想采访他。最后，保罗将与《奇孟和日报》的记者进行一次微妙的会面。因为这份报纸以激进的立场和对卡尔曼[①]开放的政治态度闻名。当保罗问起为何《奇孟和日报》想要采访自己时，所有在场的宾客都开怀大笑起来。保罗并未发现自己的话有何滑稽之处，他迟钝的模样，与在座宾客的勃勃生气形成鲜明对比。米娅赶紧为他圆场，就瑞塔的基本情况提了一系列问题：四季的天气情况，值得游览的景点等。她还与保罗的编辑就卡尔马尼电影展开讨论。后者惊叹于她对电影行业的熟悉程度。米娅则趁着两人交谈的机会，在他耳边建议缩短聚餐时间，因为巴尔东先生已经筋疲力尽了。

---

① 虚构地名。在小说中是毗邻卡尔马尼的国家。

回到酒店以后，保罗直接宽衣就寝。他调整了一下摆在他和米娅之间的长枕头，等到米娅从浴室走出来以后，关掉床头灯。

米娅钻进被窝，等了一会儿，问道："您睡着了吗？"

"没有。我等您问完问题后再睡。"

"我确定，明天她一定会打电话给您。"

"您为何如此确定？她甚至都没有在酒店留下只言片语。"

"她曾在邮件中告诉您，这段时间她很忙碌。有些时候，您也会遇上因为工作而分身乏术的情况。"

听到这话，保罗挺直身体，把头探向枕头的另一边。

"只需一段简短的留言，我的要求很过分吗？她难道被任命为文化部长了吗？还有，您为何总在为她寻找借口？"

"因为看到您悲伤，我很难过。我也不知道怎么会这样，但事实的确如此。"米娅说着，也挺直了身体。

"反驳我的话，已经成为您的怪癖了吗？"

"别说话。"

在一片寂静中，两人的脸庞渐渐靠近，显示出无尽的温存。

※

"您难道不能出于同情，亲吻我一下吗？"保罗问道。

"您以前在亲吻别人以后，挨过耳光吗？"

"不，还未发生过这种情况。"

米娅将自己的双唇放在保罗的嘴上,祝他晚安。随后,她调整了一下放在两人之间的枕头,关掉床头灯。

"这记亲吻算您主动吗?"保罗在黑暗中问道。

"快睡觉吧!"米娅回答道。

16

米娅很享受她"完美助理"的角色,每次在呼唤保罗的时候,她都用夸张的语调叫他"巴尔东先生"。每当这时,保罗都会对她怒目而视。

在书展开幕式上,当闪光灯闪烁不停的时候,米娅则选择退居幕后。

签售会盛况空前,这一次活动必将在保罗的生命中画上浓墨重彩的一笔。

三百人在书店里排起长队,队伍一直延伸到书店外。当看到读者如此高涨的热情时,米娅想起自己的事业和她的经纪人克雷斯顿。此刻,他一定心急如焚,米娅早该和他取得联系。她暗想该以何种谎言,掩盖自己身处卡尔马尼的事实。

至于保罗,此刻正坐在一张桌子后,不停微笑着和读者打招呼。当读者把自己的名字写给他看的时候,他几乎无法辨认他们的字迹,更别说亲手复制一遍。这时,书店老板对保罗耳语了几句,向他表达了自己的歉意:很遗憾,他的翻译由于身体不适,今天无法前来参加签售活动。

"可咏生病了吗?"保罗低声问道。

"不，是您的翻译生病了。"

"这正是我刚才所表达的内容。"

"您的翻译名叫恩杰格。"

人群中突然引发的骚动中断了两人的谈话。安保人员将几名粉丝撵出了门外，并命令其他读者重新在台前排好队伍。

在米娅的坚持下，保罗的午餐时间延长了一会儿。巴尔东先生需要时间喘口气。在众人的护送下，保罗被带到了书店旁的一家高级咖啡馆，这家咖啡馆已被主办方为他一人包下。他环顾四周，试图寻找书店老板，却未能发现他的踪影。

"您看上去有些忧心忡忡。"米娅说道。

"我只是不习惯看到这么多人。我有些怯场，并且已经筋疲力尽了。"

"我也和您一样劳累。您几乎没有动过盘子里的食物。吃点东西吧，您需要精力来应付第二轮签售活动。这一切都如此美妙，您的读者见到您时如此幸福。这一幕震撼人心，令人动容，不是吗？我知道，您很累。但请努力坚持一下，笑容再灿烂一些。受到读者的爱戴是您最好的回报。他们的肯定让我们的工作、生活和付出的一切都变得更有意义。难道还有比与他们共同分享这份喜悦更幸福的事吗？"

"您为很多人签过名吗？"

"这不是我想表达的意思。"

"不管怎么说，我从未经历过这样的场面。"

"很快，您就会习惯的。"

"我并不这么认为，这不是我的性格。我离开加州，不是为了到国外获得这种感受。我这么说，并不是因为读者的热情令我感到不快，相反，我很感动。只是，我没有成为一个明星的特质。"

"相信我，您很快就会拥有这种特质，并逐渐喜欢上这种状态。"

"我的想法，恰恰和您相反。"保罗面有愠色地回答道。

"还是没有消息吗？"米娅用一种不经意的语调问道。

"没有。"

"她马上就会联系您的。"

保罗抬起头。

"关于昨天晚上……"

"我想，您现在应该回到您的读者身边去了，他们已经等得心急如焚了。"米娅打断他的话，随即站起身来。

在安保人员的护送下，保罗回到了签售桌旁，米娅则独自留在咖啡馆中。这时，咖啡馆的门被推开，一位保罗的年轻粉丝冲向米娅坐的那张桌子，拿起保罗刚刚喝过的杯子，随后，匆匆离开。

在面对成功时，你显得如此不知所措。当你谈起自己不想享有盛名时，显得又是如此真诚。命运确实应该让你遇见我……不过，也许我们两人并不合适……米娅暗想道。

◈◈◈

书店中的人潮渐渐散去。当最后一位读者和保罗拍了无数张自拍照后，他向她投去今天最后一抹微笑。他感到精疲力竭，甚至都无法从椅子上站起来。

"这是荣耀的代价。"书店老板在感谢他时说道。

米娅和巴克小姐在书店门口等待他。

"之前您提到的钟可小姐是谁？"保罗问道。

"恩杰格。"书店老板纠正道，"我之前已经说过了，她是您作品的译者，您在卡尔马尼的成功，也有她的一点功劳。我从未见过她，但不得不承认，她的文笔很好。"

"可咏！我的翻译名叫可咏！我知道自己在说什么。"保罗反驳道。

"也许我们把她的英译名字拼错了。卡尔马尼语是一门精妙的语言。您的翻译确实名叫恩杰格。事实上，您的每本作品上都印有她的名字，当然是用卡尔马尼语写的。我很遗憾今天她无法到场。如果她来的话，一定会为您感到骄傲的。"

"她怎么了？"

"应该是患上了重感冒。现在，您应该出发了。您的一天还远远没有结束。如果我们再这样交谈下去，您的编辑会责怪我把您'扣留'得太久。"

※※※

一辆豪华轿车将他们带回酒店。巴克小姐坐在车的前座。保罗一言不发，米娅感到有些担忧。

"您能向我解释一下，到底发生了什么吗？"米娅低声问道。

保罗按下一个开关，只见轿车中间升起一扇玻璃窗，将司机和巴克小姐与他们两人隔开。

"您看，我觉得这个装置很有意思。"

"保罗！"

"她生病了，好像患了重感冒。"

"从某种程度上来说，这不失为一个好消息。当然，对她个人来说是不幸的。可这至少解释了她的缺席与沉默。您好好想一想，一次重感冒一般要持续多久？最多一周？她从何时开始生病的？"

"您让我从哪儿获知这些信息？"

"您一定很关心她的情况，所以才得知她身体不适。"

"事实并非如此。是书店老板把这一消息告诉我的，因为她本该出席今天的活动。"

"他还告诉你其他什么事情吗？"

"没有，完全没有。"

"那就让我们试着乐观一些，期待她马上康复，健步如飞……*她也许有一双大脚，一双硕大的脚……*"

"您在自言自语！"

"我从不自言自语，这一行为对我来说很陌生。"

米娅转向一边，望着窗外的风景。

"请在今晚结束以前，暂时忘记您的可咏吧……*甚至将她彻底忘记*。有一个重要的电视节目正等待着你，所以您必须集中精力。"

"我不想录制任何电视节目，我受够了。我只想回到酒店，叫一份晚餐，然后倒头睡觉！"

"我何尝不是呢……别再耍孩子脾气了，这期节目关系到您的事业。请显得职业一些，努力完成任务。"

"我们说好您只是扮演一个助理的角色,而非暴君的角色。"

"您难道真的以为我在演戏吗?"米娅转向保罗,感到自己受到了冒犯。

"对不起,是我太紧张了。我也不清楚自己在说些什么,我会努力保持沉默的。"

"您知道当莎拉·伯恩哈特①遇到一位自称从不怯场的年轻演员时,说了句什么话吗?她说:'别担心,我的小姑娘,等你有才华了,也会如此。'"

"我可以把这句话视为一句赞扬吗?"

"随便您如何理解。我们马上就能到达酒店。到时候,您泡一会儿澡后,就会感到很舒服。随后,您穿戴整齐,脑中只需有您作品中的人物、朋友,以及所有让您安心的事即可。您也许不能完全忽视自己的紧张情绪,但您一定能够战胜它。事实上,您只要一登台,您的紧张情绪也会随之消散。"

"您是从哪儿知道这些的?"保罗有些茫然,低声问道。

"您别多问,我自有了解的途径。您要相信我说的话。"

❦

保罗在充满泡沫的水中,慵懒地躺了很久。随后,他穿上西装

---

① 莎拉·伯恩哈特(Sarah Bernhardt,1844年10月23日—1923年3月26日)是19世纪末20世纪初最知名的法国女演员之一。

和米娅为他挑选的白色衬衫。米娅说,蓝色并不适合出现在镜头里,而且穿着蓝衣服的人在镜头上会显得缺乏风度。她补充道,这是众所周知的常识。米娅在六点的时候叫了一份点心。保罗逼迫自己吃下所有的食物。接着,她让保罗默背一小段感谢读者的话,内容大致如下:他十分感谢读者对他的厚爱,也被他们的热情所打动。瑞塔是一座美丽的城市,虽然他还没有机会好好游览一番,但他很高兴能在这里与大家见面。保罗一边背稿,一边看电视上的挂钟。随着时间的流逝,他越发感到紧张,甚至感到肚子在不断抽搐。

两人严格遵守日程上的时间,于六点半坐上那辆豪华轿车。

车子开到半路的时候,保罗突然敲击隔开前后座的玻璃窗,请求司机停车。

他冲向车外,吐掉了刚才下肚的点心。米娅在一旁,扶着他的肩膀。当保罗渐渐平静下来以后,她递给他一张纸巾和一片口香糖。

"真是太美妙了。"保罗一边说,一边试着重新挺直身体,"在飞机上时,手心冒汗,现在又当街呕吐,真不愧是一个完美的超级英雄。您一定是中了头彩,才会离开平静的生活,到这里来陪我。"

"现在唯一重要的事,是您的西装没有被弄脏。您感觉好些了吗?"

"我从未感觉如此好过!"

"您并未丢失您的幽默感,这才是最关键的。我们可以上路了吗?"

"好的。这次是去屠宰场,我们可不能迟到。"

"看着我的眼睛……我是说,看着我的眼睛!您的母亲会看卡尔马尼节目吗?"

"她已经去世了。"

"对不起。那您的姐姐呢?"

"我是独子。"

"您有卡尔马尼朋友吗?"

"不,好像并没有。"

"太好了! 此时此刻,您的可咏一定因为感冒窝在床上。要知道,当我们感冒的时候,任何一点光亮都会加重头痛。所以,今晚她一定不会看电视,并且所有您深爱和认识的人都不会看。在这样的情况下,您完全不必把今晚的节目放在心上,也不用在意自己的表情完美与否。再说,您还有现场翻译!"

"那我们为何还要去录制这期节目?"

"为了亮相,为了您的读者,为了有一天,您可以将这段经历写入自己的作品中。您想象一下,当您走进演播厅时,自己化身成了书中的人物。您只要试着模仿他们,一切就会进展得很顺利。"

保罗长时间地凝望着米娅。

"您会观看这期节目吗?"

"不会!"

"骗子。"

"吐掉您口中的口香糖吧。我们到了。"

米娅在保罗化妆时,陪伴左右。她两次打断化妆师的工作,要求她不要掩盖保罗眼周的细纹。

当节目导演来叫保罗的时候,她跟着他们一起来到后台,在保罗走进演播厅的最后一刻,她仍在向他传授经验。

"不要忘记,真正重要的是您说话的方式,而非说话的内容。在电视上,氛围比语言重要。请相信一个脱口秀粉丝的话。"

此时,一排聚光灯亮起,节目导演推了保罗一下,他在眩晕中走上舞台。

主持人邀请保罗在自己对面的椅子上入座。一位技术人员走上前来为他佩戴耳机。工作人员的动作让保罗浑身发痒,他一边笑,一边不停地晃动身体。在这样的情况下,工作人员不得不重新为他佩戴了三次。

"状态还不错。"当米娅在后台看到保罗脸上恢复血色时,低声感叹道。

保罗在耳机中听到翻译正在向他做自我介绍。由于是现场的同声翻译,她请求保罗尽可能说些简短的句子,每句话中间都有相应的间隔。保罗点了点头,对面的主持人以为作家在向自己打招呼,于是决定马上回礼。

"节目很快就要正式开始了。"翻译在控制台轻声说道,"您看不到我,可我可以在控制间的屏幕上看到您。"

"好的。"保罗回答道，同时心脏开始剧烈地跳动起来。

"不用回应我的话，巴尔东先生，您只需与泰恩特先生交谈即可。具体来说，您看着他的嘴唇，听着耳机里的声音就可以了。观众听不见您的声音。"

"谁是泰恩特先生？"

"主持人。"

"好的。"

"这是您第一次录制电视节目吗？"

保罗点了点头。很快，泰恩特做了同样的动作。

"现在，我们开始直播。"

保罗专注地凝望着泰恩特的脸庞。

"大家好，今天，我们很荣幸在演播厅邀请到美国著名作家保罗·巴尔东先生。很遗憾，村上春树先生由于重感冒，所以无法前来录制今晚的节目。我们希望他早日康复。"

"这很正常，因为最近对我来说重要的人都在感冒。请不要翻译这句话。"保罗紧接着说道。

米娅拿下耳机，离开后台。她请求节目导演带她走进巴尔东先生的化妆间。

"巴尔东先生。"主持人踌躇片刻后，继续说道，"您的作品在卡尔马尼大获成功。您可以告诉我们为何您会选择卡尔曼人民运动作为小说的主题吗？"

"您可以重复一遍刚才的问题吗？"

"您没有理解我的翻译吗？"耳机里的声音担忧地问道。

"我完全理解您的翻译，可并不理解刚才主持人的问题。"

主持人轻咳了一声，继续说道："您最新的作品震撼人心。在这本书中，您描绘了一户人家在暴政下的生活状况，他们在凯摩尔政权的压迫下苟延残喘。您的描写精准写实。作为一位外国作家，您是如何寻找相关历史资料的？"

"现在好像有个问题。"保罗对他的翻译窃窃私语道。

"什么问题？"

"虽然我还未曾读过村上春树的作品，但我认为泰恩特可能混淆了作者，请您也不要翻译这句话。"

"我并不想翻译这句话，我也不理解您的意思。"

"我的老天！我从未写过任何关于卡尔曼暴政的小说！"保罗虽然嘴上这么说，可脸上仍旧保持着笑容。

由于主持人未在耳机中接收到任何声音，他擦了擦额头上的汗珠，向观众道歉，告诉他们现场的设备出了些小故障，并保证问题将马上得到解决。

"巴尔东先生，现在不是开玩笑的时候，这里也不是说笑的场合。我们正在直播。所以我请求您更认真地回答主持人的问题。您的表现直接关系到我的职业发展，如果您再继续这样下去的话，恐怕节目结束后，我就会被开除。好了，现在我要用话筒对泰恩特先生说几句话。"

"您只需替我向他打招呼，随后指出他的错误即可。这是唯一可做的事。"

"我是您的一位忠实读者。然而现在，我完全无法理解您的态度。"

"我明白了，现场还有一个隐藏的摄像头！"

"唯一的摄像头此刻正对着您……您看见了吗？"

保罗凝望着头部上方那个闪着红光的机器。此时，泰恩特先生好像已经失去了耐心。

"我想感谢我的卡尔马尼读者。"保罗发话道，"我被他们的热情所打动。瑞塔是一座美丽的城市，虽然我还没有机会好好游览一番，但我很高兴能在这里与大家见面。"

保罗听到翻译在耳机中长舒了一口气。随即，便飞快地开始翻译起来。

"很好。"泰恩特重新发话道，"我想，现在我们已经解决了声音的故障。我将向作者再次抛出刚才那两个问题，这一次，他将向我们娓娓道来。"

当主持人在说话时，保罗向翻译低声说道："既然我完全不理解他问题的意思，而您又是我的忠实读者，所以现在，我将向您背诵一位巴黎肉店老板关于蔬菜浓汤的烹调法，而您，则替我回答泰恩特先生的问题。"

"我无法做出这样的事。"翻译在耳机中轻声地回答道。

"您是否珍惜您的工作？在我看来，在电视上，氛围比语言重要。别担心，我会努力保持微笑的。"

节目就这样进行着：节目翻译为保罗解释主持人提出的问题，主持人则不停就一本保罗没写过的书提问，问题的内容主要围绕卡尔曼人民的生活境遇展开。保罗始终面带微笑，想到什么就回答什么。他每次用的句子都很简单，说完一句话都会停顿一下。为了让保罗

275

的回答显得明白易懂，翻译有时只能代替作者，用自己的方式回答主持人的问题，并且他的回答都相当出彩。

这场噩梦持续了整整六十分钟，可众人并未察觉到任何问题。

走出演播厅后，保罗开始寻找米娅。导演把他带到化妆间。

"您表现得很出色。"米娅安慰他道。

"这一点毋庸置疑。当然，也很感谢您信守诺言。"

"什么诺言？"

"不看节目的承诺。"

"您那句关于感冒的评论精妙至极。很遗憾村上春树无法到场，我知道，您见到他一定会很高兴的。"

"我说出来的话，并不是我内心真实的写照。"

"我们回酒店吗？今天精疲力竭的人，不止您一个。"她说着，离开了化妆间，"明天我就辞职。"

保罗紧跟在米娅身后，一把抓住她的手臂。

"我说的话，并非心中所想。"

"但您还是说了。"

"好吧，我承认，我说了一句蠢话。但请相信我，这不是今晚我说的唯一一句蠢话。"

"要知道，您确实表现得很出彩。"

"我只是勉强熬过了这场节目的录制。我之所以能顺利完成这次任务，还得归功于您的帮助。我发自内心地感谢您，这可不是一句空话。"

"不客气。"

说罢，米娅挣脱了他，迈着坚定的步伐，走向出口。

回到酒店以后，米娅很快就入睡了。在长枕的另一侧，保罗睁大双眼，试图为今天的两件怪事寻找一个合理的解释。然而，他的思考显然是徒劳无益的。保罗开始担心第二天可能发生的事。

17

米娅被门发出的咯吱声惊醒。她睁开眼睛,看到保罗推着一张圆桌缓缓向自己走来。他走近床边,向她打了声招呼。

"咖啡、橙汁、糕点、鸡蛋、麦片。这位小姐可尽情享用。"他一边说,一边将她的杯子盛满。

米娅坐起身,整理了一下背后的枕头。

"一大早,您为何如此体贴?"

"昨天我刚刚解雇了助理,所以现在,我需要自己来打理这一切。"保罗回答道。

"您的说法有些奇怪,因为我听说您的助理是自己主动提出辞职的。"

"如果她真这么做了,说明我们两人的想法不谋而合。我情愿失去一个同事,也要找回我的朋友。要糖吗?"

"一块就够了,谢谢。"

"既然现在我完全自主行事,我在您睡觉的时候萌生了一个想法。今天我把所有的工作计划都取消了,我们唯一要做的,就是前往大使的家中参加欢迎晚宴。至于其他时间,我们可以自由安排。在今晚之前,瑞塔是属于我们的,我们要好好利用这难得的清闲时光。"

"您取消了所有的工作安排?"

"我把工作安排都推到了明天。我告诉他们我有些不舒服,我可不想让感冒的特权被村上春树一人抢夺,这关乎我的名誉。"

米娅瞥见早餐桌上放着一张报纸,她一把拿过报纸。

"您的照片出现在了头版上!"

"是的,可这并不是一张好的照片。我觉得自己在照片上显得很丑,好像还比实际重了三公斤。"

"不,您看上去不错。您给传媒专员打过电话,让她翻译这篇文章了吗?一张出现在头版上的照片,是一件很重要的事。"

"我承认我不懂卡尔马尼语,所以很难知道文章是在夸奖还是贬低我。但有一点我可以肯定,这篇评论的作者一定在文章中大肆赞美村上春树的最新作品。"

"您好像并非对感冒怀有执念,而是对村上春树念念不忘。您在几分钟内引用了两遍他的名字。"

"完全没有。由于昨晚发生的事,我才这么高频率提到他,也算情有可原。"

"昨晚发生了什么?"

"我度过了一段我人生中最荒唐的时刻。以前,当记者采访我的时候,确实有人并未读过我的小说。可把我的作品与他人作品混淆起来的情况,还是第一次发生。"

"您在说什么?"

279

"我在说昨天那次失败的节目！那个傻瓜不停地就……作品向我发问。我就不说出那位作者的名字了，免得您又认为我对他念念不忘，不过您应该知道我说的是谁。在演播厅面对这位主持人时，我感到无比孤独。'您为何会对卡尔曼人民的生活产生兴趣？您是从哪里获取那么多关于在凯摩尔的压迫下的人民生活境况的资料？您为何会想到写一部涉及政治题材的小说？您认为这段暴政时期会被载入史册吗？在您看来，凯摩尔确实掌握实权，还是寡头政权的一个傀儡？小说中的人物来自现实生活，还是您想象的产物？'如此等等。"

"您没有在开玩笑吧？"米娅问道。她既觉得滑稽，又很同情保罗。

"我向在那副该死的耳机中对我说话的翻译问了同样的问题。这副耳机，总让我感到耳朵很痒。坦率地告诉您，我甚至认为他们偷偷在哪儿装了一台隐形摄像机。我把这个想法告诉他们，可他们并未接话。这一反应更坚定了我的想法，并告诫自己不能就这么轻易地落入对方所设下的圈套。二十分钟以后，我开始觉得这个玩笑很沉重，并且持续的时间有些长。另外，这不是唯一的玩笑。这群白痴不仅混淆了作者，同时也混淆了作品，而翻译却没有勇气把真相告诉他们。"

"真是太荒唐了。"米娅说着，把手放到嘴上，掩饰笑容。

"您无须掩饰，尽情地嘲笑我吧。昨天晚上回来的时候，我已经嘲笑过自己了。在我看来，这一类的事情也只会发生在我的身上。"

"他们怎么可以犯下如此可怕的错误？"

"人们早就知道蠢事没有限度。好了，我们没有必要用一整天的时间讨论这件事情。"保罗说着，从米娅的手中拿过报纸，将它扔到房间的一角，"快吃早饭，吃完后我们出门散步。"

"您确定要这么做吗？"

"当然，这么做没有任何问题。我在不计其数的观众面前扮演了一个傻瓜的角色。我想，其中一些观众也许已经向电视台反映了他们的错误，这一点应该在这篇文章中也有所涉及。对了，一会儿如果在路上碰到讥笑我的人群，请保持镇定，就像没事一样继续向前。"

"保罗，我很抱歉。"

"您无须感到抱歉，我们别再谈论这个话题了。您之前自己说过，我们完全无须在意这期节目。再说，今天天气很好！"

保罗让米娅穿过停车库，走出酒店，以防巴克小姐在酒店大堂看到他们。保罗想由米娅一人陪伴他度过这一天，他无须任何导游的指点。

早上，两人游览了别宫。在跨过古城墙时，保罗试图读出指示牌上的地名，他夸张滑稽的发音惹得米娅哈哈大笑。米娅尽情欣赏着风景和这座沉淀着厚重历史的宫殿。

"那边就是别宫，也就是皇帝的办公地点。"保罗指着一栋建筑说道，"它修建于一四一八年。您可以看到，所有的楼房都朝向南面，因为所有古代国王的圣殿都朝向南面。然而，别宫却朝向东面，这样是为了和儒教传统区分开来。"

"是可咏告诉您这一切的吗？"

"与她无关，您无须提到她。我只是在刚才买票的时候，顺便拿了一本旅游指南。当您在欣赏池塘时，我随手翻阅指南，想给您留下深刻的印象。您想去参观植物园吗？"

❦

他们离开宫殿，来到中央大街。在那里，两人参观了很多画廊。其间，保罗和米娅停下脚步品尝了一种在卡尔马尼大受欢迎的传统薄饼。随后，他们用了一个下午的时间在各家古董商店里闲逛。米娅想送一件礼物给黛西，她在一个古董香料盒和一条漂亮的项链中犹豫不决。保罗建议米娅选择那条项链，随即示意店员将香料盒包装好。接着，他拿着盒子，转向自己的朋友。

"您替我把这个盒子送给黛西。"他一边说，一边把盒子递给了她。

两人准时回到酒店，打算准备一下就前去大使馆赴宴。此时，巴克小姐仍旧在大堂中等候他们。在看到她的时候，米娅把保罗推到一根柱子后面，随后，两人悄无声息地走向旁边的柱子，接着又走向另一根。最后，他们趁着一位服务生推着一辆行李车走过的时候，神不知鬼不觉地走到电梯旁。

晚上七点的时候，米娅穿上她的礼服。能为她买下这样一条裙子，保罗感到很骄傲。

"如果您再说'还不错'，我将不会离开这间套房半步。"米娅一边说，一边在镜子中打量自己。

"好吧,那我保持沉默。"

"保罗!"

"您看上去……"

"不,还是什么也别说了!"米娅打断他道。

"……明艳动人。"

"可以,我接受您的赞美。"

半小时后,一辆豪华轿车带着他们来到美国大使官邸。

大使在前厅等待宾客的到来。保罗和米娅是前来赴宴的第一批客人。

"巴尔东先生,我很荣幸,也很高兴能够在官邸接待您。"大使首先发话道。

"能受到您的邀请,我也感到很荣幸。"保罗回答道。随后将身旁的米娅引荐给大使先生。

大使俯身,亲吻了一下米娅的手。

"小姐,您在生活中从事什么工作?"他问道。

"米娅在巴黎开了一家餐馆。"保罗代替她回答道。

大使一直陪着他们走到客厅。

"我还没有机会拜读您最新的作品。"大使对保罗耳语道,"我会说一点卡尔马尼语,可惜我的卡尔马尼语水平还不足以让我阅读卡尔马尼文作品。可是,您的小说,让我的伴侣感动得热泪盈眶。一周内,他与我聊天的内容只有您。您让他的心灵受到了很大的震动。

他的一些家人生活在卡尔曼,他告诉我,您的描写相当精准。我很羡慕作家享有的言论自由。您可以在小说中畅所欲言,而我的外交职责要求我有时必须缄默不语。不管怎么说,我想告诉您,您在这本小说中,或者说这份历史资料中注入了美国式思想!"

保罗带着疑惑的神色,长时间凝望着大使。

"您可以说得再详细一些吗?"他故作镇静地建议道。

"我再向您重复一遍,我的伴侣是卡尔马尼人……看,他来了!关于这个话题,他一定比我更有话说。我让他单独陪伴您,一直以来,他都梦想能与您交谈。在你们交谈的时候,我需要在前厅迎接宾客。说到这个任务,我想借用这位迷人的小姐来帮助我完成使命。您完全不必担心我会对她产生微妙的情愫。"大使先生带着幽默的口气说道。

米娅用哀求的眼神看了保罗一眼,却没有产生任何效果。大使拉着她离开了客厅。

保罗还未完全收拾好心情,就看到一个体态轻盈、举止优雅的人向自己走来。他一把将保罗拥入怀中,把头靠在他的肩膀上。

"谢谢,谢谢,谢谢。"他说道,"见到您,我很激动。"

"我也是。"保罗说着,试图挣脱他的怀抱,随即接着说道,"可您为何要感谢我?"

"为了所有的一切!感谢您这个人,感谢您的词句,感谢您关注我们的命运。如今,还有谁在关心我们?您无法想象,您在我心中的地位。"

"是的,我确实无法想象。你们没有联合起来,一起耍弄我吧?"保罗问道。

"我没有理解您的意思。"

"我自己也无法理解！"保罗生气地回答道。

两个男人不由得面面相觑。

"我希望，我和亨利的情侣关系没有冒犯到您，巴尔东先生。十年以来，我们真心相爱，我们甚至还一起领养了一个孩子。一个我们十分珍爱的小男孩。"

"我请您别这么说！我成长在旧金山，我很民主。您可以自由选择您的爱人，只要您的付出能够得到回报，我祝福你们。我之前说的是我的作品。"

"我说了什么让您受到伤害的话吗？如果真是这样，我向您道歉。您的小说对我来说如此重要。"

"我的小说？属于我的小说？我写的那本小说吗？"

"当然是您的小说。"他说着，将自己手中的作品拿给保罗看。

虽然保罗无法辨认那些奇怪的文字，可他却认得书背面的那张照片。前天，他的卡尔马尼编辑刚刚给他看过这张照片。面对对方不解的神情，保罗感到疑惑。这份疑惑越来越强烈，让他感到晕眩。到后来，他甚至感觉脚下的地面开始下陷。

"您能为我亲笔题词吗？"大使的伴侣请求道，"我叫信。"

保罗抓住他的手臂，说道："我亲爱的信，这里有没有一间可以让我们单独谈话的房间？"

信带着保罗穿过走廊，走进一间书房。

"在这里，我们不会受到他人的打扰。"他说着，指了指一张扶手椅。

保罗深吸了一口气，试图在找合适的词句开始谈话。

"您的英语和卡尔马尼语都很好吗？"

"当然，我是卡尔马尼人。"信一边回答，一边坐到保罗对面的一张扶手椅上。

"很好。您真的读过我的作品？"

"我读了两遍，深受感动。现在，每天晚上临睡前，我都会读一个章节。"

"非常好。信，我想请您帮我一个忙。"

"我可以满足您的一切请求。"

"别担心，是一个很小的请求。"

"巴尔东先生，我能为您做些什么呢？"

"为我讲述我书中的情节。"

"您说什么？"

"您很清楚我的意思。如果您不知道该如何操作，那就请您向我扼要重述一下前几章的内容。"

"您确定吗？可这样做的目的何在？"

"对于身为作家的我来说，当我的一部作品被翻译成我一无所知的语言时，我无法评判翻译的效果。您精通英语和卡尔马尼语两种语言，所以两种语言间的转换，对于您来说，应该很容易。"

信答应了保罗的请求。他一章接着一章，为保罗讲述小说内容。

在第一章里，保罗认识了一个在卡尔曼长大的小女孩。她的家庭和村庄中的其他居民都生活在一种赤贫的状态中。在当时独裁专政的残酷统治下，卡尔曼人民如奴隶般勉强度日。休息日的时候，他们还被要求举办膜拜领导人的活动。至于学校，只不过是传播独裁思想的工具，老师们试图让那些纯洁的心灵相信，当权政府是至高无上的权威。即便是这样，当时很少有人可以上学，大多数的孩子都被发配到农田里做苦力。

在第二章中，叙述者的父亲被一位学生的母亲告发。在经历一番严刑拷打之后，他在自己的至亲面前被处决。他的身体被五马分尸，他的其他学生也都遭受了同样的酷刑。只有一个学生免于一死，正是他的母亲背叛了叙述者的父亲。这位学生被当局关到监狱里，终其一生都在为政府做苦力。

在下一章节中，小说的女主人公叙述了她的哥哥有一次偷了几颗玉米粒，就被痛打了一顿，并被关到一个笼子中。在这个笼子中，他既不能站直也不能睡下。施刑者甚至还用火灼烤他的皮肤。一年以后，她的舅母不小心损坏了一台缝纫机。她的雇主竟然切断了她的两个大拇指。

在第六章中，女主人公长到了17岁。在她生日的那个夜晚，她离开亲人，从家中偷偷溜走。她徒步翻越山谷，穿过河流。白天的时候东躲西藏，晚上则徒步前行，仅仅靠树根和野草充饥。她掩人耳目，成功躲过边境警察的搜查，终于到达了卡尔马尼，这片自由的国土。

说到这里，信停顿了一下。他看到小说的作者像是受到了很大的震动,显得比他还要激动。保罗突然觉得自己的作品是如此的苍白无力。

"接下去发生了什么,告诉我后来发生的事情。"保罗请求道。

"可您很清楚后来发生的事情!"信回答道。

"我请求您继续讲述。"保罗用一种哀求的声音坚持道。

"您的女主人公在瑞塔被她父亲的一个朋友收留,这位朋友也刚刚从暴政的魔爪中逃离。他对待这个女孩就像对待自己的亲生女儿一样,并资助她完成了学业。毕业以后,这个女孩找到了一份工作,并在业余时间建立了一些信息网络,时刻关注自己同胞的生存状况。"

"她从事什么样的工作?"

"开始,她只是一个普通的助理。随后,她被提拔为一家出版社的校对编辑。最后,她成为了总编。"

"请继续。"保罗一边说,一边咬紧牙关。

"她赚到的钱主要用来帮助一些逃入卡尔马尼的难民,同时也会资助一些在国外举行的反对凯摩尔政权的活动。这些活动旨在让西方政客们关注到这一情况,并采取相关行动。每年,她都会密会这些政客两次。她的家人仍旧遭受着暴政的折磨。为此,她的母亲、兄弟和她所深爱的男人都付出了惨重的代价。"

"我想,我听得已经够多了。"保罗打断信的诉说,垂下眼睑。

"巴尔东先生,您还好吗?"

"我也不清楚。"

"您需要帮助吗?"信说着,递给保罗一张纸巾。

"我的女主人公……"保罗边说,边擦了擦眼睛,随后继续说道,"名叫可咏,不是吗?"

"是的。"大使的伴侣回答道。

※

保罗在客厅里重新找到米娅。当看到保罗苍白的面庞和萎靡的状态时,她马上放下手中的香槟杯,向正在与她交谈的宾客打了个招呼后,便向他走去。

"您怎么了?"她担忧地问道。

"您觉得这座官邸里有没有安全出口?或者说,生活中有没有安全出口?"

"您的脸苍白得就像一张白纸。"

"我需要喝点酒,要浓烈一点的酒。"

米娅从服务生的托盘上拿了一杯马提尼酒,随后递给保罗。他一饮而尽。

"让我们站到一边,您好向我和盘托出。"

"现在不行。"保罗的脸抽搐了一下,继续说道,"我担心我会支撑不住,再说,大使马上就要开始讲话了。"

※

在晚宴期间,保罗总是不由自主地想到仅在几百公里外,有一户人家正饿得饥肠辘辘,而在这间客厅里,却无穷无尽地供应着各式糕点和鹅肝面包。两个世界被一条边境线隔开……他自己的世界在一小时前已经停止存在了。米娅环顾四周,寻找保罗,可后者却并未朝她看。当他离开餐桌时,米娅紧随其后。保罗感谢大使的盛情款待,随后推说由于身体疲惫,不得不提前告辞。

信一直陪着他们走到官邸的门口。他在台阶上长时间紧握着保罗的手。从他苦涩却温和的微笑中,保罗可以读出他的心思,他确定信已经明白了事情的原委。

"可咏怎么了?让您变成现在这个样子。"当汽车一开动,米娅就开口问道。

"这是一件关系到我和可咏两个人的事。我在卡尔马尼获得的成功其实并不存在。因为我所谓的成功并非来自我写的小说,可咏也不仅仅是我的翻译。"

米娅露出惊讶的神色,保罗继续说道:"她利用我的名字来创作小说,事实上,她只是在封面上保留了我的名字。在封面下,流淌的是她的文字、她的故事、她的战斗。昨晚的主持人并非无用之辈,那位翻译也不是。我得找机会向他们赔礼道歉。如果我的卡尔马尼小说题材没有如此充满戏剧性的话,这所有的一切都将成为一个天大的笑话。这样看来,这几年,我竟然依靠着别人的稿费度日。您选择辞职是一个明智的决定,这样您就能避免为一个骗子工作。我唯一的理由,是自始至终我都被蒙在鼓里。"

米娅请司机停车。

"来。"她对保罗说道,"您需要一些新鲜空气。"

两人在沉默中并肩行走。保罗突然发话道:"我本应该记恨她,可她的骗局却让我肃然起敬。如果她用自己的名字发表小说的话,一定会受到处罚。"

"您打算怎么做?"

"我也不清楚,我需要好好思考一下。在晚餐期间,我就一直在想这个问题。我想,在卡尔马尼期间,我还是继续扮演原来的角色,以免对她造成困扰。当我回到巴黎后,就把属于她的钱寄给她,随后解除合同。我猜想,对于这件事,最'开心'的还要数克里斯图尔利。我仿佛已经看到他昏倒在双偶咖啡馆的情景。然后,我试着寻找其他工作来维持生计。"

"您其实没有必要这么做。这笔钱来自卡尔马尼出版社,他们一定也通过您的作品赚了不少钱。"

"那是可咏的作品,不是我的。"

"如果您一定要这么做,那就必须给出合适的理由。"

"这个我们到时候见机行事。不管怎么说,现在我更能理解她不愿现身的理由。我需要再见她一面,并从她口中得到一个合理的解释。我不能在没有见到她的情况下,就这么离开卡尔马尼。"

"您爱她,对吧?"

保罗停下脚步,耸了耸肩膀。

"我们回去吧,我感到有些寒冷。这真是一个特殊的夜晚,对吧?"

❦

在通往两人套房的电梯里,米娅面朝着保罗。她用手碰了一下保罗的面庞,随后轻拍了一下。保罗一下从昏沉的状态中惊醒过来。米娅向上紧贴着保罗,然后亲吻了他一下。

当电梯门开了以后,这个吻还在持续。当两人走进过道时,这个吻仍在持续。他们紧贴墙面,走过一扇扇房门,一直走到自己的套房门口。

当两人宽衣解带时,吻仍在持续。当他们躺倒在床上时,亲吻仍在继续。

米娅低声说道:"这次也不算我主动出击。真正重要的,只有当下的时光。"

说完,两人继续开始亲吻。热烈的吻落在两人的脸颊、嘴唇、脖颈、胸膛、乳房、肚子、腰部、双脚、大腿和他们交织在一起的皮肤上。在两人狂热的拥抱中,夹杂着一声声沉重的呼吸声。他们一直等到筋疲力尽的时候,才在潮湿的被褥中酣然入睡。

18

保罗和米娅被一阵电话铃声惊醒。

"天哪!"当保罗看到电视上的挂钟显示现在已经十点时,不由得高声叫喊起来。

此时,巴克小姐感到无所适从,因为今天第一场采访早该在半小时前就已经开始了……

保罗捡起掉在窗帘下的平角裤。

……《凯苏日报》的记者等待着他……

他抓起扶手椅上的裤子,飞快穿上。随后,单脚跳向衣橱。

……在大厅里,记者开始觉得等待有些漫长。

他昨晚穿的衬衫已被扯破,米娅冲向衣橱,递给他一件新的衬衫。

……《世界时装之苑》杂志的记者刚刚到达……

"这件衬衫是蓝色的!"保罗轻声说道。

……他本应该在这个时候前往 KCL 广播电台……

"媒体的工作安排一向很灵活!"米娅低声自语道。

……巴克小姐已经成功更换了保罗与《电影周刊》记者会面的时间,以及和《奇孟和日报》记者见面的时间……

保罗系着衬衫上的扣子。

……就是那份以支持卡尔曼政府对外开放政策而闻名的报纸。

米娅解开保罗衬衫上的扣子,将扣子系入正确的小孔中。

……采访过后,将有一场和读者互动的活动……

"我的鞋子在哪里?"

"一只在衣橱下,一只在门口!"

……在书展上与大学生的见面会。

巴克小姐一口气将今天冗长的安排,向保罗诉说了一遍。

"请平静下来,我已经在电梯里了!"

"你这个骗子,快走,我一会儿过来与你会合。"

"在哪儿会合?"

"在你出发前往广播电台前。"

套房的门关上了。不多一会儿,人们听到走廊中传出一声可怕的撞击声和保罗肆无忌惮咒骂的声响。

米娅开门探出头,看见一辆小推车被撞翻在走廊里,推车上的物品散落在地上。

"你在开玩笑吗?"她看到保罗从地上站起时,说道。

"一切都很好,我没有弄脏衣服,我也几乎没有弄疼自己。"

"快走!"米娅命令道。

回到房间以后,她走向窗口,凝望着这座灰暗天空下的城市。

她从包里拿出手机,随后开机。屏幕上显示自己有十三条未读短信。八条来自克雷斯顿,四条来自大卫,一条来自黛西。米娅把手机扔到床上,叫了一份早餐,通知服务台套房的走廊需要打扫。

❦

在楼下大堂里,巴克小姐带着保罗飞速来到边上的一间房间里。

"我可以喝杯咖啡吗?"保罗央求道。

"咖啡已经放在桌上了,巴尔东先生,它现在可能有些凉了,您可别怪我。"

"我能吃点东西吗?"

"您在接受采访时,不能满嘴食物,这样很不礼貌!"

她带他走进房间。保罗向记者道歉,采访随即开始。

当保罗在诉说可咏的故事的时候,有一种奇怪的感觉,更奇妙的是,穿上刚才分散在房间两头的鞋子后,他仿佛获得了一种神奇的力量。在回答记者提问时,他显得很自如,连他自己都惊讶于这份从容。他的回答充满深刻的思考和真诚的感情,以至于与他对谈的记者都情不自禁地感叹这次采访令人动容。在与《世界时装之苑》卡尔马尼版记者谈话时,保罗也始终保持着这样的状态。随后,他被要求拍摄一组照片。事实上,在采访时,这位摄影师已经为他拍摄了许多照片。人们要求他坐在桌上,双手交叉,随后放下,把一只手放在下巴下,微笑,不再微笑,抬头看天,接着一会儿向右看,一会儿向左看。巴克小姐在一旁提醒道,还有其他安排正等着他们。

传媒专员带着保罗，冲向一辆豪华轿车。可他却躲闪到一旁，随即走向服务台。

"请致电我住的房间。"他向前台请求道。

"巴尔东先生，那位小姐给您留言，说她在您离开后，重新睡去……"

保罗俯身朝向前台，指了指总机电话。

"现在，现在就打电话给她！"

巴克小姐在一边急得直跺脚，可米娅仍旧未接电话。

"小姐说她正在沐浴，她说一会儿到书展现场与您会合。我会通知她活动时间的。"

传媒专员向保罗保证自己将尽其所能为格林贝格小姐服务。比如，她将派一辆车来接送格林贝格小姐。在说这句话的时候，她轻咳了一声。

保罗放下听筒，心如死灰，跟随巴克小姐走向出口。突然，他转身将手伸进摆放在柜台上的盒子里，盒子里放满了各式糕点。保罗抓了一把糕点，将它们放入口袋中。

对于保罗来说，在 KCL 广播电台简直度日如年。好在他在采访期间仍旧保持镇定。在回答记者提问时，变得更加滔滔不绝。在叙述小说中主人公的生活时，他情绪饱满，引起了他人的共鸣，甚至连巴克小姐在听到保罗的讲述时，都流下了热泪。

"您的表现真是精彩绝伦。"当两人走出广播电台大厦时，她对保罗由衷地说道。随即，他们重新坐上轿车。

人们护送他从会议大厅一直走到演讲台旁。台下放着两百张椅子，坐着前来一睹保罗风采的大学生。

当主持人向观众介绍保罗时，台下沸腾的欢呼声使他陷入深深的恐慌。他一排接着一排寻找着米娅的身影，直到主持人向他提问时，他才回过神来，专注于自己在台上的角色。

保罗在扮演台上的角色时饱含激情，甚至充满战斗精神。他的演讲几次受到观众的热烈欢呼。

激情演讲使得他陷入一种不可控制的状态，突然，他的演讲戛然而止。就在刚才，他与恩杰格（又名：可咏）对视了一眼。她坐在最后一排，向保罗微笑了一下。她的笑容中断了保罗的思路。

躲在一根柱子后的米娅也同样微笑着，她的笑容温柔又平静。

她紧盯着保罗，当看到观众为他鼓掌时，她感到心潮澎湃。可当学生拥上前去向保罗索取签名时，保罗又很快消失在她的视野中。

米娅自己也有过很多次这样的经历，所以她现在完全可以想象保罗被人群簇拥时的快乐。

可咏是最后一个走上演讲台的人。

※

"米娅还没有回来吗？"保罗向巴克小姐询问道，后者正站在他休憩的房间门口。

"您的同事观摩了您的演讲。"她说着，指了指米娅刚才站的位置,随后继续说道,"演讲结束后,她就希望我们把她送回酒店。"

"具体什么时候?"

"一个多小时之前,当您和恩杰格小姐交谈的时候。"

这一次,轮到保罗带着他的传媒专员,飞速走向轿车。

他在酒店大堂飞奔着,冲向电梯,随后在走廊上狂奔。保罗在套房门口停下,整理了下自己的衣服和头发,然后打开房门。

"米娅?"

他径直走进浴室。米娅杯中的牙刷已被取走,她放在水池上的化妆包也不翼而飞。

保罗重新回到房间,在长枕上发现一张字条。

保罗:

　　感谢你的出现;感谢你愉悦的性情和那些疯狂的时刻;感谢这场从巴黎屋顶漫步开始的意外旅行;感谢你完成了让我欢笑的艰难使命,也感谢你带给我那么多新的回忆。

　　今晚,我们将要分道扬镳。这些有你相伴的日子就像被施了魔法一般奇妙。

　　我理解你所面对的两难局面,也理解你的感受。生活在他人的故事中,想获得快乐却又无法拥抱幸福,确实会让人迷失自我。可你无须为这次侵占他人作品而感到愧疚,我也没有好的建议传授给你。她的背叛虽然谈不上充满英雄色彩,但也可歌可泣。再说,你爱她,你就应该原谅她。这也许就是"爱"真正的含义所在:学会原谅,毫无保留,不带遗憾地原谅。把你的手指放在键盘的一个按钮上，去除所有灰色篇章，撰写满是色彩的文字，为美好的结局而不懈战斗。请照顾好自己，虽然我知道这句话的意义不大。我会永远怀念我们之间那些充满默契的时刻。

我已经迫不及待地想知道之后发生在女歌唱家身上的事。请努力工作，尽快出版她的故事。

希望你拥有美好的生活，你值得享有这样的生活。

你的朋友，米娅

注：对于昨晚发生的事，你不用担心，我不会放在心上。

"你什么都不明白，她对我来说已经无足轻重了。"保罗喃喃自语道。

他冲向走廊，再次走向前台。

"她是何时出发的？"他气喘吁吁地向前台工作人员问道。

"我无法告诉您准确的时间。那位小姐让我们叫了一辆车。"工作人员回答道。

"开往哪里？"

"机场。"

"航班号是多少？"

"我不清楚，先生。因为我们并没有为她预订机票。"

保罗转身走向玻璃门。在酒店的屋檐下，巴克小姐正准备坐上轿车。保罗走上前去，拉开她，坐上她的位置。

"前往机场，国际航班的入口。如果您开得够快，将会获得一笔一生中最丰厚的小费。"

司机飞速开动汽车，撞在玻璃门上的巴克小姐则眼睁睁地看着汽车疾驰而去。

这次轮到我来到飞机上，带给你惊喜。如果你的邻座不愿与我换位子，我将堵上他的嘴，把他打晕，随后把他扔进行李架内。我将不再害怕乘坐飞机，即便是在起飞时。我愿意吃飞机上发放的食物，如果你很饿的话，我还可以将我的那份给你吃。我们将看同一部电影，这一次算我主动找你，因为对我来说，你比我写过的任何小说都重要。

司机在车流中穿梭着，可他们越接近郊区，高速公路上就越是拥堵。

"现在是高峰时间。我可以试着走另一条路线，但有风险，也许会很快，也许会更慢。"

保罗请求他采取最佳方案。

在汽车后座颠簸的时候，他一遍遍在心中默背自己见到米娅后所要说的话：他做出的决定，他对可咏（其实她真名叫恩杰格）说的话。事实上，她不但是保罗的翻译，还是他在卡尔马尼真正的编辑。

❦

九十分钟以后，保罗向司机支付了报酬。

他走进航站楼，看了一眼出发的时刻表，却并未看到任何飞往巴黎的航班。

在法国航空公司的柜台前，一位工作人员告诉他，一架飞往巴黎的航班在三十分钟前刚刚起飞。在明天的航班上，还有一个空位。

19

当飞机的轮子一触碰到地面时,保罗马上打开手机,试图与米娅取得联系。可他三次都直接进入对方的语音信箱,最后只得合上手机。要对米娅说的话,他不想通过语音信箱传递给她。

一辆出租车将他带到布列塔尼大街。他在市场咖啡馆取回自己公寓的钥匙。随后将行李留在寓所。他既没有查阅邮件,也没有致电克里斯图尔利,即便后者已经在他的语音信箱里留下好几段话。

洗完澡,换上干净衣服以后,他开车前往蒙马特地区,把车停在诺尔万街,然后步行前往拉克拉玛德餐馆。

当黛西看到保罗时,马上离开炉灶,迎了上来。

"她在哪里?"保罗问道。

"请先坐下,我有话要对您说。"黛西说着,走到吧台后。

"她在您家里吗?"

"您想来杯咖啡吗? 或来一杯酒?"

"我更想现在就见到米娅。"

"她不在我家，我也不清楚她现在身处何方。我猜想，她应该在英国，因为她上周出发回到自己的故乡。不过自从那以后，我就再也没有关于她的任何消息。"

保罗的目光转向黛西的肩膀后面，望了一眼餐厅里面。黛西循着他眼睛的方向，看到在大咖啡壶旁，摆放着一个盛放香料的古董盒子。

"好吧。"她说道，"米娅昨天早上确实来过我这里，不过很快便匆匆离去。真的是您送我这份礼物的吗？"

保罗点头称是。

"这个盒子很漂亮，我很感谢您能想到我。我可以问您，你们之间到底发生了什么吗？"

"不可以。"保罗回答道。

黛西没有再坚持，而是给保罗倒了杯咖啡。

"她的生活比表面看上去要复杂很多，她自己也比她所承认的情况要复杂很多，可我喜欢的是那个最真实的米娅。她是我最好的朋友，这一次，她终于选择理性地处理问题，她应该坚持这么做下去。既然您也是她的朋友，就请让她平静地生活吧。"

"她是回到伦敦生活，还是和她的前任重新生活在一起？"

"好了，餐馆里还有些客人需要招呼，厨房也无法独自运作。今晚十点以后，您来找我，到时候人可能会少一些。我为您做一顿晚餐，然后我们顺便聊一聊。您知道吗？我读完了您的一本小说。对我来说，阅读您的作品是一次美好的享受。"

"哪本小说？"

"应该是您的第一本小说。是米娅送给我的。"

保罗向黛西打了一个招呼，便转身离开餐馆。克里斯图尔利又试着找过他几次。保罗走向圣日耳曼德佩地区。

※※※

克里斯图尔利走出办公室，张开双臂，热情地迎接保罗的到来。

"我的明星！"他一边高声大喊，一边将保罗紧紧抱住，随后继续说道，"您说说看，是谁一再坚持让您完成这次旅行的？"

"加尔塔诺，我快在您的怀中窒息了。"

克里斯图尔利连忙退后一步，整理了一下保罗的外套。

"我的卡尔马尼同事给我写了一封邮件，并附上了所有的媒体简报。简报的数量十分惊人！虽然内容是用卡尔马尼语写的，可看得出，评论家们对您交口称赞。可以这么说：您在卡尔马尼引起了轰动。"

"我们需要谈一谈。"保罗低声说道。

"我们当然需要谈一谈……希望不是再问我要一笔预付金。您总爱故弄玄虚。"克里斯图尔利说着，欢快地在保罗的肩膀上拍了一下。

"不是像您所想的那样，事实上，这是一件很复杂的事。"

"只要是和女人相关的事，从来都不简单。当我说'女人'，我指的是那些每天我们都能碰到的女人。在这一点上，您并未带着'叉子的反面'前往。"

"人们常说的是'调羹的反面'①！"

"我看不出两者有何区别。不过如果您坚持这么说的话，两者之间确实存在着一些差别。今天，我可不想惹怒您。来吧，让我们一起喝一杯，来庆祝这场胜利……神圣的保罗！"

"您是不是已经喝了很多酒？您的状态看上去有些奇怪。"

"我的状态看上去奇怪？您在开玩笑吗？是您应该表现出千奇百怪的状态！不过，暂时我还没有看出来……神圣的保罗！"

"您的那句'神圣的保罗'开始让我感到有些厌烦了！恩杰格具体和您说了些什么？"

"海什么？"

"我的卡尔马尼编辑，您以为我在说谁？"

"告诉我，我的小保罗，当我的嘴唇上下抽动时，您听到我说话的声音了吗？还是您在飞机上已经失去了听觉？我听说飞机在下降时，会生成一些物质。我自己就很害怕坐飞机。我总是尽可能少坐飞机。当我前往米兰的时候，我通常选择火车作为交通工具。虽然旅行的时间更长，可至少我们不用在登上火车前被扫描一遍。好了，我们一起喝下这杯？神圣的保罗！"

两人在双偶咖啡馆里坐下。保罗瞥见克里斯图尔利在软垫长椅上放了一个文件袋。

"如果这是我下一部作品的合同，那我首先需要和您谈一谈。"

---

① "并未带着调羹的反面前往"，在法语中的意思是毫无顾忌、大胆干脆。

305

"难道我们的合同到期了？肯定没有。天知道我的助理都在干些什么。您可不能利用这个机会，不再与我合作。想想这些年来我对您的支持！下一次，您再找机会和我聊聊您下一部杰作的主题，现在，请您详细和我说说这件事情的细节。我为人谨慎，这一点您大可放心。我一向守口如瓶，口风很紧，嘴就像被缝起来一样！"克里斯图尔利一边低声说着，一边把食指放在自己的嘴唇上。

"您吸食大麻了吗？"保罗茫然地问道。

"没有！您都在说些什么！"

"您与恩杰格交谈过吗？有还是没有？"

"我为何要和她交谈？我已经和您说过了，我看过她的邮件，看到您在瑞塔大受欢迎，我也很高兴。我之前不就预料到了这样的情况吗？您的作品在卡尔马尼的销量惊人，我准备联系中国的出版社，通知您的美国编辑。一切都按照我的计划稳步进行。"

"如果一切都按照您的计划顺利进行，我能知道是什么事情让您陷入现在这种亢奋的状态中吗？"

克里斯图尔利专注地凝视着保罗。

"我自以为是您的朋友，也以为您很信任我。当我通过和他人一样的方式知道这件事的时候，不瞒您说，我有些失望。"

"我完全不明白您在说什么，您的言行开始有些惹怒我了，但我把这一切都归罪于时差。"保罗低声抱怨道。

克里斯图尔利一边哼唱起某一歌剧的选段，一边将文件袋放到桌上。他打开袋子，继续哼唱着自己的歌曲，随即合上袋子，接着又再次打开，直到保罗忍无可忍，一把抢过克里斯图尔利手中的袋子。

当他看到袋子里《人物》杂志的封面时,不由得惊讶地睁大眼睛,随即呼吸也开始急促起来。

"那天到警察局找你们的时候,我就确定自己一定在哪儿见过她。"克里斯图尔利喃喃自语道,"梅利莎·巴洛,太劲爆了!当时看到这条新闻我都震惊了!"

米娅和保罗的照片被印在杂志封面和开头几页中。照片里是两人并肩走进一家酒店,在大堂中驻足,随后一起走入电梯的画面。在另一些照片上,保罗站在路边,米娅依偎在他身边。还有一些照片则记录下保罗为米娅开车门,米娅上车的画面。每张照片上都配有文字,上面写着:梅利莎·巴洛疯狂的婚外生活。看到这里,保罗用颤抖的双手打开第二本杂志,上面印有一张米娅在书展上的照片,照片下配有这样一段文字:在与丈夫合作出演的影片即将上映之际,梅利莎·巴洛却在美国作家保罗·巴尔东的陪伴下,上演另一出浪漫喜剧。

"不得不承认,他们这么做确实有些侵犯隐私。可这对您作品的销量来说确实是千载难逢的好事!神圣的保罗!怎么了,您不高兴了吗?"克里斯图尔利惊讶地问道。

保罗突然感到一阵恶心,于是马上冲出咖啡馆。

几分钟以后,他弯腰俯在人行道上的垃圾桶旁,看到前方忽然出现一块挥舞的手绢。克里斯图尔利站在保罗身后,伸直手臂。

"真是太狡猾了,之前竟然还有人说我酒喝得太多!"

保罗擦了擦嘴,克里斯图尔利扶着他,坐到一张长椅上。

"您还好吗?"

"很好。您看得很清楚，我的精神从未如此好过。"

"是这些照片让您变成现在这个样子的吗？您早就该猜到，这一天迟早会到来。您正和一个电影界冉冉升起的新星交往，您应该预料到这所有的一切。"

"您有没有过这种感觉：世界在您的脚下突然消失。"

"有过。"他的编辑回答道，"第一次有这种感觉是在我母亲去世的时候，随后分别是在我的第一任太太离开我和我的第二任太太与我分开之时。与第三任妻子分手时的感觉有所不同，因为我们终止了一份共同的协定。"

"所以您也知道，当我们坠入深渊时，一定要格外小心，因为在这个深渊底下，还有一个更深邃的岩洞。我一直在想，这次坠落，何时才能终止。"

※

保罗回到家中，一直睡到晚上。临近八点的时候，他走向书桌，开始工作。他查阅了一遍邮件，只瞥了一下邮件的标题，就合上电脑。过了一会儿，他叫了一辆出租车，来到蒙马特高地。

当他走进拉克拉玛德餐馆时，已经将近晚上十一点。最后一批客人刚刚离开餐馆，黛西上前清理餐具。

"我以为您不来了。您饿吗？"

"我也不清楚。"

"让我碰碰运气。"

黛西让保罗自己选择一张桌子坐下，自己则走进厨房。几分钟后，她端着一个盘子，从厨房里走了出来。她坐到保罗对面，请他品尝自己的手艺。黛西说，等他吃饱后，两人再开始交谈。黛西为保罗倒了一杯葡萄酒，并看着他用餐。

"我猜，您以前就知道？"他问道。

"知道她不是餐馆的服务生？我和您说过，她的生活比看上去要复杂得多。"

"那您呢，您真的是主厨，还是情报部的官员？您可以向我和盘托出，再也没有什么能够让我感到惊讶的了。"

"您不愧是一名作家。"黛西由衷地笑了起来，说道。

整个夜晚，她向他讲述自己的生活。当保罗听到黛西再次说起少年时期与米娅相伴的时光时，颇感喜悦。

午夜时分，他陪着黛西走到她的住所楼下。保罗抬头，看了看楼上的窗户。

"如果您有她的消息，请让她打电话给我。"

"不，我无法做出这样的承诺。"

"我向您发誓我不是一个浑蛋。"

"正因为您不是一个浑蛋，我才不能答应您的请求。相信我，你们并非天生一对。"

"其实我只是想念一个朋友而已。"

"您说谎的水平和她一样糟糕。开始的几天是最难熬的阶段，过了这个阶段，痛苦就会缓和。无论什么时候，在我的餐馆中，总有一张餐桌恭候您的到来。晚安,保罗。"

说罢,黛西推开大门,消失在了楼道里。

❦

三个星期悄然逝去。在这三周中,保罗不停地写作。除了下楼去小胡子那儿吃顿午餐,或周日和黛西共进午餐之外,他几乎不离开书桌半步。

一天晚上,将近八点的时候,他接到一通克里斯图尔利打来的电话。

"您在写作吗?"

"没有。"

"您在看电视吗?"他的编辑继续问道。

"也没有。"

"太好了,请继续这么做。"

"您打电话来,就是为了询问我的作息安排吗?"

"完全不是。我打电话来是为了了解您的近况,了解您的写作是否有所进展。"

"我放弃了前一本书稿,开始写一部全新的小说。"

"很好。"

"这部作品与以前的作品相比,差别很大。"

"真的吗? 和我说说这部新作的主题吧。"

"我猜您不一定会喜欢。"

"嘿嘿，您这么说，一定是为了激起我的兴趣。"

"不，这是我的真实想法。"

"难道您这一次写的是一部恐怖小说？"

"我们等到几周后，再来一起讨论这个问题……"

"一部侦探小说吗？"

"当我完成第一部分以后，会告诉您的。"

"一部色情小说！"

"加尔塔诺，您有什么特别的事情要和我说吗？"

"没有……您过得还好吧？"

"是的，我过得不错，甚至可以说是很好。既然您对我的日常生活充满关切，那我有必要向您好好描述一番我今天的生活：早晨的时候，我打扫了一下房间。随后，我在楼下的一家咖啡馆享用午餐。下午的时候，我看了很久的书。到了晚上，我为自己热了一盘豆子，现在它正在慢慢冷却。接下来，我准备工作一会儿，然后上床睡觉。您满意我的回答吗？"

"晚上吃豆子，卡路里不会太高吗？"

"晚安，加尔塔诺。"

保罗在放下电话时摇了摇头，随后又回到电脑前工作。在开始创作新的一章时，他回想起编辑与自己的对话，觉得毫无意义。

突然，他的心中产生一丝疑惑。保罗拿起电视遥控器，打开电视。他首先看到法国一台的新闻节目，随后跳到法国二台的新闻节目。他就这样调换了一会儿频道，随后又回到法国二台，此时，二台正在播放一部新片的预告片。

保罗看到屏幕上一个穿着礼服的女人正在亲吻她的搭档。对方将她搂入怀中，随后将她放在床上，替她宽衣解带。他吻着她的乳房，女人低声呻吟着。

很快，屏幕上出现两位演员的近景镜头……画面定格了片刻随后切入演播厅。影片中的两位演员端坐在主播台旁。

"《艾丽丝的奇妙生活》明天就将上映。我们祝愿影片大获成功。可这部影片最令我们期待的部分，是重新看到你们在一起，不论是在银幕上，还是在生活中。梅利莎·巴洛、大卫·巴伯金斯，感谢你们接受我们今晚的邀请。"主持人说道。

此时，摄像机转向两位并肩而坐的演员。

"感谢您的邀请，德拉伍斯先生。"两位演员齐声说道。

"我很想知道，与自己的配偶演对手戏是一件易事还是一件苦差？我想，很多观众一定和我有同样的疑问。"

米娅让大卫回答这个问题，他解释说，这要看具体的场景。

"当然，每当梅利莎需要完成特技演出时，我都会紧张得浑身颤抖。我想，当我遇上这样的情况时，她一定也会有同样的反应。您也不要以为那些亲密的戏份对我们来说很容易，虽然我们比任何人都更了解对方，可在场的工作人员还是会让我们感到有些不自在。毕竟，我们还不习惯他人闯入我们的卧房。"他说着，为自己的幽默哈哈大笑起来。

"巴伯金斯先生，既然您谈到夫妻间的亲密问题，请允许我就前两天刊登在《人物》杂志上的照片向梅利莎·巴洛小姐问几个问题。看到今晚你们同时出现的场景，是否可以把这些照片理解为单纯的流言蜚语和媒体的恶意炒作？对于您来说，这位名叫保罗·巴尔东的作家——希望我没有记错他的名字——意味着什么？"

"一个朋友。"米娅简短地回答道，"一个很珍贵的朋友。"

"您欣赏他写的作品吗？"

"是他的作品和友谊将我们联结在一起，其他的事情，都不值一提。"

在遥控器从他手中滑落以前，保罗关上了电视。

在之后的时间里，他无法写下一行像样的文字。临近午夜的时候，他拿起电话。

⁕⁕⁕

装着有色玻璃窗的轿车驶入酒店的宾馆。大卫将手放在门把上，转身朝向米娅。

"你确定，这就是你想要的吗？"

"再见，大卫。"

"为何不试着与我和好如初？你已经报复过了，而且做得还很明显。"

"我并没想着要东躲西藏。现在，这场肮脏的幸福喜剧已经结束了，我决定将自己藏匿起来。在和你出演这场喜剧时，我感到自己很脏，这是一种比孤单一人更糟糕的感觉。最后一件事，在克雷斯顿寄给你的纸上签字。如果你不想我在媒体前道出你的真面目的话，就请照办吧。"

313

大卫带着鄙夷的神情看着米娅，随即摔门而出。

司机询问米娅现在想前往何方。她请求他开向通往南部的高速公路。随后，她拿出手机，给克雷斯顿打了一个电话。

"米娅，我很抱歉，我应该参加你们最后一场宣传活动。可我的坐骨神经痛得我几乎无法行走。您是否有种解脱的感觉？"

"从被他和您包围的生活中解脱。至于其他的，还不好说。"

"我尽我所能保护您，可您却交给我一个不可能完成的任务。"

"我明白，克雷斯顿，所以我并没有责怪您，该发生的事情总会发生。"

"您现在准备去哪里？"

"去瑞典，因为黛西总提到那儿。"

"多穿点，那里寒风刺骨。希望您时常向我告知您的近况。"

"以后再说吧，克雷斯顿，现在还不行。"

"好好休息，向身体注入新的活力。几周以后，所有的一切都将属于历史。一个美好的未来正在等待着您。"

"如果我们能通过一个按键，消除所有的错误，那将是一件多么美好的事，不是吗？可这种事情只会发生在书本里。再见，克雷斯顿，祝您早日康复。"

米娅挂断电话。随后打开车窗，将手机扔了出去。

20

"你在看完那期节目以后,都做了些什么?"

"我在公寓里来回打转。午夜时分,我再也忍不住,给你打了一个电话。我并不期望你会在第二天敲响我的房门,可我还是很高兴能见到你。"

"我以最快的速度赶到这里。以前,你也为我做过同样的事情。"

"是的,可当时,我只需穿过一座城市,便可来到你的身边。"

"你的脸色很难看。"

"你一个人来的吗? 劳伦没有躲在哪个壁橱里吧?"

"快给我准备一杯咖啡,而不是在这里和我胡言乱语。"

阿瑟在保罗身边守候了十天,在此期间,两人的友谊生出一种类似幸福的感受。

早晨,两人总会来到小胡子的咖啡馆,一边交谈,一边共进早餐。下午的时候,他们在巴黎漫步。保罗买了很多无用的东西:厨房用品、小摆设、一些他永远也不会穿的衣服、一些他永远也不会读的书,以及送给教子的礼物。阿瑟试图抑制他的购买欲,可却没有任何效果。

他们连续两个晚上在拉克拉玛德享用晚餐。

阿瑟认为那里的食物很美味,黛西充满魅力。

在晚餐期间,保罗向阿瑟解释了近来一直萦绕在他心头的疯狂计划。阿瑟提醒他,这样的计划存在一定的风险。保罗自己也考虑过实施这项计划的后果,但是,对于他来说,这一计划是唯一可以让他与自己的专业和良心和解的方式。

"那天,当我和可咏在书展相遇时,相视无语了很久。过了一会儿,她开始解释自己这么做的原因。事实上,她所做的一切并未对我造成任何伤害,以后也不会带来伤害。通过她创作的小说,我体会到成名的快乐,并获得高昂的稿酬。至于她,则利用我的名字,叙述自己的故事。若不是因为我的名字,没有人会读她的小说。这样说来,我们两人都从中获利。然而,利用她的作品获得好处在我看来简直不堪忍受。这种感受与金钱无关。我不得不承认,她的勇气和决心让我着迷。她把一切都向我和盘托出。她借来巴黎的机会,拜见秘密组织。她发誓对我产生过真挚的情感,然而她真心爱着的却是另一个男人,后者因为民族斗争而沦为阶下囚。你也许会以为我会就此怨恨她,可我却由衷地佩服她。而且几个月以来,我第一次有了一种自由的感觉。我不再爱她。我知道自己不再爱她的原因,并不是因为再次见到陌生的她,或因为我刚刚所了解到的一切。我不再爱她的原因只有一个,那就是米娅。你可以尽情地嘲笑我,不过从某种意义上来说,我们都有一种爱上幽魂的能力。抱歉,我这样说并不十分礼貌。我这么说,并非针对劳伦。当我们互相道别以后,我暗暗发誓一定要重新书写一遍可咏的故事，把她的故事昭告于天下。我这么做，也许也为了证明自己有能力把故事说得比她更好。我的编辑对此还一无所知，我可以想象他在读到书稿时的表情。我会为了这部作品的出版而不懈战斗的。"

"你准备把真相告诉他吗？"

"不，我不会向他，也不会向任何人道出实情。你是唯一知道这个秘密的人。你不要把这件事告诉任何人，甚至劳伦。"

晚餐结束以后，黛西加入了他们。三位为生活、友谊和即将到来的幸福干杯。

阿瑟准备回旧金山，保罗将他送到机场。临别的时候，他很严肃地向阿瑟保证道，现在他已经不再惧怕乘坐飞机，等他完成书稿以后，就去旧金山看他的教子。

阿瑟安心离去。此刻的保罗充满斗志。对他来说，现在最重要的事就是创作小说。

保罗日夜不停地工作着。他唯一休息的时间，总和小胡子度过。有时，他也会前往拉克拉玛德餐馆放松一下。

一天晚上，当保罗和黛西在长椅上交谈时，一个漫画师拿着一幅作品走向他们。

保罗长时间地盯着这幅作品，作品上画着一对情侣的背影，两人就坐在现在这张长椅上。

"这幅作品完成于去年夏天。右边那个人就是您。"漫画师说道，"节日将至，这是我送您的礼物。"

保罗注意到漫画师离去时，轻拂了一下黛西的手，后者则向他狡黠地笑了一下。

❦

两个月以后，当保罗正在润色小说最后几行时，他在深夜接到黛西的电话。她让保罗尽快到餐馆与自己见面。

从黛西的声音中，保罗听得出她很兴奋，这让他想到，也许黛西有了米娅的消息。

由于担心堵车，他乘坐地铁前往餐馆。在经过煎饼磨坊时，虽然天气寒冷，可他还是走得气喘吁吁，并感到身体在发烫。当他走进拉克拉玛德餐馆时，心潮澎湃，欣喜若狂，确信她一定就在那里。

可他只看到黛西站在吧台后。

"发生什么事了？"他说着，坐到一张矮凳上。

黛西继续擦拭着杯子。

"我不会告诉你最近我和她说过话，因为这不是真的。"

"我不明白你在说什么。"

"如果你保持沉默，我可以将我所知道的事全都告诉你。不过在说话之前，我先要为你准备一小杯鸡尾酒，让你重新恢复精力。"

黛西不慌不忙，她一直等到保罗将杯中的酒全都喝完。这杯饮料有些浓烈，以至于保罗在喝完以后，马上产生一种晕眩感。

"这酒还挺烈的。"他轻咳了一声,说道。

"当人们在阿尔卑斯山脉上找到那些迷路的登山人时,常给他们喝这种酒。一种能让他们挣脱死神的怀抱,重新振作精神的饮料。"

"黛西,你都知道了些什么?"

"没什么很重要的事,不过多少还是知道了一些……"

她说着,走向收银机,从里面拿出一个牛皮纸信封,把它放在吧台上。保罗正要伸手拿信封时,黛西抓住了他的手。

"等一下,我需要先和你说两句。你知道克雷斯顿是谁吗?"

保罗回想起曾在瑞塔听到米娅提起过这个名字。她在说起他时,就像在说一个关系亲近的朋友,但并未提到他的正式身份。当时,保罗甚至还感受到一阵隐隐的嫉妒。

"克雷斯顿是她的经纪人,事实上,他曾经是米娅的经纪人。"黛西又发话道,"我和他有些共同之处,你必须保守这个秘密。也许某一天,事情会得到妥善解决。"

"什么事情?"

"别说话,让我说完。要知道,自从她消失以后,我们共同承受着她留下的这份空白。一开始,我以为他只是因为经济原因,才会感到难过。可这是我之前的想法。"

"在什么之前?"

"他昨晚来到我的餐馆。当我们把一个名字和一张脸庞对上号的时候,总是很有意思。我完全没有想到他是这样一个人。我以为他就像那些老派英国人一样,戴着一顶圆顶礼帽,手握一把雨伞。可事实上,那些刻板印象害人不浅。简单来说,克雷斯顿的形象与我想象的样子大相径庭。他五十来岁，长相迷人，手长得尤其漂亮，简直让人乱了方寸。我很喜欢手长得好看的人，我觉得这能说明很多问题。你的手长得也不错，这让我很快就对你产生了好感。言归正传，昨晚，他独自一人来到我的餐馆用餐。他一直等到付完账，客人都走光以后，才上前与我交谈。他的这一做法显示出良好的教养，如果我知道他的真实身份，一定不会让他出钱埋单。其实，是我上前与他搭话。我在想，如果当时我没有这么做的话，他是否会一声不响地离开。因为他是我当晚最后一个客人，所以我走上前去，询问晚餐是否可口。他沉默片刻，随后说道：'您的深海贝做得很出色，以前有人向我大肆赞扬过这道菜，现在我终于明白，为何她如此喜欢这个地方。'说罢，他把这个信封递给我，我一打开信封，就明白过来他是谁。他和我一样，已经好几个月没有米娅的任何消息。她只给他打过一次电话，她希望出售自己的公寓和公寓里所有的物品，可她在电话中并没有告诉克雷斯顿自己身处何方。克雷斯顿看着卡车将米娅的物品搬走，随后又来到拍卖中心，将所有的物品全部买回。每当拍卖师的槌子落下时，总是他赢得了最后的购买权。他是米娅的保护人。他无法忍受一个陌生人坐在她的书桌前，或睡在她的床上。米娅的家具和摆设都被储藏在伦敦郊区的一个仓库中。"

"信封里放着什么？"保罗神情激动，坚持问道。

"请耐心一些。他这次来巴黎，是为了在她喜欢的一个地方度过一夜。我无法责怪他。你不知道我曾多少次看着我们曾经一起吃过饭的餐桌，一起在小丘广场坐过的长椅。我可以告诉你一个秘密，只有当我的餐馆人满为患时，我才会将我们一起吃过饭的餐桌留给顾客。有时候，我甚至宁可拒绝顾客，也不想让他人在这张餐桌上用餐。自从她离开以后，我每天都幻想着有一天她会跨过这扇大门，问我今天菜单上有没有深海贝。"

保罗再也等不下去，他未经黛西同意，拆开了信封。信封里放着三张照片。

照片上取的都是远景，也许摄影师是在卢浮宫外围餐馆的露天座位上拍下的这些照片。照片上，人们可以看到游客在卢浮宫金字塔前排队的景象。黛西指了指人群中的一张面庞。

"她很善于改变装扮，让别人认不出她。事实上，我并不是想告诉你这个。克雷斯顿很确定人群中的这个女人，就是她。"

保罗的心脏开始狂跳起来。他俯身朝向照片。黛西说得对，没有人能够认出她来。可他们两人很清楚，照片上的这个人就是米娅。

当保罗看到米娅脸上的两个酒窝时，感到如释重负。当他们在瑞塔时，每当米娅心情愉悦时，他总能看到她的脸上露出两个酒窝。他问黛西，克雷斯顿是如何获得这些照片的。

"克雷斯顿有一些专职偷拍的摄影师朋友。有时，他会比报纸出价更高，买下那些照片的底片。关于瑞塔的那些照片，他知道时已经太晚了，局面无法控制。说到这些照片，他事先通知了所有这个行业的人，并出高价，购买米娅的照片。然而，有一天，他竟然免费收到了信封里的照片。"

保罗问黛西，自己是否可以留下一张照片。黛西则把照片全都给了他。

"她在试着重新开始生活。"保罗说道。

"你看到她在照片上有人相伴吗？没有。那你为何还会感到难过？"

"因为最折磨人的东西，是希望。"

"傻瓜，当我们意识到无法再拥有时，才是最痛苦的时刻。她在巴黎，却并没有来找我。相信我，她正试图独自一人重新构建自己的生活。这一点我很清楚，因为她就像我的一个姐妹。克雷斯顿是在一周前收到这些照片的，于是他决定循着她的踪迹来到巴黎。在来到我的餐馆之前，他已经在巴黎漫步两天了。他的脑中有一个疯狂的想法，希望机遇之神能够帮助他在两百多万居民中，找到米娅的身影。英国人都是疯子！可我们本就生活在这里，所以，谁知道……哪天运气好的话……"

"谁又能向我们证明，她现在仍旧在巴黎呢？"

"依靠你的直觉思考问题。如果你真的爱她的话，一定能够知道她在哪里自由呼吸。"

※

黛西说得对。自从那次见面以后，他感觉在接下来的几周中，自己有时可以在大街的拐角处闻到米娅身上的香水味，就好像她就走在自己的前方，心中也在思念着他。有时，他甚至会在人行道上加快脚步，确定能在下一个路口与她擦肩而过。还有些时候，他会在路上呼唤行人，在深夜外出散步，抬头仰望明亮的窗户，想象着她就生活在这扇窗户背后。保罗不知道他的这些反应是来自自己的想象，还是他紧抱不放的希望。

他的小说出版了。其实，是经他重写后属于可咏的故事。这是他创作的第一部非虚构题材作品。每天晚上，当他写作的时候，总在不断自问，在他的笔下，这个真实的故事是否也会逐渐演变成一段虚幻的过往。他是否过度美化了这个故事？是否为这个故事增添了许多戏剧化的色彩？他意识到自己让可咏故事中的人物变得有血有肉。在可咏的作品中，她只是单纯地描绘了一些充满悲剧色彩的事件，保罗则在他的小说中讲述了这些人物的生活，描绘他们的痛苦和感动。这虽然不是保罗的故事，可他作为一个职业作家，尽其所能，让这个故事变得更加完满。

媒体也十分关注这部新作。自从小说上市以来，就受到各方媒体如潮的评论。保罗也不明白为何会出现这样的状况，也许是当今社会风潮所致。

在这个时代，人们仍旧愿意相信自由的美好。然而，他们却对躲藏在经济发展面具下的残暴统治表现得相当冷漠。从某种程度上来说，这个故事在揭露卡尔曼集权统治的同时，也唤起人们的关注与良知。在面对这个问题时，保罗显得很平静，因为他自己并不想从这本书中获取任何利益。在他看来，今天所有的成功都归功于恩杰格的勇气。

评论家们对这部新作大加赞扬。采访邀约像雪片一样散落在克里斯图尔利的办公桌上，然而，保罗却拒绝了所有采访。

很快,各大书店也开始不遗余力地推介他的新作。保罗生平第一次看到自己的作品被摆放在畅销书架。他甚至还发现自己的书被放在标有"当代思想"字样的书架上。

随后,出版社开始流传起该书将会获奖的消息。

克里斯图尔利越来越频繁地邀请保罗共进午餐。他向保罗说起那些巴黎高档的社交场合。克里斯图尔利打开他的人造革记事本,细数那些需要保罗露面的晚宴或鸡尾酒会。保罗从未参加过任何一场晚会,并开始拒绝接听克里斯图尔利打来的电话。

所有这些围绕着保罗的声响,就像是一间空荡荡的公寓所发出的回响。

六周后,保罗再次与克里斯图尔利见面。这一次他们相约在花神咖啡馆。

克里斯图尔利满脸堆笑地看着保罗,笑容中既带着崇敬,也带着些许埋怨。他点了一瓶香槟,并告诉保罗,现在已有三十多家外国出版社买下了他新作的版权。

这真是莫大的讽刺:他翻译的故事,将被翻译成三十几种语言。当克里斯图尔利举杯庆祝这一成功时,保罗却暗想,当恩杰格知道此事后,又会做何感想。自从那次书展以后,他再也没与她联系过。

这是一个值得庆祝的夜晚,可保罗却心不在焉。然而,他应该做好充分的准备,好事才刚刚开始。

21

秋日的一天，在临近中午的时候，保罗的电话突然无休无止地响了起来。他被铃声吵得没有办法，只得接起电话。在电话里，克里斯图尔利激动得有些结巴，保罗隐约听到他在说：

"地中……"

"什么？"

"地中……"

"默想？"保罗问道。

"不是，您为何会认为我需要默想？快点出发来地中海，所有的人都在这里等您！"

"加尔塔诺，我知道您很贴心，可您安排我去地中海做什么？"

"保罗，请别说话，给我听好了，您获得了梅迪西斯外国小说奖[①]。所有的媒体都在欧德恩广场上的地中海饭店恭候。一辆出租车正在楼下等您，听清楚了吗？"克里斯图尔利喊叫道。

---

① 梅迪西斯文学奖是法国著名的文学奖项，外国小说奖是其中一个奖项。

从那一刻起,保罗心乱如麻,再也无法保持片刻的清醒。

"妈的!"他低声咒骂道。

"什么妈的?"

"妈的,妈的,妈的。"

"您这么说,会显得很粗俗,不是吗? 我不明白您为何会对我说这个。"

"我并未在对您说,我是在对自己说。"

"可这样还是显得您很粗俗。"

"这不可能。"保罗说道,"快阻止他们。"

"阻止他们做什么?"

"阻止他们将这个奖颁发给我,我不能接受它。"

"保罗,请允许我告诉您,您已经开始让我感到厌烦了。没有人会拒绝领取梅迪西斯奖。所以,请您立刻坐上那辆出租车,马上赶到这里。要不然的话,我会对着您骂'妈的'。看,我现在就想对您说:妈的,妈的,妈的! 他们将在十五分钟后宣读获奖名单。我已经在颁奖现场了。我的朋友,这是一场真正的胜利!"

保罗挂断电话,他立刻感到自己心动过速。于是,他平躺在地板上,双手交叉,开始一系列呼吸练习。

电话铃仍在不断响起,直到他乘坐出租车来到欧德恩广场以后,才得以停歇。

克里斯图尔利在饭店门口等他。照相机的闪光灯闪烁不停。这种感觉对保罗来说似曾相识,他立刻感到血液仿佛在身体中凝固了一般。

在发表获奖感言时,保罗只是含糊地说了声谢谢。每当他的编辑用手肘顶他的时候,他才勉强朝着摄影师的镜头微笑一下。他几乎没有回答任何问题,即使回答,声音也很轻,让人无法听清他所说的内容。

下午三点时,克里斯图尔利赶回办公室,要求工作人员马上加印保罗的作品。他要求在每本加印的书上都配上一个新的腰封。保罗则回到寓所,把自己关在家中。

黄昏时分,黛西打来电话恭喜保罗获奖。她说,她是在切萝卜时,从广播中听到这个消息,由于过于激动,她不慎切破了自己的手指。她提醒保罗,如果他不想看到自己的名字出现在黑名单上的话,就在他有空的时候,到拉克拉玛德餐馆来好好庆祝一番。

晚上八点的时候,保罗在自己的公寓中来回踱步,等待阿瑟的电话。

最后,打来电话的是劳伦。因为阿瑟陪同一些客户前往新墨西哥州。两人聊了很久,直到劳伦被要求去急诊室救助一个病人。她帮助保罗找到了平静下来的方法。

保罗坐在电脑屏幕前,打开一部他很久没有触碰过的书稿。劳伦说得对,现在是与他的女歌唱家重新建立起联系的最好时候。很快,她就给保罗带来了所需要的安慰。

写了几页以后,保罗感到自己紧绷的胸口放松了很多。他写了一个晚上,甚至产生了一种无忧无虑的错觉。

在黎明破晓时分,保罗做了一个决定,并暗暗发誓,无论付出多少代价，都要完成这个任务。他最好的朋友将会很高兴：回到自己故乡的时刻已经到了。

❧❧❧

第二天，保罗来到他的编辑的办公室。他漫不经心地听着克里斯图尔利滔滔不绝的讲述，拒绝了所有采访邀约。

克里斯图尔利努力保持平静。这已经是他第二十次听到保罗说"不"了，以至于当保罗说"可以"的时候，他都没有注意到他说的话，继续向保罗列举想要采访他的记者名单。

"我刚和您说了'可以'。"保罗叹了一口气，说道。

"真的吗？您同意接受哪家媒体的采访？"

"《大图书馆》，这是我唯一想参加的电视节目。"

"好吧。"克里斯图尔利有些失望地回答道，"我马上就通知他们，该节目将于明晚录制，是直播。"

❧❧❧

保罗利用最后一天，试图把所有事情都安排妥当。中午的时候，他去黛西家午餐。在临别之时，两人紧紧拥抱在一起。在与保罗道别时，黛西强忍泪水。

下午时分，保罗前往小胡子的咖啡馆与他道别，并把自己寓所的钥匙交给了他。后者向他承诺，在搬家时，他一定会像对待自己家一样悉心料理好一切。

晚上八点的时候,克里斯图尔利来接保罗。保罗将自己的行李摆放在出租车的后备厢中,随后,汽车便出发前往法国电视台。

在化妆期间,保罗始终保持沉默,只是轻轻地提醒化妆师,不要遮盖他眼角的细纹。当节目导演请他走进演播厅时,他让克里斯图尔利在化妆间等他。这样,他就可以在化妆间的电视上观看整场节目。

节目主持人弗朗索瓦·迪泰特在后台迎接保罗。寒暄过后,他指了指保罗要坐的那张椅子。在他身边,还有另外四位小说家。

保罗向他的同行们打了一个招呼,随后,深吸了一口气。几分钟后,直播开始了。

"晚上好,欢迎大家收看《大图书馆》节目。今晚,我们将聊一聊文学奖和外国文学这个话题。首先,我要向大家介绍一位作家。之前,他并不被大众所熟知,至少在法国是这样。可就在昨天,人们将梅迪西斯外国小说奖颁发给了他。他就是保罗·巴尔东先生,感谢您接受我们的邀请。"

此时,屏幕上出现一张保罗的肖像。随即,旁白开始向观众介绍起他的写作生涯、建筑师的过往、他前来法国生活的原因,以及他的六本小说。短片结束以后,弗朗索瓦·迪泰特转向保罗。

"保罗·巴尔东先生,让您获得梅迪西斯奖的那本小说,与您先前的作品差别很大。这部新作令人心碎、出人意料、让人动容,并且具有很强的启示意义。总之,这是一本不容错过的小说。"

迪泰特又大肆赞美了一会儿这部作品，随后，问起保罗为何会想到创作一部这样的小说。

"我并未创作这部小说，我只是把它翻译了一遍而已。"

弗朗索瓦·迪泰特睁大双眼，屏住呼吸。

"我没有听错吧？这不是您创作的小说？"

"不是。这个故事从头到尾都不属于我。这部小说的真正作者是一个女人。她无法用自己的真名出版这部作品。她的父母、家庭和她深爱的男人都生活在卡尔曼，如果她将自己的故事出版的话，这些人的生命将会受到威胁。基于这个原因，我永远也不会将她的真实身份公之于众，可我也不能抢夺她的成果。"

"我没有听明白。"德特尔特大声说道，"可您却用自己的名字出版了这部作品。"

"经过协商，我只是这部作品的顶替人。真正的可咏只有一个梦想，就是让她的故事被更多的人所熟知，让更多的人能够关注到她同胞的命运。我用了好几个月的时间沉浸在她的故事中，为故事中的人物注入新的活力。可我再重复一遍，这个故事属于这位女性，昨天的梅迪西斯奖也应该颁发给她。今晚我来到你们的节目，就是为了把实情向你们和盘托出。同时，我也想告诉你们，如果有一天，卡尔曼压迫人民的政权被推翻，一经她的同意，我就会把她的名字公之于众。另外，她把稿费留给了我。我将把这笔钱捐献给非营利组织，以此来资助那些陷入困境中的人。我向我的编辑真诚道歉，在今晚之前，他对此事一无所知。我还要向梅迪西斯评委会道歉。但不管怎么说，评委会之所以把奖颁发给这部小说，一定更看重作品本身，而非印在封面上的那个名字。唯一重要的是这部作品展现在我们眼前的画面。所以电视机前的观众朋友，以自由和希望的名义，我建议你们都去读一读这部小说。谢谢，抱歉。"

保罗说着，站起身，与迪泰特和其他几位嘉宾握了握手后，便离开了演播厅。

———

克里斯图尔利在后台等他。两人并肩行走，一路上都保持沉默，他们一直走到电视台大厅。

当大厅中只剩下他们俩的时候，克里斯图尔利凝望着保罗，把手伸向他。

"能成为您的编辑，我感到很骄傲，虽然我现在非常想把您掐死。这是一部很好的作品，若不是因为一些伟大的作家，有些作品将无法在海外出版。我现在明白，您为何要回旧金山逗留一些时间。要知道，我迫不及待地想要知道后来发生在那位女歌唱家身上的奇遇。我很喜欢您发给我的前几章节，我很想马上就出版这部作品。"

"谢谢您，加尔塔诺。其实您没有必要这么做。我担心由于今晚的表现，我已经失去了所有的读者。"

"我想，事实可能恰恰相反。未来会告诉我们一切。"

22

保罗和他的编辑一起走下台阶。当他们到达空无一人的街道上时,一个年轻人从黑暗中走了出来。只见他手中拿着一张纸,朝他们走来。

"看到没有,您至少还有一位粉丝。"克里斯图尔利说道。

"这是给您的。"年轻人说着,把一个小信封递给保罗。

他打开信封,看到里面装着一张奇怪的小字条,有人在上面手写了一段文字:

三磅胡萝卜、一磅面粉、一包糖、一打鸡蛋和一品脱牛奶。

"是谁把这个交给您的?"保罗向那位年轻人问道。

这位年轻人指了指对面街道上的一个身影,随后便转身离去。

一个女人穿过马路,向他走来。

"我没有遵守我的诺言。"米娅说道,"我看了刚才的节目。"

"你从未向我承诺过什么。"保罗回答道。

"你知道为什么我会那么快爱上你吗?"

"不,我一点都不知道。"

"因为你没有伪装的能力。"

"这是一个优点吗?"

"是一种极好的品质。"

"你无法想象我有多么地想念你,米娅。每天,我都在疯狂地想念你。"

"真的吗?"

"你不是刚说我不善于伪装吗?"

"你可以什么也不说,直接亲吻我吗?"

"可以。"

两人在街上忘情地拥吻起来。

克里斯图尔利等了一会儿,随后瞥了一眼自己的手表,轻咳了一声,向他们走去。

"你们看上去好像不赶时间,所以我可以坐上你们的出租车吗?我叫的那辆车迟到了,一会儿你们可以直接上我的车。"

克里斯图尔利把手中的箱子递给保罗。

他毕恭毕敬地向米娅行了一个礼,随后关上车门,放下车窗。

在汽车开动时,高喊了一声"神圣的保罗"。

"你这是要去哪儿?"米娅重新发话道。

"去戴高乐机场睡觉。在黎明的时候,我将动身前往旧金山。"

"你要去很久吗?"

"是的。"

"我可以给你打电话吗?"

"不行。不过,如果你要是愿意的话,我们可以赶走飞机上的邻座。我在我的行囊里装了许多美食。"

保罗将行李放在地上,亲吻了一下米娅。

两人的吻持续了很久,以至于他们都没发现一辆出租车停在他们的面前。司机按了一下喇叭,两人不由得惊跳了一下。

他让米娅先坐进车里,自己则坐到了她的身旁。

在告知司机目的地以前,他转身朝向米娅,问了她一个问题:"现在,算不算你主动联系我?"

"是的,这一次可以算。"

致谢

波琳娜、路易和乔治。

雷蒙、丹尼尔和劳伦娜。

苏珊·娜·李。

艾曼妞·艾尔德安。

塞西尔·伯恩-雷杰、安东尼·卡尔罗。

伊丽莎白·维尔内夫、卡罗琳·巴贝尔、阿尔·萨伯尔。

西尔维·巴尔多、丽迪·雷尔、约珥·雷诺达、赛林·史菲尔、安娜-玛丽·拉芳。

罗伯特·拉丰出版社的所有工作人员。

波琳娜·诺尔曼、玛丽-伊夫·波尔维。

雷奥纳尔·安东尼、塞巴斯蒂安·加纳、丹尼尔·麦乐可尼亚。

娜加·巴尔德温、马克·克斯莱尔、斯蒂芬妮·夏尔、朱利安·塞尔特·德·萨博雷、德斯艾尔、阿丽娜·格尔。

卡特恩·恩达普、劳拉·迈尔洛克、加里·科恩可斯、朱莉娅·瓦内尔。

布丽奇特与萨拉·夫尔斯尔。

您可在以下网站搜寻到所有关于马克·李维的消息

www.marclevy.com